WE ARE ALL COMPLETELY BESIDES OURSELVES

我们
都发狂了

Karen Joy Fowler

〔美〕凯伦·乔伊·富勒 著

刘敏 译

重庆出版集团 重庆出版社

谨纪念

伟大的温蒂·威尔[1]，

这位书籍之王，动物之王，

我的精神领袖

1 美国著名文学经纪人。艾丽斯·沃克、马克·哈普林等诸多优秀作家，都是在她的协助下，出版了自己的作品。凯伦·乔伊·富勒也得到她的很多帮助。这位伟大女性是她的挚友，也是精神领袖。2012年，温蒂·威尔因心脏病突发不幸逝世，享年72岁。

目录

各位，我们作为猿的经历——或者是我们这种隐隐约约的感觉——都已经非常遥远了。但这种经历是每一个在这个地球上行走的生物——不论是小黑猩猩还是伟大的希腊勇士阿喀琉斯——的致命弱点。

——卡夫卡，《致科学院报告》

序曲

我现在的朋友要是知道我小时候是个话痨的话，肯定特别吃惊。两岁时，爸爸给我们拍过老式的家庭影片，没有声音，颜色也显得淡淡的——白色的天空，我的红色帆布鞋也成了幽灵般的粉红色——但是你仍然可以从这些纪录片里看出来我有多么能说。

影片里的我正在做小型园林绿化，从家门口的砾石路上捡一块石头，跑回家放到一个大洗衣盆里，然后再跑出去拿一块石头，就这样来回跑，每次只拿一块石头。我十分认真，但却在显摆。我眼睛睁得很大，像无声电影里的明星一样。我拿起一块干净的石英仔细打量，又把石英塞到嘴里，让一边脸颊鼓起来。

这时妈妈出现了，把石英从我嘴里掏出来，又从镜头里消失。但是我那个时候正在大声说话——你可以通过我的姿势看出来——所以她又回来把石英放在了洗脸盆里。整个场景持续了大约五分钟，其间我一直说个没完。

几年后，妈妈给我们讲了一个经典的童话故事，说的是姐姐讲话的时候嘴里会吐出蛇和癞蛤蟆，而妹妹讲话的时候嘴里却会吐出鲜花和宝石。我听完之后想到的就是家庭影片里的这一幕，妈妈把手伸到我的嘴里拿出了一颗宝石。

小时候我的头发是淡黄色的，比现在的漂亮多了，那时我还会为了拍家庭影片而打扮得像个洋娃娃。我用水把那随时会飘起来的刘海压在一边，还戴上一个蝴蝶结状的水钻发卡。只要我一转头，水钻发卡就会在阳光下闪闪发亮。我的小手扫过盆里的石头。我猜我当时可能在说，总有一天这些宝石都是你的。

我也可能说了一些与这完全无关的话。对我父母来说，这部家庭影片的意义不在于我说了些什么，而在于我能滔滔不绝地一直讲。

当然，父母有时候也得逼我停下来。妈妈曾经这样建议过我：当你想讲两件事情的时候，挑一件你最喜欢的讲，并且只讲这一件事，她说这是一种社交礼仪。不久之后，两件事变成了三件事，我需要在三件事情中挑一件我最喜欢的讲。

每天晚上爸爸都会到我的房间来对我说晚安，这个时候我就会打开话匣子，一直讲，甚至连喘气也顾不上了，拼命想用我的声音把爸爸留在房间里。当我看到爸爸已经把手放在门把手上准备关门的时候，我就赶紧对他说：我还有话要说！关到一半的门就会停下。

爸爸会说，那就从中间开始说吧。客厅的灯光照在他身上，使他整个人看起来很疲惫，成年人劳累了一天之后到了晚上都像他一样疲惫。客厅的灯光照到卧室的窗户上就像一颗星星，人们可以对着星星许愿。

那就跳过开头，从中间说起吧。

第一章

那场将我与过去隔离的暴风雨停止了。

——卡夫卡,《致科学院报告》

1

我要讲的故事的中间部分发生在1996年的冬天。那个时候，就像家庭影片里记录的一样，家里早就只剩下妈妈、我和摄像机后面的爸爸了。1996年，是哥哥消失的第十年，也是姐姐消失的第十七年。在故事的中间部分，哥哥姐姐都不在了，尽管要是我不告诉你的话，你可能都不知道他们曾经存在过。到1996年，十几年已经过去了，我已经很少再想到他们了。

1996年。闰年。农历火鼠年。克林顿再次当选美国总统，这太让人痛苦了。塔利班攻克喀布尔。萨拉热窝围城战役结束。查尔斯和戴安娜离婚。

海尔－波普彗星出现在地球上空。11月，有人称海尔－波普彗星后面有类似土星的物体。克隆羊多莉和击败国际象棋大师的计算机“深蓝”是那年的超级巨星。科学家发现了火星上存在生命的证据。海尔－波普彗星后面的土星状物体可能是外星人的太空飞船。1997

年5月，三十九个人拼命想登上这艘飞船。

在这种大背景下，我的生活就显得太普通了。1996年，我二十二岁，正在加利福尼亚大学戴维斯分校混日子。这是我在这个学校的第五年，但我仍然在读大三，也可能是大四。我一点都不在乎工作、学校的要求和学位会给我带来什么好处，所以我还是不能尽快毕业。爸爸总是说，我上学时间倒是很久，却没学到一定深度。

不过我一点都不着急。我没有什么野心——既不想受万人赞赏，又不想被人责骂——我就夹在这两者中间受着折磨。但这并不重要，没有哪个专业绝对能把学生带领到其中一端。

我仍然在花父母的钱，他们觉得我越来越讨人厌了。妈妈最近很容易生气，她以前可不是这样。妈妈生起气来理直气壮，好像吃过兴奋剂一样。她最近宣布以后再也不做我和我爸的翻译员和传声筒了。我和爸爸后来很少说话，所以我并不介意。爸爸是一名大学教授，骨子里是个老学究。每次跟他讲话一定会被教训，就像每吃一颗樱桃都会有核。直到今天，一听到苏格拉底式的问答法我都想咬人。

那年秋天来得很突然，就像一扇突然打开的门。一天早上我正骑自行车去上课，一大群加拿大黑雁从我头顶飞过。我看不到它们，也看不到其他东西，但是我听到了头顶上大雁们奔放的叫声。那天早上吐尔雾缭绕，我被困在了大雾中，拼命蹬着自行车穿越重重浓雾。吐尔雾和其他雾不同，一般的雾都厚薄不一而且飘在空中，而吐尔雾却又厚又重。人们也许在这种伸手不见五指的大雾中都不敢快速移动，而我却不同，我小时候特别喜欢恶作剧和恐怖事件，所以我觉得在大雾里骑行特别刺激。

湿湿的空气让我觉得神清气爽，稍稍转换到了我狂野的一面。说到我的狂野，我可能会在图书馆调戏坐在我身边的人（如果那个人长得好看的话），也有可能会在课堂上做白日梦。我之前经常能感觉到我狂野的一面，我很喜欢这种感觉，但是这种感觉却没有什么用。

中午我在学校餐厅随便吃了点东西，好像是奶酪三明治，算了就当是奶酪三明治吧。我习惯把书放在我旁边的座位上，要是有让我感兴趣的人过来，我就快速把书拿走让他坐过来；要是无趣的人过来，书放在那儿他们就不能坐过来了。二十二岁的我对“兴趣”的定义特别肤浅，而且拿我这套标准来看，我自己就是一个很无趣的人。

一对情侣坐得离我不远，女孩的说话声越来越大，我被迫听起了他们的谈话。“你他妈的想要更多空间？”女孩大吼。她穿一件蓝色短袖T恤，戴一条挂着玻璃天使鱼的项链，又长又黑的头发编成了一根凌乱的辫子。她站起来，胳膊一扫，把桌上的东西全扫到了地上。她有漂亮的二头肌，我以前也希望能有她那样漂亮的手臂。

桌上的碗盘全都掉在地上摔碎了，番茄酱和可乐溅了一地，跟各种碎片混在一起。当时餐厅里肯定在放音乐，因为现在所有餐厅都有背景音乐。我们的一生都混在各种声音里（有些声音极具讽刺意味，绝对不是偶然的，但我就是随便说说），但是我确实不记得那天到底有没有放音乐。也许那天餐厅很贴心，没有放音乐，四周很安静，只有烤肉的吱吱声。

“怎么样？”女孩问道，“别跟我说让我安静，我不是在给你更多空间吗？”她使劲推桌子，把桌子掀翻了。“这样呢？”她提高了声音，“能麻烦大家离开这里吗？我男朋友需要更多空间。他妈的他需要很多空间。”她砰地把椅子推倒，椅子刚好倒在那一堆番茄酱和碎餐具上。之后又传来各种东西被砸碎的声音，还有咖啡在半空中飘荡。

其他人都惊呆了——拿叉子的手停在半空中，勺子泡在汤里面——就像是维苏威火山爆发后人们的反应。

她男朋友说了一句：“亲爱的，别这样。”但是她并没有停下来，所以他就不厌其烦地一直说。她又跑到了另一张桌子前面，那张桌子上只有一个装着脏餐具的托盘。她很有技巧地把桌上所有能摔的东西都摔碎了，把所有能扔的东西都扔了。一个盐瓶在地上旋转着，转到我的脚边停下了。

一个年轻人从座位上站起来，结结巴巴地劝她吃点镇静药。她朝他扔了一个勺子，勺子从他额头上弹飞了，声音很大。“别帮混蛋！”她的声音可一点都不镇静。

他蔫蔫地坐下来，睁大眼睛，对屋子里其他人说：“我没事。”但是他的声音听起来没有任何说服力。过了一会儿，他反应过来了，

“吃屎吧！我被打了！”

“就是这坨屎，我再也不想跟这坨屎在一起了。”女孩的男朋友说。他个头很大，脸却很瘦，穿一条松松垮垮的牛仔裤、一件长外套，鼻子长得像一把刀。“你尽管把这个餐厅都砸了吧，你个发神经的婊子。不过你得先把我家钥匙还给我。”

她又扔了一把椅子，椅子在空中的时候离我的头大概只有四英尺。不不，四英尺应该是我说多了，应该不到四英尺，因为椅子砸到了我坐的那张桌子，把桌子掀翻了。就在桌子倒地的瞬间，我抓住了我的玻璃杯和餐盘，而我的书却砰地掉在了地上。“你过来拿！”她跟他说。

这个场景正中我的笑点，一个厨师在一堆碎盘子上发出邀请，我立刻就抽筋一样笑了起来，我的笑声听上去像奇怪的鸭子叫，所有人都转头看向我这里。我赶紧停下不笑了，因为这不是一件好笑的事，所有人就又把头转了回去。餐厅玻璃墙外面已经站了一堆人，他们注意到了里面的动静，正在观战。有三个人本来要进来吃饭，现在就在门口停下了。

“别以为我不敢。”他朝她走了几步。她用手舀了一把沾满番茄酱的方糖朝他扔过去。

“我受够了！”他吼道，“咱们没戏了！我会把你的垃圾扔在走廊里然后换锁！”他转身要走，她朝他扔了一个玻璃杯，正好打到了他的耳朵。他踩空了一步，踉跄一下，用一只手摸了摸被打的耳朵，看看有没有出血。“你还欠我煤气费。”他没回头，“给我寄过来！”说完就走了。

门关上的时候，女孩停了一下。然后她转过身对我们吼道：“你们这些人看什么看？”她拿起一把椅子，我不知道她是想把它放回去还是想继续扔。我觉得她自己都不知道要干什么。

一名校园警察赶到了，小心翼翼地朝我走过来，手一直放在枪套上。我站在一堆翻倒的桌椅里面，手里拿着装着半杯牛奶的无辜的玻璃杯和餐盘，餐盘上还放着一个吃了一半的无辜的奶酪三明治。“亲爱的，把它们放下。”他说，“坐下来好好说。”放下？放在哪儿？坐下？坐在哪儿？我方圆几里的东西都倒下了，就只有我一个还站着。“我们好好说。你可以说说发生了什么事。我保证你现在没有任何麻烦。”

“不是她。”柜台后面的女人跟校园警察说。她块头很大，岁数也挺大，大概有四十多岁，上嘴唇有一颗美人痣，眼线一直画到眼角。之前我把汉堡拿回去加热的时候，她曾经这样对我说：“你看起来像这儿的老板，来去很是随意，压根儿就没有注意到我的存在！”

“是那个大个子。”她对警察说，伸手指着真正的肇事者。但是警察并没有注意到她，他全部精力都放在我身上，时刻留意着我下一步要做什么。

“冷静，”他又说了一遍，语气很友好还有几分温柔，“我保证你现在没有任何麻烦。”他向前走了一步，正好经过了那个编着辫子拿着椅子的肇事女生。我隔着警察的肩膀看着她的眼睛。

“当你需要警察的时候，你一个都找不到。”她笑着对我说，露出了洁白的牙齿，那是一种迷人的笑容。“恶人多作怪。”她把椅子举过头顶。“可是这儿没你什么事儿。”她把椅子朝门扔过去，正好是远离我和校园警察的方向。椅子背先着地了。

警察回头去看的时候，我手里的盘子和叉子掉在了地上。我真不是故意的。我左手手指不知怎的突然松了一下。听到声音，警察立刻又回过头来。

我手上还拿着我的玻璃杯，里面装着半杯牛奶。我举了举杯子，像要敬酒一样。“住手！”他说，这次他的声音已经没有那么友好了，“我可不是来过家家的。你他妈的别来挑战我。”

我又把玻璃杯扔在了地上。杯子破了，牛奶洒到了我的一只鞋上还钻进了我的袜子里。这次不是我不小心掉在地上的，而是用吃奶的劲儿扔在地上的。

2

四十分钟以后，我和那个撒泼的女疯子被一起扔进了约洛县警车的后车厢里，事情闹大了，那个老实的校园警察早就管不了了。我们两个都被铐了起来，铐得我的手腕生疼，比我之前想象的疼得多。

那个女人被彻底激怒了，大声嚷嚷："我跟他说过我他妈的不在现场！"校园警察也这么对我说过，只是他说的时候面带忧伤，而她却说得洋洋得意。"太高兴了，你最后决定跟我一起。我叫哈露·菲尔丁。戏剧系的。"

一句废话也没有。

"我之前从没遇到过叫哈露的人。"我说的是名字叫哈露，我认识姓哈露的人。

"随我妈叫的，她的名字是随珍·哈露叫的。我妈叫哈露是因为珍·哈露美丽又聪明，可不是因为我外公是个老色鬼。根本不是。但是对哈露来说，美丽聪明有什么用呢？你说呢？好像这样就能成为伟大的榜样一样。”

我对珍·哈露一点儿也不了解，只知道她可能演过《乱世佳人》，可我从没看过《乱世佳人》，也从没打算看。战争都结束了，还有再去回顾的必要么？“我叫露丝玛丽·库克。”

“露丝玛丽？迷迭香的意思！花语是回忆！”哈露说，“你的名字太棒了！非常非常迷人！”她先把胳膊放在屁股下，又挪到大腿下，她戴着手铐的手腕在她身前扭曲着。要是我能做出和她一样的动作，我们就能握手了，这好像就是她的意思，可我做不出来。

警车把我们带到了约洛县监狱，在这里哈露的这套动作引起了一阵骚动——蹲下，双腿跨过被铐住的手腕。哈露很高兴，连着做了好几遍，又有一大堆警察被叫过来看哈露表演。面对这些热情的警察，哈露摆出一副胜利者的谦虚态度，“我的胳膊很长，以前从来没穿过这么合适的衣服。”

逮捕我们的警察名叫阿尼·哈迪克。哈迪克警官摘下帽子后，露出了光亮的脑袋，他的头发正沿着一条干净的曲线从他的前额撤离，这样就衬得他的五官特别整齐，就像聊天表情里的笑脸。

他给我们开了手铐，把我们交给县里的警察审讯。“弄得我们好像多值钱似的。”哈露解释道，她的一言一行都表明她是这里的常客。

可我什么都不懂。我身上那股冲动劲儿早就彻底消失了，现在我只觉得浑身上下不舒服，这种感觉像是忧伤，又像是想家。我到底做了些什么？我究竟为什么要这么做？头顶的荧光灯像苍蝇一样嗡嗡嗡嗡响个不停，照出了每个人眼底的阴影，把大家都照得又老又绝望，甚至还带一点绿色的幽光。

“你好，请问要审讯多长时间？”我尽可能礼貌地问，然后突然想到下午的课应该上不成了。欧洲中世纪史，讲各种各样的铁女架[1]、地下密牢和火刑柱。

“要多久有多久。”县警局的女警察厌恶地瞅了我一眼，眼睛还发着绿光，“要是你不问我问题惹恼我的话，会比这快很多。”

这时候说这个已经太晚了。下一秒她就把我扔到了牢房，这样她审讯哈露的时候我就不能在旁边添乱了。“别担心，老大。”哈露朝我喊，“我马上就来陪你。”

“老大？”女警察重复了一遍。

哈露耸耸肩。“老大，领导，主人。”她给了我一个燃烧着的赞博尼磨冰机式微笑，“美国队长。”

未来，警察和大学生有可能不再是宿敌，但我肯定是活不到那一天了。警察命令我摘下手表，脱下鞋，解下腰带，然后把光着脚的我关进了牢房，四周都是铁栏杆，地板上黏糊糊的。拿走我东西的女警察态度非常恶劣。牢房的空气里有一股浓烈的味道，是啤酒、面条、杀虫剂、小便混在一起的臭气熏天的味道。

虽然我是女孩子，却很会爬树。检查之后，我发现牢房里的铁

1　中世纪刑具。——译者注

栏杆一直竖到房顶。牢房天花板上的荧光灯比外面多，嗡嗡嗡嗡的声音也比刚才更响，其中一根灯管一直在不停地扑闪，所以监狱里忽明忽暗，就像白天黑夜不停地交替。早上好，晚上好，早上好，晚上好。唉，要是我穿着鞋就好了。

牢房里已经有两个女犯人了。其中一个坐在牢房里唯一一个光秃秃的床垫上，她是个黑人，喝醉了，很年轻，看起来很脆弱。“我需要医生。”她边说边伸出胳膊肘，上面有一道很窄的伤口，血从伤口里缓缓流出来，在忽明忽暗的灯光照射下，血一会儿变成鲜红色的，一会儿变成深紫色的。“救命啊！为什么没人来救我？”她突然尖叫起来，把我吓了一跳。没有一个人（包括我自己）回应她，之后她就一句话也不说了。

另一个是个中年妇女，白种人，看起来很紧张，整个人瘦得像根针。她漂染过的头发显得僵硬呆板，身上穿着粉橙色套装，在监狱这种地方，这套衣服算是很讲究了。她说她刚刚追尾了一辆警车。一周前她刚被抓过，那时她家要举办周末午后足球派对，为此她跑去商店偷墨西哥面饼和辣调味汁。“太倒霉了。”她对我说，“我点儿真背。”

警察终于要审讯我了。我没有表，不知道现在已经过去了几个小时，这次审讯是在我放弃希望很久之后才开始的。哈露还在监狱的办公室里，坐在一把椅子上扭来扭去，这把椅子看起来像石头一样硬，她每次改口供的时候都要使劲儿拍大腿。最后她被指控破坏公物、扰乱治安。她跟我说这种指控无关痛痒，他们根本不拿她当事儿，也不该拿她当事儿。她给男朋友打了个电话。她男朋友就是餐厅里被她骂走的那个男的，他接到电话立刻就赶过来把她接走了，那时候我还没被审讯完。

我算是知道男朋友多么有用了，当然这不是我第一次知道。

我的罪名跟她一样，只是多加了另外一条重要的指控——袭警，这条指控可绝非无关痛痒。

现在，我已经坚信我之前什么都没做，只是在错误的时间出现在了错误的地点。我给爸爸妈妈打电话，除了他们我还能向谁求助呢？多希望妈妈能接电话啊，通常我往家里打电话都是她接，可这次她出去打桥牌了。她打桥牌很上瘾，可是牌品不好，我都不敢相信竟然还有人愿意跟她打牌，但这也是因为那些人太迷桥牌了，就跟吸毒成瘾一样。通常她会在外面打一两个小时，然后就提着她那银色的手包满面春风地回家，作弊赢来的硬币在手包里叮当作响。

直到爸爸将我的事告诉她。“你到底做什么了？”爸爸听起来快要气炸了，就好像他在做什么重要的事情被我打断了一样，但所谓的重要事情也只是他自己认为很重要罢了。

“没什么。惹恼了一个警察而已。”我的恐惧感像蛇皮一样蜕去了。爸爸对我总是有这种功能。他越生气，我就越高兴，当然我一高兴他就更生气。说实话，他对谁都有这种功能。

“岗位越低，肩上的担子越重。”爸爸说，一下子又对我展开了说教，“我一直觉得你哥哥会从监狱里给我打电话。”他继续说。这句话把我惊到了，爸爸很少提到哥哥。他一般很小心，尤其是用家里的座机打电话的时候，因为他觉得电话被窃听了。

爸爸这句话的意思明显是哥哥很有可能会进监狱，可我没理他，也许吧，但即便哥哥被捕入狱，他也肯定不会给家里打电话。

电话墙上有一句用蓝色圆珠笔涂鸦的话：想在前头。这个建议真好，可是对用这部电话的人来说，这个建议来得有点儿晚了。无论如何，我觉得“想在前头”是个很不错的理发店名字。

“我完全不知道该怎么办。”爸爸说，“你告诉我怎么把你弄出来。”

“我也是第一次进来啊，爸爸。”

“你别再跟我装可爱了。”

我突然就大声哭了起来，哭得连话都说不出来了。我吸着鼻涕大喘了几口气，试着说话，可是一个字都说不出来。

爸爸语气变了。“我猜应该是有人陷害你。”他说，“你呀，老是别人让你干什么你就干什么。唉，在那儿好好待着别乱跑。”——说得好像我有的选似的——“我看看该怎么做。”

那个漂染过头发的白种人排在我后面打电话。“你绝对猜不到我在哪儿。”她说，声音很轻快，带着明显的呼气声，可她最后却发现拨错了号。

专业人士总是有一套自己的方法，爸爸想办法联系到了逮捕我的警官哈迪克。哈迪克警官自己也有孩子，所以他很同情爸爸，爸爸也认为这是应该的。不一会儿，他们便开始亲昵地用昵称称呼彼此：文斯和阿尼。而我面临的袭警指控也减轻为扰乱警察执法，之后哈迪克警官直接撤销了这项指控。我就只面临破坏公物和扰乱公共治安这两项无关痛痒的指控。之后这两项指控也被撤销了，因为之前餐厅里那个画眼线的女人专程赶过来为我作证。她坚持说我只是一个无辜的旁观者，绝对不是故意把杯子摔碎的。“我们当时都很震惊。”她说，“当时就是一场闹剧，你绝对想象不到那个场面。”可她赶过来的时候，我已经被迫答应爸爸感恩节回家，这样在这四天假期里爸爸和我就能面对面好好讨论这个问题。打翻牛奶要付出的代价实在是太沉重了。这还不算我被关在监狱里的时间。

3

我和爸爸绝对不可能花几天假期讨论一件事情，哪怕是我被逮捕这样的爆炸性事件，早在我被迫答应这项提议的时候，我和他就都知道这是不可能的。爸爸妈妈一直坚持把我们的家庭伪装成一个和睦温馨的家庭——彼此心贴心、相互扶持、患难与共。在我的哥哥姐姐相继失踪后，爸爸妈妈竟然还能打这样的如意算盘，我都快佩服他们了。与此同时，我心里也很清楚，我们从来不是那种和睦温馨的家庭。

随便举个例子：性。我父母深信他们是科学家，可以应对生活的艰难，他们经历过六十年代的性开放。可是我关于性的了解要么来自公共广播公司制作的野生动物和自然类节目，要么来自小说，小说的作者可能也对之了解不多，还有一些来自偶尔会做的冷血动物实验，可在做实验的过程中，我们会发现更多问题而不是得到更多答案。一天，我发现我床上有一包日用卫生棉条，旁边还有一个看起来很有技术含量又很无聊的小册子，所以我连看都没看。在这之前我从来不知道卫生棉条。当时我没把它当烟抽真是够幸运的。

我是在印第安纳州布鲁明顿长大的，我的父母一直在那里住到1996年，所以我很少回家过周末，这次也没能遵守约定在家里过完感恩节的四天假期。星期三和星期日的廉价机票早就卖完了，所以我星期四早上才到印第安纳波利斯州，星期六晚上就飞了回来。

我在吃感恩节晚餐的时候见到了爸爸，其他时候很少能见到他。他得到了美国国立卫生研究院的拨款，每天都很高兴地躲在屋里激发灵感。我在家的那两天他基本都在书房里，在黑板上写各种公式：_o'=[ooi]，$P(Sin+i)=(P(Sin)(i-e)q+P(S_{2n})(I-s)+P(Son)cq$。他忙得连饭都没空吃。我不知道他有没有睡过觉。现在连胡子都不刮，之前他都是一天刮两次胡子，他的胡子长得特别快。外婆唐娜之前假装奉承他，说他凌晨四点钟的身影像尼克松，可心底却知道他肯定气炸了。他偶尔会从书房出来，要么喝咖啡，要么拿着钓鱼竿去前院。每次他去前院，我和妈妈都会站在厨房窗户前面收拾碗筷，看他扔出钓鱼线，鱼饵在结冰的草坪里摇晃，而他身后种着许多树。这是爸爸喜欢做的一种冥想活动。周围的邻居们仍然在适应他这项奇怪的运动。

爸爸在这种工作状态下从来不喝酒，我和妈妈对此很满意。他几年前被诊断出患了糖尿病，从那时起他本该滴酒不沾，可他却偷着喝酒，所以妈妈时刻都处于高度警觉状态。我有时候担心这对夫妻已经成了《悲惨世界》里的贾维尔警官和逃犯冉·阿让。

按规定今年我们应该去外婆唐娜家里过感恩节，舅舅、舅妈和我的两个表弟妹也在外婆家过。节假日我们是在外婆和奶奶家轮流过，这样才公平，为什么仅让一方的家庭享受所有的欢乐呢？唐娜是妈妈的妈妈，弗雷德里卡是爸爸的妈妈。

奶奶弗雷德里卡家的食物总是湿嗒嗒的，而且含有过量碳水化合物。单单这一点就已经很让人不喜欢了，可是奶奶家让人不喜欢的地方绝对不止这么一点点。她家快被廉价的亚洲小玩意儿淹没了——手绘扇子、玉石雕像、漆木筷子。还有一对灯——红绸灯罩，石头底座雕成了两个老圣人的样子。这两个老圣人胡子又细又长，指甲戳在石头做的手上，是真正的人类指甲，看着就令人毛骨悚然。很多年前，奶奶弗雷德里卡告诉我摇滚名人堂第三层是她见过的最美丽的地方。她说在那里你会想成为更好的人。

奶奶弗雷德里卡总是觉得女主人就应该劝客人多吃东西，让他们多吃两三份食物是一种礼貌的行为。可是我们在唐娜外婆家却吃得更多，在那里我们想吃多少吃多少。外婆家的馅饼皮薄薄的，蔓越莓松饼像云朵一样轻，银色的烛台上插着银色的蜡烛，餐桌中央装饰着秋叶，各种物件都摆放得井井有条、无懈可击。

外婆把牡蛎递过来，然后直接问爸爸最近在忙什么，很明显爸爸没理解外婆的意思。外婆是想批评他，恐怕爸爸是在场的人里唯一一个没听出来的，要是听出来的话，他肯定会装没听见。所以爸爸回答外婆说他正在研究用马尔科夫链分析回避条件反射。他清了清嗓子，打算展开长篇大论。

我们赶紧到处走动，不给他说话的机会，就像一群训练有素动作一致的鱼一样。可他却没停下来：这项研究很美丽，是一项巴甫洛夫式的研究，这就是上帝创造出来的回避条件反射之舞。

“妈妈，给我递一下火鸡。”舅舅鲍勃说，然后很流畅地开始了他的经典话题——怎样喂火鸡才能让它白肉多黑肉[1]少。“可怜的家伙，它们几乎走不了路。可怜的怪物。”这话也是在影射爸爸，他那项研究也是一项过度的科学研究，就像克隆技术和用基因培养属于你自己的动物一样。在外婆家，彼此间的不满绝不会直接表现出来，而会隐藏在语言代码里，声东击西，指桑骂槐，并且彻底否认彼此的不和。

我觉得很多家庭都是这样的。

鲍勃夹了一块黑肉。“它们只能挺着一副巨乳摇摇晃晃地走。”

爸爸也讲了一个粗俗的笑话。每次鲍勃舅舅只要一开头，爸爸就会讲个一样或者差不多的笑话，这种笑话每两年一次。要是那个笑话很好笑的话我就写出来了，事实上它一点儿也不好笑。要是我写出来的话，你肯定会笑话他，而笑话他是我的事，与你无关。

爸爸讲完笑话后大家都沉默了，他们十分同情妈妈。妈妈年轻

1　美国人把火鸡肉分为白肉（鸡胸部分），white meat，以及黑肉（鸡腿部分），dark meat。——编者注

的时候要是正常点儿的话，可以嫁给威尔·巴克的，可是她偏偏脑子抽筋选了爸爸，爸爸抽烟酗酒，喜欢用假蝇钓鱼，是个来自印第安纳波利斯的无神论者。而巴克家在市中心有一家文具商场，巴克本人还是个房地产律师。至于巴克不是什么已经不重要了——很显然，他不是像我爸爸一样的心理学家。

在布鲁明顿，对于外婆这样年龄的人来说，“心理学家”这个词会让他们想到金赛和他的性学研究以及斯金纳和他那荒谬的婴儿箱。心理学家绝不在办公室工作，他们会把工作带回家。他们会在餐桌上做实验，让自己的家人出尽洋相，还总是回答一些正常人想都想不到的问题。

唐娜外婆以前常跟我说，威尔·巴克把你妈妈当成女神。我常常怀疑唐娜外婆有没有想过，要是当初妈妈嫁给那个完美的人，这个世界上就没有我了。要是没有我，唐娜外婆会高兴还是伤心呢？

我觉得外婆太爱自己的孩子了，所以她已经没有多余的精力再去爱其他人了。她很在乎她的外孙们，但这仅仅是因为外孙是她孩子的孩子。我这么说并不是想批评她，我很高兴妈妈在外婆浓浓的爱中长大。

色氨酸：传说中一种放于火鸡肉里面的化学物质，会使人困乏粗心。火鸡是感恩节家庭聚会上的一个雷区。

雷区之二：好看的瓷器。我五岁的时候把外婆唐娜的沃特福德高脚杯啃下了牙齿大小的一块，没什么特别的原因，就是想看看我能不能啃下来。从那时起，家里人便开始让我用印着麦当劳字样的塑料杯喝牛奶。1996年，我早就到了可以喝酒的年龄了，但还是用着同样的麦当劳塑料杯，这已经成了一个永远都不过时的笑话。

我已经不记得那年我们到底讲过些什么内容了。但是我可以很清楚地列出几项我们没有讲过的内容：

失踪的家庭成员。过去的都过去了。

克林顿的第二次竞选。两年前，舅舅鲍勃说克林顿在阿肯色州强奸了一个女人，也可能是好几个女人。爸爸听后大怒，然后直接毁了那年的感恩节。舅舅鲍勃总是透过哈哈镜观察整个世界，他不相信那些卑躬屈膝的妖娆女人。而我们都固执己见，像是随时都可能拿起刀具，于是外婆唐娜就立下了一条永久规定：禁止谈论政治。

我进监狱的事情。这件事只有爸爸妈妈知道。亲戚们一直在等着看我的悲惨结局。事实上，他们随时准备着看我的笑话。

表弟皮特一塌糊涂的高考成绩。所有人都知道他考得不好，可所有人都假装不知道。1996年皮特才十八岁，可是从他出生起，他就比我像一个成年人。皮特的妈妈是舅妈维维，她跟爸爸一样始终融不进我们的家庭——这样看来我们家似乎很排外。舅妈维维行踪神秘，总是烦躁不安，还经常哭。所以才十岁的时候，皮特放学回家就可以把从冰箱里翻到的东西做成四人份的晚餐。他六岁的时候就可以做一种白色调味酱。大人们整天在我面前提起皮特，很明显他们这样做并不是出于善意。

皮特应该还是有史以来世界上第一个被学校评为“最帅男神”的全市最佳大提琴手。他头发是棕色的，脸上的雀斑就像落在脸颊上的雪花，鼻梁上有一条曲线形的疤痕，一直延伸到眼角根部。

人人都爱皮特。爸爸爱他，他俩是钓鱼伙伴，经常一起跑到莱蒙湖钓鲈鱼。妈妈爱他，因为当家里所有人都不喜欢爸爸的时候，只有皮特喜欢他。

我也爱他，因为他对他妹妹很好。1996年，皮特的妹妹珍妮丝十四岁，沉闷寡言，脸上长满了青春痘，但她并没有比家里的其他人更古怪（这已经说明她古怪到骨子里了）。可是皮特每天早上都开车送她上学，每天下午只要他所在的管弦乐队没有演出就去接她。她讲笑话的时候，他哈哈大笑。她不开心的时候，他听她抱怨。她生日的时候，他给她买珠宝或香水。在父母面前维护她，不让她的同学欺负她。他对她太好了，很难不让人嫉妒。

他看到了她身上的闪光点，谁会比你自己的亲哥哥更了解你呢？兄长的爱十分重要。

甜点上来之前，维维舅妈问爸爸怎么看待标准化考试。爸爸没回答，他正忙着与马铃薯战斗——拿着叉子比比画画，一会儿画圈一会儿画点，就像在空气中写字一样。

“文斯！”妈妈提醒爸爸，“标准化考试！”

“十分不严谨。”

这正是维维想听到的答案。皮特成绩一向很好。他学习很努力。

所以他的高考成绩对他很不公平。他们两个正好想到一起去了，一时间有一种意气相投之感。外婆又端上来各种口味的馅饼——南瓜、苹果、山核桃，这顿晚餐就快画上完美的句号了。

然而，爸爸把一切都毁了。“小露丝竟然能考得很好。”他脱口而出，就好像我们一整个晚上都没有小心翼翼地避着高考这个话题似的，就好像皮特很想知道我考得多么好似的。爸爸优雅地嚼着馅饼，对我露出骄傲的微笑。他肯定是研究马尔科夫规避链走火入魔了，这会儿这些规避链像垃圾桶盖子一样盖住了他的脑子。“她前两天一直不敢看成绩，但是居然全得了A，尤其是口语考试部分。”他朝着我的方向轻轻鞠了一躬，“当然这是意料之中的。”

咔嗒一声，舅舅鲍勃的叉子掉在了盘边。

“这是因为她小时候我们经常考她。”妈妈先对鲍勃舅舅说，“她很会考试。她会各种应试技巧，就是这样。”然后又转过头对我说：“亲爱的，我们为你骄傲。”

“我们希望你更优秀。”爸爸又说。

“是的。”妈妈脸上笑容灿烂，声音异常兴奋，“我们希望你更优秀。”说着又看向皮特和珍妮丝，“还有你们，希望你们也更优秀。”

舅妈维维用餐巾纸捂住嘴。舅舅鲍勃的眼睛穿过桌子，盯着墙上挂着的一幅静物画出神——画上画着一大堆鲜亮的水果和一只软弱的野鸡。鸡胸脯上没有一点装饰，跟上帝的设想一样。鸡是死的，这也是上帝的计划。

“你们还记不记得，”爸爸又说，“有一次下雨天课间休息的时候小露丝跟同学们一起玩猜字游戏，轮到她猜的时候，她选的单词是refulgent[1]？那年她只有七岁，老师还说她作弊，说这个词是她自己造出来的，所以那天她是哭着跑回家的。”

（爸爸记错了。我的小学老师是不会这么说的。老师说的是她知道我不是故意要作弊的，语气十分慷慨，脸上也洋溢着美丽的笑容。）

“我记得那次游戏小露丝的成绩很惊人，”皮特吹了声口哨，满脸羡慕，“你们不知道当时我有多惊讶。那次游戏很难，至少我觉得很难。”他可真贴心。但是不要太迷恋他，因为他不是这个故事的主角。

星期五，也就是我在家的最后一晚，妈妈来到我的房间。她进来的时候我正在读一篇关于中世纪经济的文章，边看边给其中的一个章节列提纲，这一章讲的是日本歌舞伎。看我多认真！假期里只有我这么认真地学习——直到我看到窗外的一只红衣主教雀。那只鸟正在和一根树枝纠缠，好像在热情地追求着什么东西，可我没看明白它到底是为了什么拼命。加利福尼亚没有红色的鸟，这里对它来说应该是贫瘠之地。

妈妈敲门的声音把我一惊，手上的铅笔一下子划到了“重农主义”、“行会垄断”、“托马斯·莫尔的乌托邦”。“你知道不知道？”

1　中文词义是“辉煌的”。——译者注

我问她，“乌托邦世界里也有战争，也有奴隶。”

她不知道。

她在屋子里溜达了几圈，整理了下我的床铺，从梳妆台上挑了几颗小石头，这些小石头大部分是晶洞，晶洞就是法贝热彩蛋之类的岩石内部的气泡晶体构成的。

这些小石头都是我的。是我小时候去采石场或树林里玩的时候捡的，捡来后要么用锤头把它们劈开，要么站在二楼的窗户旁边使劲往下扔。但是现在这栋房子并不是我长大的地方，这间卧室也不是我长大的卧室。自我出生以来我们一共搬过三次家，刚上大学的时候爸妈就搬到了这里。妈妈说，她很伤心，那些空空荡荡的房子曾经是我们的家。我们的房子和我们的家一样，越来越小，前面一套房子总能装得下后面那套。

我们的第一套房子在郊外，是一间特别大的农舍，周围二十英亩的地里种着山茱萸、火把树、麒麟草和毒葛，还有青蛙、萤火虫和一只野猫，那只野猫的眼睛跟月亮的颜色一样。比起房子来，我对旁边的谷仓印象更深刻，比起谷仓来，我对旁边的小溪印象更深刻，比起小溪来，我对旁边的苹果树印象更深刻。苹果树挨着卧室，那时候哥哥和姐姐都是通过爬这棵苹果树进出卧室的。我不会爬，因为我个子不够高，站在树底下连最矮的树枝都碰不到。所以等我四岁的时候，我就爬上楼梯，再从楼梯口爬到树顶上，然后从树顶上往下爬树，结果摔断了锁骨。妈妈说我可能会摔死，要是从楼梯上摔下来的话，我真有可能摔死。但是我差一点就成功了，不过没人注意到这一点。爸爸问我，你有没有得到教训？我什么都没说。但是现在想想，我得到的教训可能是，只要你失败了，就没人在乎你失败前的成功。

大概也是在那时候，我交了一个朋友。我把我名字中自己不用的那一半，也就是玛丽，还有一些我暂时用不到的个人品质送给了她。我和玛丽大部分时间都待在一起，这种状态一直持续到我上学的那一天，妈妈说玛丽不能跟我一起去学校。这就是一个信号。我觉得妈妈就是在跟我说我不能带我自己去学校。不能带完整的我。

一条有用的忠告：幼儿园就是学习你在学校里应该怎么表现，不应该怎么表现。举个例子，在幼儿园，你大多数时间都应该保持安静，哪怕是你想说的话比老师说的话更有趣。

“玛丽可以和我待在一起。”妈妈说。

这句话比玛丽有时候出人意料的调皮更让人担心。妈妈不太喜欢玛丽，可正因为妈妈不喜欢她，她才更加吸引我。我突然想到，要是妈妈对玛丽的看法有所改善，说不定最后她会比我更喜欢玛丽。我上学的时候玛丽就躲在我家旁边的阴沟里睡觉，根本没人理她。直到有一天玛丽出去后再也没回来。而按照我们家的传统，只要你离开了家，家里人就再也不会提到你。

五岁那年的夏天，我们搬离了这栋农舍。城市发展的浪潮席卷了这里，这里建起了新房子，再也没有农场、谷仓和果园了。在农舍被拆之前，我们在大学附近的坡顶小楼房里住过，这样爸爸就可以步行去上班。我一想到家这个词，就会想到这座坡顶小楼房。而哥哥更喜欢农舍，当时我们搬家的时候他还闹过脾气。

坡顶小楼房的屋顶很陡，爸爸妈妈不允许我上去，楼房后面有一个小院子，房间刚好每人一个。我的卧室是粉红色的少女风，挂着从西尔斯百货商店买来的格子花布窗帘。可是有一天爷爷乔在我去上学的时候自作主张把我的房间刷成了蓝色。我质问他，他却说："粉色房间睡不着，蓝色房间睡得香。"他以为说个童谣就能让我闭嘴。

现在我们住的是我们第三次搬家后的房子。石头地面、高高的窗户、嵌入墙壁的灯、玻璃橱柜——属于几何感强烈的极简主义，没有明亮的色彩感，只有灰白、沙色和象牙白。我们搬到这里都三年了，这里依旧空荡荡的，就像都没打算在这里常住。

我认识我的石头，但我不认识摆放石头的梳妆台，不认识灰色天鹅绒床单，不认识墙上的画。这幅画主色是蓝和黑，画的像是百合花和天鹅，又像是海藻和鱼，还像行星和彗星。那些晶洞看起来与这里格格不入。我猜是不是因为我回来了，妈妈才特意拿出来的，等我走了就会把它们收起来。有那么一瞬间，我怀疑这一切只是一场伪装游戏罢了。我离开以后，爸爸妈妈就会回到他们真正的家里，那里根本没有我的房间。

妈妈坐在床上，于是我放下手里的笔。我很确定那天妈妈肯定清了清嗓子跟我说了一番语重心长的活，但我不记得她说了什么。

有可能是："你不跟你爸爸说话他会很伤心的。你觉得他不在乎，其实他是很在乎的。"这就是我们家的家庭惯例，像《美好的生活》里演的一样，每个季节几乎都会有一场这样的谈话。

最后妈妈终于绕到了重点："你爸爸和我之前讨论过我那些旧日记，还讨论过怎么处理那些日记。我觉得这是我的隐私，可你爸爸却觉得我们应该把日记捐给图书馆，要求在我们去世五十年之后再打开日记。我听说图书馆并不想这么做，但可能为我们家破例。"

我大吃一惊。妈妈几乎是，虽然并不完全是，在说我们绝对绝对不可能提起的话题——过去。虽然我的心跳得很快，但嘴上还是说着跟以前一样的话："妈妈，你想怎么做就怎么做，别管爸爸。"

妈妈瞧了我一眼，面带不悦。"亲爱的，我现在并不是在征询你的意见。我决定把日记给你。虽然你爸爸极力主张把日记给图书馆，可他肯定是以为日记里面有很多科学记录，但事实并不是这样的。"

"不管怎样。现在决定权在你了。可能你不想要，可能你还没准备好。你也可以把它们扔了或者叠纸帽子。我保证不过问。"

我挣扎着想说一些东西以表示感谢，可我不想继续这个话题。所以即使是现在，这么多年过去以后，我仍然不知道当时我应该怎么做。我希望我说出一些优雅慷慨的话，但这不太可能。

爸爸好像也进来加入了我们的讨论。他手里还拿着一个礼物，是几个月前他吃的曲奇饼干的盒子里带的一张字条，他一直放在钱包里。字条上写着："别忘了，你一直在我们心中。"

有时候过去和记忆就像是一团迷雾，真正发生过的事情似乎并不重要，而本应该发生的事情才重要。迷雾消散之后，我们就成了现在的样子，称职的父母和称职的孩子。孝顺的孩子给父母打电话，只为和父母聊聊天，说声晚安，给一个晚安吻，说一声盼着放假回家。在我们这样的家庭里，我们不需要去争取什么，我们不会失去彼此之间的爱。有那么一瞬间，我觉得我的家庭就是这样的相处模式。和好、和乐、和聚、和美。

4

尽管我很感动，但我最不想要的就是妈妈的日记。既然你已经把过去的一切都记下来了，而且清楚地知道哪件事在哪一页上，那么从来不讨论过去的一切又有什么意义呢?

妈妈的日记本很大，和速写本一样大，但比速写本厚得多，一共有两本，用圣诞节的绿色丝带绑在了一起。我不得不把我的旅行箱清空，把日记本放进去重新打包，然后坐在箱子上又把拉链拉了起来。

也许是在芝加哥转机时，我把箱子丢了。等我抵达萨克拉门托后，先是在行李传送带前等了一个小时，又花了一个小时跟一些头脑清醒却态度恶劣的人理论。最后我一无所获，搭最后一班公交车回了戴维斯。

我感到很愧疚，拿到那些日记不到一天就丢了。也许我犯的唯一错误就是相信每个人都有能力做好自己分内的工作。我应该再也见不到那两本日记本了。我很庆幸没把课本一起托运。

现在我最大的感触是我快累瘫了。一踏出电梯门，我就听到琼安·奥斯朋的《我们中的一个》。越靠近我的房间，音乐声就越大。这让我很吃惊，原因有两个：一是我以为托德（我舍友）星期天才回来；二是我觉得托德的品位比较独特，不喜欢那首歌。

我现在一点儿也不想跟他聊天。上次他去看他爸爸的时候，他们进行了一次长谈，聊到了方方面面——他们的信仰、他们的梦想、他们现在的处境。他们聊得十分尽兴，互相道过晚安后，托德又想去跟爸爸说他觉得他们现在已经心贴心了。可他却在走廊上听到爸爸跟他的新妻子说："老天，那个傻帽，我一直怀疑他到底是不是我亲生的。"所以托德要是提前回来，肯定是发生了什么大事。

打开门，我却发现哈露正坐在我的睡椅上。她身上盖着我的披风，那是我起疹子的时候奶奶弗雷德里卡给我织的。她还在喝我的无糖汽水。一看到我她就跳了起来，把音乐声关小，她黑色的头发上还插着一根铅笔。估计我把她吓了一跳。

念幼儿园时，在一次家长会上，老师说我的手总是不安分，教育我要管住我的手。我记得她的这句话让我很难堪。我之前真的不知道不能用手碰别人，我一直以为人和人是可以随意碰触的。所以我一直在犯这样的错误。

现在我需要有人告诉我，你回家后看到家里有一个你几乎不认识的人，你的反应是什么。当时我特别累，特别惊讶，只是打了个哈欠，好像一条金鱼。

“吓死我了！”哈露说。

我像傻子一样又打了好几个哈欠。

过了一会儿，她说：“天哪，你不介意吧？”好像她才意识到我可能会介意一样。她脸上露出一副真挚又悔恨的表情，加快了说话的速度：“雷哲把我赶出来了。他觉得我既没钱又没地方可去，以为我在外面瞎逛几个小时后就会乖乖回去求他。该死的，他真是把我惹毛了。”这是在跟姐妹诉说自己的委屈吗？“所以我就到这里来了。我以为你明天才回来。”这是在解释原因？她倒是十分沉着。“我看得出你很累。”对我表示同情？“我马上就走。”向我做出承诺？

她观察我的反应，可我却没有任何反应。我只是觉得很累很累，累到了骨髓里，累到了每一根头发丝里。

也许是出于好奇，只是一点点好奇，我问道：“你怎么知道我住在这儿的？”

“从你在警局留下的报告里知道的。”

“怎么进来的？”

她把插在头发里的铅笔拿出来，头发如丝般落到了肩膀上。“我讨好了一下公寓管理员，还给他讲了一个悲伤的故事。我觉得这个人不值得信任。”听起来她倒是十分关心我。

我睡着的时候肯定是被什么气到了，因为我醒来的时候就气呼呼的。我的电话一直响个不停，是航空公司打来的，说他们已经找到了我的行李箱，下午就给我送过来，最后他们竟然还说期待下次继续为我服务。

我想上个厕所，可厕所堵住了。我试着通了几次，一点儿用都没有。然后我就给公寓管理员打电话，让他过来处理我拉的屎还挺尴尬的，幸好就只有厕所坏了。

虽然我很不好意思，但看上去很兴奋。他穿着一件干净的衬衫，袖子卷起来露出了上臂，像舞剑一样挥舞着手上的马桶刷。很明显他也在找哈露，但这里这么小，除非她走了，不然不可能看不到她。“你朋友呢？”他问。他叫以斯拉·梅茨格，一个很有诗意的名字，从他的名字就能看出当初他父母对他寄予厚望。

“跟男朋友回家了。”我直接这么说了，没心思照顾他的心情。反正我之前对以斯拉很好。有一次，两个神秘的男人敲我的门向我询问关于以斯拉的信息。他们说以斯拉申请了中央情报局的工作。我大吃一惊，这似乎不是一个明智的选择，可当时我仍然给出了我能想到的最好评价。“除非他想让我们看到，否则我们绝对看不到他。”

“男朋友？她跟我说过。”以斯拉看着我说。他有吸牙的习惯，每次一吸牙，他嘴角上的胡子就一紧一松的，很搞笑，我希望他能多吸一会儿。可他却开始说话：“真是坏消息。你不应该让她回去的。”

“你就不应该让她进来。这里一个人都没有，你这样做合法吗？”

以斯拉曾经跟我说过，他不仅仅把自己看作公寓管理员，更把自己看作这栋公寓的心脏。他说，生活就像丛林，总有人想把他打倒。三楼有一个阴谋集团，他认识他们，他们却不认识他，也不知道他们的对手到底是谁。他们最后肯定会发现的。以斯拉从这里面看到了阴谋。他平时都是住在附近草丘上搭的帐篷里。

他也经常会说到荣誉。可是现在他很生气，气得胡子都在颤抖。我怀疑要是他会日本武士的剖腹自杀术的话，他肯定当场就用手里的马桶刷剖腹自尽了。过了一会儿，他说他没做错什么。“你知道每年有多少人被男朋友杀死吗？”他问，“他妈的请你原谅我救了你朋友的命。”

我们最后决定保持寒冬一般的沉默。十五分钟以后，他从马桶里抽出来了一条卫生棉，不是我的。

我想回床上再睡一觉，但是枕套上有一根黑色的长发，床单上有一股香草古龙水的味道，垃圾桶里有一根精灵糖的吸管，带有金色斑点的桌子上有几道新的划痕，肯定是哈露没用砧板，直接在上面切了东西。哈露不是那种可以文文静静生活的人。我的午餐蓝莓酸奶也被她喝掉了。这时托德摔门走了进来，显然心情不太好，在得知我们被洗劫了一番后，他心情更差了。

托德的爸爸是第三代美籍爱尔兰裔，妈妈是第二代美籍日裔，两个人互相看不顺眼。他小时候每年夏天都跟爸爸一起过，回家的时候带回一张清单，上面写着他妈妈应该付的预算外的费用：星球大战T恤撕烂了，买了一件新的，17.6美元，新鞋带1.95美元。托德之前常跟我说，能有一个像你这样的正常家庭真好。

他曾经很想要一些实验融合剂，这样他就可以用树脂粘一个民谣洋箜篌。现在他知道这是不可能的。用他自己的话说：正物质和反物质就是地球的终点。

自从傻帽事件后，托德骂人的时候就会用到他的日语基因。巴卡（傻帽）、欧巴卡桑（尊敬的白痴）、开萨玛（混蛋）。“什么开萨玛能做出这种事？”他问，“我们要换锁么？你知道这他妈要花多少钱吗？”他回到卧室把他的CD数了一遍，之后又出去了。我本来也打算去市区喝杯咖啡的，可我得在家里等行李箱。

一点消息都没有，五点五分的时候，我给机场打电话——800-去-你-妈-的——机场的人让我直接找萨克拉门托机场遗失行李处。萨克拉门托机场没人接电话，尽管他们的自动语音回复一直强调我的电话很重要。

七点左右的时候，电话响了，可那是妈妈打电话来问我是不是安全到达了。“我知道我说过再也不提，但我还是想说，把日记给你以后我心里感到特别舒服，就像终于卸下了身上的担子。好了，这绝对是我最后一次说了。”

九点左右的时候，托德回来了，还带着从座谈餐厅买的比萨以示歉意。他女朋友吉米·内田也加入了我们。我们边看电视剧《拖家带口》边吃比萨。过了一会儿躺椅变得忙碌起来，因为吉米和托德已经整整四天没见面了。我回房间看了一会儿书。看的应该是《蚊子海岸》，书里面爸爸总是对家人做各种疯狂的事情。

5

第二天早上电话声把我吵醒了。是机场打过来的，说他们拿到了我的箱子，今天下午给我送过来。我有了昨天的教训后，让他们保证会把箱子放在公寓管理员那里。

又见到以斯拉是三天后了。那三天中的一天晚上，我跟哈露一起出去了。那晚她来到我的公寓门口，身穿牛仔夹克，戴着小巧的环形耳环，头发上到处都是金色的亮片，边用手指理头发边解释道，她刚参加了一个聚会，一个金婚周年纪念庆典。“一辈子只有一个老公有什么好炫耀的。”她说，“听着，我知道你很生气，连问都不问一声就到你这里来住实在是太过分了。”

“没事。”我说。她说尽管今天是星期二，离传统的周末狂欢还有一段时间（我记得1996年周末狂欢还是从周四开始，而现在别人告诉我周三就已经开始了），她也应该请我喝杯啤酒。我们走到市中心，走过斯威特布莱尔书店、食品小屋前的大番茄雕像、杰克在盒子里快餐店和谷酒店来到了火车站对面的街角，百丽宫酒吧就在这里。太阳落山了，但地平线上仍然有一抹红色。乌鸦在树上喧闹着。

我之前并不太喜欢这里的广阔天空、公寓、带栅栏的院子和终年弥漫着的牛屎味。但现在停下脚步闻着周围的味道，我爱上了这片天空。比起稀稀拉拉的星星，我更喜欢满天繁星。我也喜欢乌鸦，尽管有人并不喜欢乌鸦，那是他们的损失。

我没怎么去过百丽宫，大学生都不太来这里。来百丽宫就像是一下子从戴维斯的大学生变成了野人。来这儿的人都很能喝，是一群喝不死的基因突变体。他们中的大多数人都在戴维斯高中读过书，那时候过着传统的生活，踢足球、玩滑板，或搞啤酒聚会。酒吧的电视里正在播一场比赛，声音震耳欲聋——尼克斯对湖人——屋里还有很多僵尸一样的怀旧者。他们时不时就会爆发出一阵沸腾欢呼声。

这里每个人似乎都认识哈露。调酒师亲自给我们端来饮料。每次我们刚吃完几颗花生，他就立刻过来把装花生的碗填满。每次我们喝完啤酒，立刻就有人给我们端来新的。这显然是一些男孩子在给我们献殷勤，啤酒一端上他们就凑过来，而每次哈露都会把他们赶走。“不好意思，”她露出蜜糖一样甜美的微笑，“我们正在谈事情。”

我问她：她从哪里来（弗雷斯诺市），待在戴维斯多久了（三年），毕业后有什么打算。她的梦想是在俄勒冈州的阿什兰定居，为莎士比亚书店做装潢设计。

她问我：失聪和失明更容易接受哪个？想要智慧还是美貌？会

不会嫁给一个讨厌的人以拯救他的灵魂？有没有过性高潮？最喜欢的超级英雄是谁？想跟哪个政治家进行口交？

我从来没被榨干得这么彻底。

爸爸妈妈我更喜欢谁？

现在我们正在慢慢进入危险区域。有时候你可以通过沉默来避开你不想说的话题，而有时候你需要通过说话来避开你不想说的话题。我现在仍然能说话，也没有忘记该怎么说话。

所以我跟哈露讲了小时候的那个夏天，那个我们从农舍搬走的夏天。我经常讲这个故事，只要有人问到我的家庭我就会讲这个故事。我有意把这个故事讲得很温馨，有意让这个故事看起来像是我对听故事的人敞开了心扉。可是在震耳欲聋的酒吧里，我必须大声地喊出每一个字，效果明显没有以前好。

我是从故事中间开始讲的。那时我已经被爸爸妈妈送到了爷爷乔和奶奶弗雷德里卡家。事先我完全不知情，现在也想不起当时爸爸妈妈是怎么对我说的了，反正不管他们说了什么我都不会信的。我知道噩运之风已经刮起来了。我深信我做了错事，被爸爸妈妈流放了。

库克爷爷奶奶一家住在印第安纳波利斯。他们的房子很热，通风也不好，屋里经常有一股味道，有点像放久了的饼干的气味。我的卧室里挂着一幅画，画上有一对男女，戴着小丑面具。客厅里有各种人造的亚洲小玩意儿。全都是赝品，赝品中的赝品。还记得我说的那对有真人指甲的石头圣人雕像吗？现在你可以想象住在这样的房子里有多恐怖了。

街上只有几个小孩，都比我大很多。有时候我会站在前门的玻璃后看他们玩，希望他们来问我一个我知道答案的问题，但是他们从没来过。有时候我会到后院玩，但是爷爷乔把院子都刷上了水泥，所以院子里比屋里还热。有时候我也会打打球，或者看一会儿花床上的蚂蚁，然后就进屋求爷爷奶奶给我一根冰棍。

大部分时间爷爷奶奶都在看电视，或者躺在电视前面的椅子上睡觉。每周六我可以看动画片，在家里爸爸妈妈不让我看，我看了最少三集《超人联盟》，这也说明在爷爷奶奶家我至少待了三周。我们几乎每天下午都会一起看电视剧。电视剧里有个人叫拉里，他妻子叫凯伦。拉里是一家医院的院长，他工作的时候，凯伦就去挑逗别的男人。在我看来这也没什么，可事实上她的确做得太出格。

“那部电视剧叫《只此一生》。”哈露说。

“管它呢。”

电视剧播出期间我会一直说话，哪怕是在奶奶抱怨这部电视剧都是性镜头，一点儿也不好看的时候，所以奶奶总被我惹恼。她说以前的电视剧都是家庭剧，那时候你还能跟你五岁的孙女坐在一起看个电视剧。但爷爷乔却说我一直说话，反倒让这部电视剧更好看了。不过爷爷也警告我，现实生活中人们不会这么做的。爷爷说这话，就像看了这些电视剧之后我就会做出一些疯狂的事情似的，比如在回家路上想着跟双胞胎哥哥交换位置来诈死，比如在自己的孩子死掉后去偷别人家的孩子。

但大多数情况下在这里待着真的是无事可做。每一天都是一模一样的。每天晚上我都会做噩梦，梦到真人的指甲和小丑面具。每天的早餐都是撒了一些恶心的白色颗粒的炒蛋，我从来都没吃过，但是他们每天早上还是会给我端上来一样的东西。“你就不能懂点儿事吗？”奶奶弗雷德里卡会边说这句话边伤心地把我盘子里的东西倒进垃圾箱。“你能不能安静一分钟让我想想问题？”自打我记事起，所有人都一直问我能不能安静一会儿。可那个时候我的答案永远是不。

之后奶奶在美容院遇到了一位阿姨，她对奶奶说可以把我带过去和她的孩子一起玩。那个地方很远，我们得开车过去。她的孩子竟然是两个大块头男孩，其中一个男孩虽然只有六岁，可是块头已经十分大了。他们有一个蹦床，而我那天穿的是裙子，我一跳起来裙子就飞上去，每个人都能看到我的内裤。我不记得他们是不是在故意戏弄我。我马上就停下不玩了，感觉整个人都快发疯了，赶紧趁没人注意的时候溜了出去。我打算走回家，回到我真正的家，有爸爸妈妈的布鲁明顿。

我知道我要走很长的路。但我从没想过我可能走错了方向。我专挑有树荫和洒水车的路走。途中一个阿姨问我爸爸妈妈在哪里，我说我来看爷爷奶奶。她就没继续问下去了。我开始这段路程的时候，天色肯定很晚了。我只有五岁，尽管我觉得我可能走了很久，但绝对没走多远，不一会儿天就开始黑了。

我在一栋房子前停下了。房子是蓝色的，有一扇红色的门，我很喜欢。房子很小，就像童话故事里的一样。我敲了敲门。一个穿着背心和浴衣的男人开了门。他让我进来，给我倒了一杯酷爱牌饮料，我们一起坐在厨房里的餐桌旁。他人很好。我跟他说了拉里和凯伦、小丑面具、巨型男孩和我打算步行到布鲁明顿的计划。他听得很认真，还指出了计划里一些我没有注意到的瑕疵。他说要是我直接敲门问别人要晚饭或午饭，别人可能会给我一些我不喜欢吃的东西。我还得洗碗，因为这是一些家庭的规定，而且他们还有可能给我吃球芽甘蓝、肝或者其他我最讨厌吃的东西——我已经准备好放弃我走回布鲁明顿的计划了。

所以我告诉他我的爷爷奶奶姓库克，然后他给电话簿上所有姓库克的人一一打电话，直到找到了我的爷爷奶奶。爷爷奶奶过来把我接了回去，第二天就把我送回了布鲁明顿。他们觉得我太吵了，根本管不了我。

“你妈妈是怀孕了吧？”哈露问。

“不是。”我答。

“我觉得，呃，我的意思是，一般情况下孩子被送到爷爷奶奶家不就是因为这个吗？我说的是传统的习惯。”

妈妈并没有怀孕，而是精神崩溃了，但我并不打算告诉哈露。这个故事的美妙和实用之处在于它能分散人的注意力。所以我继续说：“我还没跟你讲最奇怪的部分呢。”哈露使劲拍着手。喝了酒以后的她像被逮捕的时候一样，变得娇羞迷人。

一个穿凯尔特人队球衣的男人走了过来，但是哈露挥手让他走开了，脸上带着一副“我比你更伤心”的表情。“我们正要讲这个故事最奇怪的部分呢。”她解释道。他在旁边转了几分钟，希望能听到那个奇怪的部分，但我的故事可不是讲给所有人听的，所以我一直等到他出去才开始继续讲。

“在那栋蓝色的小房子里，我说想上厕所，”我说，尽量把声音压低，凑近哈露，我们离得太近，我都能闻到她呼气时散发出的啤酒味，“穿浴袍的男人告诉我是右边第二个房间，但当时我只有五岁，我走错了，走到了一间卧室。卧室里有一个女人，她趴在床上，手和脚都被绑在了背后，是用长筒袜绑的。她的嘴里也塞着东西，好像是男人的袜子。”

“我开门的时候，她转过头看我。我不知道该做什么。我不知道该想什么。第六感告诉我事情明显不对劲。然后——”

有人推开百丽宫的门，进来后又把门关上了，屋里飘进来一阵凉风。

“她朝我眨眼。”我说。

一个男人径直朝哈露走过来，把手放在她的后颈上。他戴着一顶黑色针织无边帽，上面有一片加拿大枫叶，他的鼻子尖尖的，有一点点往左斜。他长得很好看，是冲浪运动员类型，但很低调。我上一次见他是在学校餐厅，那时候他正在躲哈露扔过去的方糖。“露丝，这是雷哲，”哈露说，“一提起他我就会变得很温柔。”

雷哲没认出我。“我记得你跟我说你要工作。”

“我记得你跟我说你要去图书馆。”

“我以为有什么紧急情况呢，紧急集合。”

“我以为你必须得为这次重大的考试努力学习呢。这可关系到你的未来呀。”

雷哲从旁边的位子上拿了一把椅子，直接拿起哈露的啤酒喝了起来。“你过会儿再谢我。”他说。

“闭嘴行不行？”哈露又说，“露丝玛丽最喜欢的超级英雄竟然是人猿泰山。”

“天哪，他可不是。”他脱口而出，“泰山没有超能力。他不是超级英雄。”

“我早就跟她说过了。”

这是真的。在哈露问我之前，我并没有最喜欢的超级英雄，我一时冲动才选了泰山，她的其他问题我也是一时冲动随便说的。但是她越质疑我的选择，我就对我的选择越坚定。我就是这样，别人越是反对我，我就越是坚持，不信可以问我爸爸。

现在她重新提起了这个话题，我觉得她真是个胆小鬼，一开始假装相信，而实际上却是在潜伏，静静地等后援。

但是人多力量也不一定大，至少在我家是这样。“这跟环境有关，”我说，“在一个世界里很普通的能力，在另一个世界里就是超能力，比如超人。”

雷哲不同意我拿超人举例子。“蝙蝠侠是我能接受的极限。”他说。他戴帽子的样子虽然很性感，但帽子下却是个榆木脑袋，我很庆幸我不是他女朋友。

6

事实上，我从来没读过巴勒斯，在家里爸爸妈妈不让我读他的书。我知道的泰山是在上厕所的时候听其他人说的。雷哲跟我说这套书[1]有种族歧视的倾向，我不知道是这套书有种族主义倾向，就算有，这也不是泰山的错，还是泰山本身就有种族主义倾向，要是这样问题就棘手了。可要是直接说我根本没读过这套书的话，我肯定赢不了这场争论。在这种情况下，就只有一个办法，那就是说一声“天哪，竟然这么晚了”，然后离开。

沿着市区里纵横交错的黑暗街道独自走回家，一辆火车从我右边呼啸而过，火车道旁起落栅栏上的灯亮了，铃铛也响了。一阵冷风吹来，吹得树叶沙沙作响。伍德斯托克比萨店外面有一群酒鬼，我特意穿过马路绕开他们，其中一个人朝我喊了一嗓子，但我没理他。

回到家，托德还没睡，他也没读过巴勒斯，但是他看过好几遍

1　指美国作家巴勒斯创作的《人猿泰山》系列小说。——编者注

日漫版本的人猿泰山——《新丛林之王泰山》。日漫里的泰山有超能力。绝对有。托德给我讲这个故事，我觉得它像是一出烹饪和色情结合的喜剧。他还说下次回家的时候给我带几期来看，但好像忘了我听不懂日语。

我都没法跟托德引出我的重点——雷哲是个混蛋——因为托德一直忙着说自己的重点：日本漫画家德弘正是个天才。最后“雷哲的所作所为真是太混蛋了”的想法在我脑子里也渐渐淡了。谁让我一开始叽叽喳喳地说泰山呢？这也太轻率了，我当时肯定是喝醉了。

一两天后，我终于找到了以斯拉。我的箱子的确在他那里，但是他气还没消，不太可能轻易把箱子给我。“你很忙吗？”我怀疑地问道。他以为这栋公寓有几层啊？

“说对了，”他说，“要是你觉得我不忙的话，只能说明你见识太少了。”

两天以后，他才打开装扫帚的柜子——柜子里有屎，这些屎威力巨大。以斯拉跟我说，要是愿意的话，我可以用这些屎毒死整个城市的人。他的责任就是守护这些屎，不让它们落入住在三楼的恐怖分子手中——把箱子从里面拿了出来。箱子上已经结了一层硬壳和一层蓝色的粉末。

“哦，对了，”以斯拉说，“我差点忘了。昨天有个人来找你，说他是你哥哥特拉弗斯。他本来想进来等你，但是我跟他说你不在的时候我要是让你的家人或朋友进你家，你能吃了我。”

我不敢相信那个人竟然是我哥哥，他终于还是来找我了，这真是一个大大的惊喜。可我又很失望以斯拉让他走了，他一走就可能再也不回来了。两种情绪交织在一起，让我的心情特别复杂。我的心怦怦地跳着，感觉马上就要跳出来了。

尽管爸爸妈妈现在偶尔还能收到哥哥寄的明信片，但我最后一次收到哥哥的消息是高中毕业的时候。世界很大，他在一张印有吴哥窟的明信片背面写道，做个大人。邮戳是伦敦，这就说明他可能在伦敦以外的任何地方。哥哥的名字不是特拉弗斯，这是以斯拉说的话里最有说服力的一点，哥哥肯定不会用他的真名。

“他说没说过他会回来？”我问。

“也许吧，也许他说过过两天再来。”

“过两天？这是个准确的数字还是大概的数字？他说的是过两天还是过几天？”

但是以斯拉不肯再说了。以斯拉坚持信息的简要原则，只会透露他认为必要的信息。他吸了吸牙齿说他记不清了，说他很忙，要管整整一栋公寓。

小的时候，哥哥是这个世界上我最喜欢的人。当然，他也很坏，而且是经常很坏，但也有很多很好的时候。他会花很长时间教我传球和打牌。我怀疑这些游戏可能是赌博游戏：金罗美牌、扑克牌配对、红心扑克和纸牌游戏。他很会打牌，但是在他的教导下，我打得比他更好，因为我那时候很小，没人能想到我打牌很好。我们经常跟哥哥的朋友打赌，赌注很大的那种，他们直接给哥哥现金，而我是要“垃圾桶男孩”的卡片，这可是游戏世界里的万能货币。我小时候有上百张这种卡片，我最喜欢的是贝蒂虫的牌，那个绿色的小仙女，她的微笑很甜。

我还记得有一次我说史蒂夫·克雷默很讨厌，他不喜欢我这么说他，就朝我扔了一个雪球，雪球里面有一颗石子，用实际行动证明了我说的是对的。回家的时候，我头上顶着一个鼓鼓的包，膝盖里还有一些沙子。第二天，哥哥把史蒂夫的手捆在背后，拖着他走到我面前让他跟我道歉。然后哥哥就带我去吃冰雪公主，用他自己的钱给我买了一个巧克力甜筒。后来我们两个受到了惩罚，因为哥哥扭了史蒂夫的手腕，也因为我们两个偷偷离开学校。但是爸爸妈妈为了哥哥稍微模糊了一下家规，所以我和哥哥都没有受到什么实质性的惩罚。

其实我来加州大学戴维斯分校有好几个原因。

第一，这里离家够远，没人认识我。

第二，爸爸妈妈同意我来这里上学。我们一起参观过这所学校，他们觉得这个地方很有美国中西部的风格。他们很喜欢这里宽敞的自行车道。

第三，这是最重要的一点，我是因为哥哥才来这里的。爸爸妈妈肯定知道这一点，而且也希望哥哥能来找我。一般情况下，爸爸把钱包看得很紧，哪怕这里有世界上所有跟中西部风格相似的自行车道，爸爸也不可能舍得给我出一年在其他州读书的学费。印第安纳也有很好的大学，其中一所离我家只隔着几条街。

但是联邦调查局曾经告诉我们，1987年春天哥哥在戴维斯出现过，那是他消失后的第一年。政府不可能把所有事情都搞错，即使一座坏掉的钟也可能有指对时间的时候。除了戴维斯，他们再没在其他地方发现过他。

我觉得我就要坚持不住了，我不想做家里唯一的孩子。我一直幻想有一天哥哥可能会敲我的门，然后我什么都没想就跑去开门，以为是以斯拉来借托德的游戏机或是宣布公寓处理有害垃圾的最新方案。开门后我肯定会立刻认出他。天哪，我太想你了，哥哥会说，然后将我一把拉到他怀里，告诉我从我走后你经历的每一件事。

最后一次见他的时候，我十一岁，那时候他很讨厌我的直觉。

毫无疑问，那个箱子不是我的。

7

我给哈露讲的那个故事——就是我被送到印第安纳波利斯的爷爷奶奶家的故事——很明显不是真正从中间开始讲的。但我却是这么跟哈露说的，所以我是从中间开始讲的这个故事，但是真正发生的事情和我讲的故事其实很不一样。这并不是说我讲的故事不是真的，只是我实在是不记得其他的事情了，或者是我只记得该怎么讲这个故事了。

语言对我们的记忆确实有这样的功能——简化、巩固、编辑、保存。一个经常被讲述的故事就像家庭相册里的一张照片，它最终会让拍照的人忘了他真正想要记录的那个瞬间。

哥哥已经来了，我的故事也陷入了瓶颈期。故事要是不从前面开始讲，后面的故事也就没法讲了，所以我要回到故事的结尾，回到我被爷爷奶奶送回自己家的时候。

我正好知道怎么讲这个故事的结尾，正好我之前也从来没有讲过这个故事的开头。

第二章

或许在日历上，这段时间只如白驹过隙，其实却是漫漫时日，难以倏忽而过。在这段时间里，尽管有时伴我同行的有优秀的人们，有中肯的建议，还有鲜花和掌声，然而基本上我都是踽踽独行。

——卡夫卡，《致科学院报告》

1

现在是1979年，农历羊年，土羊年。

1979年世界上发生的大事有：玛格丽特·撒切尔当选英国首相。阿敏将军逃到了乌干达。美国总统吉米·卡特很快就要面临伊朗人质危机。同年，吉米·卡特还遭遇了沼泽兔攻击，他是美国历史上第一个和最后一个遭遇沼泽兔攻击的总统。那一年是他的多事之年，他忙得连喘息的机会都没有。

1979年还发生了一些事情，你也许没有注意到。这一年，以色列和埃及签署了一项和平协议，撒哈拉沙漠下了半个小时的雪。动物防御联盟会成立。马格达伦群岛上，八名海洋守护者协会成员用一种无害但持久性强的红色染料给一千条海豹幼仔染了色，目的是改变这些小海豹的外貌以使它们免于被猎人捕获。但这些人却被逮捕了，罪名是违反《海豹保护法》，这真是一个完美的奥威尔式讽刺。

斯莱兹姐妹组合的新歌《我们是一家人》在广播电台热播，《正义先锋》在电视台热播。《告别昨日》在影院热映，印第安纳州布鲁明顿市正准备迎接它的到来。

这些大事里，当时我唯一知道的就是有关《告别昨日》的。1979年我只有五岁，我自己也有很多问题。但是《告别昨日》在那时是布鲁明顿的大事，整个布鲁明顿都为之沸腾，即使是处于痛苦中的孩子也能感受到好莱坞市场的白热化。

很显然，爸爸想让我知道，按心理学家让·皮亚杰的观点来看，五岁的我在认知思考和情感发展上正处于前运算阶段。从更加成熟的角度来看，爸爸是想说我正在用我自己的逻辑框架来思考一件当时根本不存在的事情。处于前运算阶段的儿童的情感都是二歧分枝且极端的。

就当这是对的吧。

并不是说二歧分枝和极端永远都不对。我们可以简化一下这个问题，最后得出这样一个结论：那时我们全家人，无论老少，全都非常非常非常沮丧。

蹦床事件发生后我跨州出走、来到小蓝房子后的第二天爸爸就出现了。爷爷奶奶给爸爸打电话让他来接我回家，但没人告诉我这件事。我仍然觉得爸爸妈妈还是会把我送走，只是不送到爷爷奶奶那里，因为爷爷奶奶并不想让我待在那里。那么接下来他们会把我送到哪里呢？又有谁会爱我呢？我低声抽泣着，但尽量表现得端庄得体，因为爸爸不喜欢我哭，而我到现在还抱着一丝残存的希望。但是没人表扬我这么识大体，爸爸甚至都没注意到我哭了。很明显爸爸早就不在乎我了。

他们把我赶到了房间外面，然后留在里面低声说了很多不太吉利的话。直到爷爷奶奶把我的东西收拾好，让我坐进汽车后座，车开起来以后，我仍然不知道爸爸是要把我带回家。他们这样对我也算公平，因为之前我离家出走也没告诉他们我要去哪儿。

小时候，只要遇到不开心的事我就会睡觉，一觉醒来后不开心的事就会消失。所以我现在就在车后座睡着了。醒来的时候我发现自己在一个完全陌生的房间里。最奇怪的是这个房间有一些我熟悉的痕迹。我的衣柜就在窗户旁边，我身下躺着的床是我自己的床，身上盖的被子也是我自己的被子——被子是奶奶弗雷德里卡还爱我的时候亲手给我做的，上面绣着向日葵，向日葵从被子脚一直延伸到枕头。但是抽屉里都是空的，被子底下只有光秃秃的床垫。

窗户旁边堆着一些箱子，几乎围成了一座堡垒，还有一个装啤酒罐的大袋子，袋子的提手那里露出了我的那本《野兽家园》，书皮上还有好时巧克力留下的鸡蛋形状的印子。我爬到一个箱子上向外望去，发现没有苹果树，没有谷堆，没有尘土飞扬的农场。窗外只有我从来没见过的后院、烧烤架、生锈的秋千和菜园。菜园被打理得很好，里面种着西红柿和豌豆荚。西红柿正在悄悄变红，豌豆荚正在爆开，豌豆藤像迷雾一样爬到了双层玻璃后面。在我之前住的农场里，像豌豆一样的菜还没爬到藤蔓上就会被人们摘下，要么吃掉，要么扔掉。

我之前住的农场每天都会有吵嚷声、鸣笛声和尖叫声：总有一些人使劲敲钢琴的声音、用洗衣机洗衣服的声音、在床上蹦来蹦去的声音、摔盘子的声音、因为想打电话而大喊着让其他人安静一会儿的声音。那时我们的房子周围永远都有梦一般喧嚣的声音。

我忘了当时我是怎么想的，可能觉得以后要自己一个人住在这里了。我哭着回到床上睡着了。尽管我希望这一切都不是真的，但醒来后我发现还是在同样的地方。我开始绝望地喊妈妈，眼里依然含着泪。

没把妈妈喊来，却把爸爸喊来了，他将我一把抱起来。“嘘，妈妈在隔壁房间睡觉呢。你是不是害怕了？对不起，之前没告诉你，这是我们的新家，这是你的新房间。”

“你们是跟我一起住在这里吗？”我小心翼翼地问道，不敢抱太大希望，我能感觉到爸爸打了个哆嗦，好像我掐了他一下似的。

他把我放下来。“看你的新房间是不是大了很多？相信我们在这里会生活得很幸福的。亲爱的，你可以到处逛逛，去探索一下我们的新家，只是先别去你妈妈的房间。”爸爸边说边指着他们的房间，就在我房间的正右方。

以前我们住的房子铺的是瘀青色的木地板，拿一桶水和拖把随便拖两下就能弄干净。但这栋房子却铺着银色的地毯，这样我就没法穿着袜子在地上滑冰了，也没法在屋里骑我的小自行车了。

新房子的二楼有我的卧室、爸爸妈妈的卧室、爸爸的书房（书房的墙角立着一块黑板）、浴室（浴室里有一个蓝色的浴盆但没有浴帘）。尽管我的卧室看起来比农场里那个明亮的小角落要大一些，但整栋房子比以前小了。好吧，也许按心理学家皮亚杰的观点来看，当时只有五岁的我根本就看不出这些差别。

一楼有客厅——墙上有一个瓷砖壁炉、带餐桌的厨房和浴室。这间浴室比楼上的浴室小，里面有一个淋浴头，但没有浴盆。浴室旁边是哥哥的房间，哥哥房间没有铺地毯。晚上我才知道哥哥不同意搬到这里，住在了他最好的朋友马克家里，只要马克不赶他走，他就打算一直住在那里。

这恰恰就是我跟哥哥不一样的地方——我害怕爸爸妈妈把我赶走，而哥哥却总是自己就走了。

每个房间都堆着很多箱子，那些箱子几乎都没被打开过。墙上什么也没有，架子上什么都没有。厨房里只有几个碗，我没看到之前家里的搅拌机、烤箱和面包机。

我将会在这栋房子里一直住到十八岁。今天是我第一次参观这栋房子，边转边想到底发生了什么事。我找不到给研究生们住的房间。我楼上楼下找了又找，只找到了三间卧室，一间是哥哥的，一间是爸爸妈妈的，还有一间是我的。爸爸妈妈没把我送走。

他们送走了别人。

离开布鲁明顿去上大学的时候，我曾经郑重地做过决定，在我的新生活里，绝对绝对不对任何人提起我的姐姐费恩。现在想想我上大学的时候确实从来没有提到过她，也很少想到她。要是有人问起我的家庭，我会说家里有爸爸妈妈，还有一个哥哥，哥哥很少回家。刚开始，不提费恩是我的决定，之后渐渐成了一个习惯，到现在要打破这个习惯已经很困难了。直到现在——2012年，我都受不了别人在我面前提起她。但我必须试着放松，试着提起她。

尽管她消失的时候我只有五岁，可我仍然记得她。我对她的印象很深，我记得她的味道，记得我们抱在一起时的感觉，但她的长相在我脑海里却很零散，我记得她的脸、耳朵、下巴、眼睛、胳膊、双脚和手指，但是我却不像洛厄尔一样能清楚地记得她的全貌。

洛厄尔是哥哥的真名。爸爸妈妈是高中参加暑假科学夏令营时在亚利桑那州的洛厄尔天文台相遇的。“我本来是来观察星空，但星星却在她的眼睛里。”爸爸总是这样说。这句话让我既开心又尴尬。两个小傻瓜就这样恋爱了。

要是当时能像洛厄尔一样因为费恩的离开而生气的话，我现在应该感觉好受一点。但当时我总觉得对爸爸妈妈生气太危险了，所以我并没有生气，反倒是很害怕。当意识到我是被留下的那个，而不是被送走的那个时，我终于感觉放心了，但我又感到很羞愧。每次想起这件事的时候，我都尽量安慰自己当时我只有五岁。我想尽量做到公正，对我自己也要公正。我很希望我能原谅我自己，尽管到现在为止我还没有成功，也不知道未来我能不能成功。或者说我不知道我应不应该原谅我自己。

跟爷爷奶奶一起住在印第安纳波利斯的那段日子仍然是我人生中最重要的分界线。在这之前，我有一个姐姐，而在这之后，姐姐消失了。

在这之前，我越滔滔不绝，爸爸妈妈就越高兴。而在这之后，他们和其他人一样都要求我安静下来。最后我终于彻底安静下来了。（不是仅仅安静了一会儿，也不是因为别人让我安静我才安静的。）

在这之前，哥哥是家里的一员，而在这之后，他一直是在虚度时光，一直在想着怎么离开我们。

在这之前，很多发生过的事情都从我的记忆中消失了，或者压缩精炼成了并不真实的童话故事。从前，有一栋带院子的房子，院子里有一棵苹果树、一条小溪和一只猫，猫的眼睛是月亮的颜色。而在这之后的几个月里，我记住了很多事情，而且大多数都记得清清楚楚。随便挑一件我小时候发生的事，我可以立刻告诉你它是发生在费恩消失之前还是之后，因为我能立刻判断出这件事情里的我是之前爱说话的我还是之后沉默寡言的我。费恩消失前的我和费恩消失后的我完全是两个截然不同的人。

但仍然有很多值得怀疑的地方。我当时只有五岁，怎么可能一字不差地记得当时大家讲的所有话，怎么可能记得录音机里放了哪首歌，怎么可能记得我穿的衣服？为什么我脑子里很多场景的观察角度都是俯视，好像是我爬到窗户上面俯瞰我的家人一样？为什么我脑子里明明有一件记得很清楚的事，事情发生的场景以及各种颜色我都记得清清楚楚，但我却深信这件事情从来没有发生过？在这里夹个书签，我们之后再讨论这个问题。

我记得小时候别人经常让我安静一点，但我却记不清我到底说了些什么。因为我正在回忆以前的故事，所以你可能会误以为我那个时候早就安静下来了。但请你在任何场景下都想象我很能说，直到我跟你说我开始变安静为止。

爸爸妈妈也把嘴巴闭上了，之后我就在这奇怪的安静中度过了我的童年。小的时候爸爸妈妈会因为我把德克斯特·波音德克斯特，我的绒企鹅（因为我很喜欢抱它，所以它已经衣衫褴褛了，它是被我的爱毁掉的），落在加油站的洗手间里而半路掉头重新开回印第安纳波利斯。他们从来没有回忆过那些日子，却经常说起朋友马乔里·韦弗把岳母扔在了那个加油站里。我敢保证，这也是个精彩的故事。

我听奶奶弗雷德里卡说过，我小时候走丢过，爸爸妈妈报了警，最后发现我是追着圣诞老人走出了百货商店，进了一家香烟店。圣诞老人买了雪茄，还朝我吐了一个烟圈。对我来说，警察来找我是给我的又一个奖励，让美好的一天变得更加美好了。爸爸妈妈却从来没跟我说过这件事。

我听外婆唐娜说过，我曾经为了制造惊喜而在蛋糕里藏过一枚一角硬币，一个研究生咬到了这枚硬币，被硌碎了牙齿，所有人都以为是费恩干的，最后我开口说出了真相。我真是既勇敢又诚实，更不用说我有多大方了，因为那枚一角硬币是我的。爸爸妈妈也从来没跟我说过这件事。

谁知道我脑子里还有多少这种十分有趣却未经证实的记忆呢？如果不算在学校里嘲笑费恩的同学的话，经常提到费恩的人只有外婆唐娜和哥哥洛厄尔。可是最后妈妈命令外婆不要再提起费恩，而哥哥也离开了我们。他们两个都有十分强烈的动机：外婆唐娜不想让妈妈再受到任何指责，而哥哥洛厄尔把他的故事藏进了刀子里。

很久以前，有这么一户人家，这户人家有两个女儿，她们的爸爸妈妈承诺一定会给这两个女儿平等的爱。

2

大多数家庭里都有一个受宠的孩子。父母一般不会承认这一点，也有可能是他们真的没意识到，但是孩子却很敏感。不公平对孩子来说很痛苦，做千年老二真的不容易。

当然，受宠的那个也不舒服。不管是不是自己争取来的，受宠也是一种负担。

我是妈妈最喜欢的孩子，洛厄尔是爸爸最喜欢的孩子。我既爱妈妈又爱爸爸，但是我最爱哥哥洛厄尔。费恩最爱妈妈。而洛厄尔更爱费恩。

我列出的这些事实看起来很公平。每个人都被其他人宠着，彼此之间的爱环绕在我们身边。

3

从印第安纳波利斯回来后的几个月是我人生中最痛苦的一段时间。妈妈像人间蒸发了一样。她只有晚上才会从卧室出来，并且永远穿着一件绣花法兰绒紧身睡衣，脖子上还戴着孩子气的蝴蝶结，让人看了特别不舒服。她已经很久没梳过头发，头发打成结披散在脸上，眼睛深深地凹进去了，像是被人打得瘀青。她刚想说话，却不自觉地举起了手，一看到这个动作，突然就沉默了。

妈妈现在很少吃东西，也不做饭。于是爸爸便开始做饭，但他从来没认真做过。每次从学校回来后，他就会在厨房里随便找点东西做一下。我记得当时我们的晚饭一般都是撒上花生酱的椒盐饼干，开胃菜是罐装西红柿汤，主食是罐装蛤蜊浓汤。每顿饭都是一场无言的反抗。

外婆唐娜开始每天过来照顾我，但在1979年的布鲁明顿，照顾我并不代表我不能离开她的视线。外婆允许我在附近玩耍，之前住在农场的时候，爸爸妈妈也允许我在农场附近逛逛，唯一的不同就是之前爸爸妈妈不准我去河边玩，现在外婆不准我去马路边玩。外婆不让我自己过马路，除非旁边有大人陪我，每次想去马路对面时，我总能找到一个大人带我过马路。我与大多数邻居见面的方式一般都是牵着他们的手顾盼马路左右。我记得邻居贝西勒先生问过我是不是在为参加奥林匹克谈论比赛而训练。他说我一看就是冠军料。

街上没有多少小朋友，更没有跟我差不多大的孩子。安德森家有一个女婴叫埃洛伊丝。南边隔着两栋房子的那一家有一个十岁的小男孩叫韦恩。对面街角住着一个高中男孩。没有一个人可以跟我一起玩。

所以我跟邻居家的动物都有了不错的交情。我最喜欢的是贝西勒家的狗斯尼皮特。斯尼皮特是一只西班牙猎犬，棕色和白色相间的毛，粉红色的鼻子。贝西勒一家平时把她拴在院子里，因为只要一放开她就逃跑，她已经被车撞过至少一次了，这只是他们知道的。我会跟斯尼皮特一起待好几个小时，她把头放在我脚上，竖起耳朵听我说的每一个字。贝西勒一家发现我总是来找斯尼皮特后，就特意为我在院子里放了一把椅子，这是一把小椅子，是他们的孙子小的时候坐的，上面还有一个心形的坐垫。

我也经常自己一个人待着，或者是跟玛丽待在一起。（还记得玛丽吧？我想象中的好朋友，可是没人喜欢她。）我早就习惯一个人待着了，以前也经常这样，所以我并不在乎。

外婆唐娜会过来换床单、洗衣服，但她只在爸爸不在的时候过来，她受不了跟爸爸共处一室。如果说洛厄尔因为费恩被送走了而生气的话，外婆则是因为爸爸妈妈之前让费恩住进来而生气。我知道她肯定不会承认，她肯定会说她很爱费恩，但是即使那时我只有五岁，我也知道这不是真的。我经常听外婆讲我一岁生日的时候，费恩把她钱包里的东西都倒出来了，还吃掉了姥爷丹的最后一张照片。那是一张宝丽来照片，唐娜外婆一直把它藏在钱包里，伤心难过的时候就会拿出来看。

洛厄尔说要是有两张照片的话，我可能会把另一张拿起来吃掉，因为那时候费恩做什么我就会跟着做什么。洛厄尔也说过爸爸觉得外婆很有可能故意把包放在费恩能碰到而我碰不到的地方，很明显包里面放着有毒的东西。

爸爸本来打算用外婆和奶奶的名字给我和费恩取名字，也就是说我们一个叫唐娜一个叫弗雷德里卡，用抛硬币的方式来决定，但是外婆和奶奶都坚持让我叫她们的名字。爸爸本来是想做件让大家都开心的事，算是给大家一些补偿，可是最后她们两个却争起来了，这让他很生气。他可能想到了外婆唐娜会这样，但他没想到自己的亲生母亲也会这样。争吵的洞马上要打开了，库克家族的时空连续体马上要破裂了，这时妈妈出现把洞堵住了，她说我叫露丝玛丽，而费恩叫费恩，因为她是妈妈，这是她想给孩子们取的名字。我知道这件事是因为外婆唐娜在一次争吵中提到过，用这件事来进一步证明爸爸有多奇怪。

我很高兴我们没有叫外婆和奶奶的名字。我觉得可能是因为唐娜是我外婆，所以我总觉得唐娜听起来是外婆那一辈人的名字。弗雷德里卡呢？名字有什么关系呢，玫瑰不叫玫瑰，依然会芳香如故，要是你非得这么说的话。但是我不敢保证如果我一辈子都叫弗雷德里卡，会不会产生什么麻烦。我也不敢保证这个名字会不会把我折磨疯（不是说我现在没叫这个名字就没被折磨疯）。

外婆唐娜会打扫厨房，打扫完要是还有劲儿的话也会打开一些箱子整理里面的餐具或者是我的衣服，很明显除了她以外根本没人打算整理箱子里的东西。外婆会给我做午饭，还会做一些像溏心鸡蛋一样有药用价值的食物端到妈妈的房间里，然后把妈妈抬到椅子上给妈妈换床单，脱下妈妈的睡衣给她洗睡衣，再求着妈妈吃饭。有时候唐娜外婆非常心平气和，会跟妈妈讲一些她喜欢的有益身心的话题，内容主要是一些她从来没见过的人的健康和婚姻问题。她很喜欢死人，经常读一些历史传记，对英国都铎王朝情有独钟，都铎王朝最鲜明的特点就是夫妻关系不协调。

要是这些都不管用的话，她就会活跃起来。她会说天气这么好，你一直这样待在屋里太浪费了，哪怕天气不好她也会这么说。她会说你的孩子需要你，说我一年前就该上幼儿园了。（我没上幼儿园，因为费恩不能上幼儿园，玛丽也不能上。）她会说该有人管管洛厄尔，他只有十一岁，老天啊，他不应该这么早就离开家。外婆想让她的孩子对她的外孙进行情感上的勒索，而洛厄尔逃过了这一劫，在外婆看来，爸爸应该严厉地管教洛厄尔，有时候甚至应该用腰带打他。

她曾经开车到过马克家，打算逼洛厄尔回家，但最后却灰头土脸地回来了。哥哥和马克骑车出去玩了，没人知道他们去了哪儿，马克的妈妈说我爸爸很感谢她让洛厄尔在她家住，还说要是爸爸来接他的话她就会让洛厄尔回家。唐娜外婆对妈妈说，马克的妈妈会把孩子带成野孩子的，她自己就是一个很粗鲁的女人。

外婆会在爸爸回来前离开，有时候她会嘱咐我别告诉爸爸她来过，因为她对爸爸的厌恶已经深入到了骨子里，就像厌恶天使蛋糕里面的蛋白一样。爸爸当然知道外婆来过，要不他怎么能放心地把我留在家里？爸爸回来后要不了多久，就会把外婆送进妈妈卧室里的食物拿出来扔掉。然后给自己拿一罐啤酒，喝完啤酒喝威士忌。他也会给我拿一块涂着花生酱的饼干。

晚上在我的房间里能听到争吵声，妈妈的声音太轻了，我一点都听不到（或许妈妈根本就没说话），爸爸那时已经醉了（我现在才知道爸爸是喝醉了）：你们所有人都怪我，我的孩子，我的老婆。我们还能怎么选呢？可我和你们一样难过啊！

洛厄尔最后终于回来了，在黑暗里摸索着上楼，没人听到他的声音，然后他走进我的房间把我叫醒。“要是，”他说——十一岁的哥哥对五岁的我说，用手臂搂住我，这样他身上的瘀青就会被我的 T 恤袖子遮住——“要是这次你能闭上你那张嘴。”

我这辈子从来没因为见到一个人而如此高兴过。

4

我对爸爸妈妈卧室里关着的门产生了恐惧症。每天深夜我都能听到那扇门被关上的声音，像心脏一样跳动着闭合了。只要洛厄尔同意，晚上我就去他的卧室和他挤在一起睡，我想尽量待在这栋房子里离爸爸妈妈的卧室最远的地方。

有时候洛厄尔会很同情我，有时候他似乎也会很害怕，我们都经历着费恩消失和妈妈崩溃的重大变故，有一段时间，我们两个是一起面对的。洛厄尔会给我读书，或者边玩复杂的单人纸牌游戏边听我在一旁叽叽喳喳。他玩的游戏需要两三副牌，几乎没有赢的可能。洛厄尔就喜欢玩那种没人能赢得了的游戏。

有时候要是他半梦半醒的话，就会让我半夜爬到他的床上，以避开爸爸在卧室里怒吼的声音。可我半夜过来的时候他要是还很清醒，就会生气，把我送到楼上，让我自己在楼上默默地哭。在我们家，换床睡觉几乎是一种习俗，费恩和我基本上每天早上醒来躺的床都不是我们前一天晚上睡觉的床。爸爸妈妈也觉得不想自己一个人睡觉是哺乳动物的天性。尽管他们想让我们在各自的床上睡，因为我们一起睡觉就会互相拳打脚踢，但他们从来没有坚持过。

洛厄尔睡觉的时候，我就玩他的头发，好让自己平静下来。我喜欢用两根手指像剪刀似的夹住一小绺头发，然后用大拇指玩刺刺的头发尖。洛厄尔的发型跟《星球大战》里卢克·天行者的发型一样，但头发颜色却跟汉·索罗的一样。当然我那时候并没看过那部电影。我太小了，不能看那个，而且费恩也不能去电影院。但是我们有游戏卡，我从卡片上知道了他们的发型。

洛厄尔看过好几遍《星球大战》，就演给我们两个看。我最喜欢卢克。“我是卢克·天行者，我是来救你的。”费恩的品位比较复杂，她更喜欢汉·索罗。“笑起来吧，小绒球。”

受到不公平的待遇会让孩子很痛苦。当我终于可以看《星球大战》时，我发现影片最后卢克和汉都得了奖，但楚巴卡没有，我觉得整部电影被毁了。之前洛厄尔在给我们讲《星球大战》的时候把结局改了，所以我看到这里时非常震惊。

洛厄尔的房间里有一股潮湿的雪松味，味道来自一个装了三只老鼠的笼子，这些老鼠是被爸爸实验室的人丢掉的，它们一整晚都在不停地转笼子里的小转轮，发出吱吱吱吱的声音。现在回想起来，实验鼠从实验室的数据点转换成宠物的过程真是太不可思议了。它们成了宠物以后，就有了名字，可以享受特权，还会定期去看兽医，这么大的转变在一下午之内就完成了。真是活生生的灰姑娘的故事！但那时我并没有意识到这一点。那时，赫尔曼·明斯特、查理·柴德和戴头巾的小坦普尔顿对我来说没有什么其他的意思，就是三只小老鼠而已。

洛厄尔身上也有味道，不臭，却很刺激我的感官，因为他身上的味道变了。那时我以为这是因为他很生气，我以为我闻到的是生气的味道，但他正在长大，正慢慢失去童年甜蜜的味道，身上开始有了酸味。他睡觉的时候一直在出汗。

大多数早上，哥哥都是在其他人醒来之前离开。一开始我们都不知道，后来才知道他一直跟比亚德夫妇一起吃早饭。比亚德夫妇没有孩子，是虔诚的基督徒，住在街对面。比亚德先生视力不好，洛厄尔每天都大声地给他读体育新闻，而比亚德夫人就在一旁煎培根鸡蛋。比亚德夫人觉得洛厄尔像苹果派一样甜，非常招人喜欢。

她知道一点我家的情况。布鲁明顿大多数人都知道一点，但是没人能真正明白。一天早上比亚德夫人出现在我家门口，手里拿着一罐巧克力饼干，秋天温暖的阳光从她身后照过来，把她衬得像天使一样。“我正在为你们全家人祈祷。”她跟我说，“记住，你是上帝造出来的人，一定会挺过这场风暴的。”

每个人都认为费恩死了，唐娜外婆说。你也可能这么想。但对于当时只有五岁的我来说，要是没人告诉我的话，我自己当然不可能想得到，然而所有比我大的人都想到了。

我只能告诉我自己，爸爸妈妈跟我解释过费恩为什么消失了，而且还解释过很多次，只是我自己不愿意想起来罢了。事实上，他们几乎一个字都没跟我说过，这听起来更不可思议。但是我很清楚地记得每天早上我都在恐惧中醒来，晚上在恐惧中睡去，这是一种刚刚萌芽的恐惧。而不知道恐惧的原因并没有减少我的恐惧，反倒让我更加恐惧。

无论如何，费恩当时没死，现在也没死。

洛厄尔开始看心理咨询师，而这成了爸爸每天晚上的独白中经常出现的话题。洛厄尔的咨询师建议他进行一次家庭商谈，跟父母单独交流，或者做一些可视化和催眠练习。而爸爸听到这些建议肯定会发怒。心理分析就是一派胡言，他会说，就是一些无用的文学理论。心理分析在写小说的时候可能还有点用，小说里一个人的生活可能因为童年时候的一次创伤而定型，当事人甚至可能对这次创伤没有一点印象。可是心理分析的盲对照和控制组在哪里？重复性数据又在哪里呢？

爸爸认为，心理分析的命名法只有在它被翻译成类拉丁语的英文的时候才有一些科学光泽。而在德语里，这个词只是一个令人眼前一亮的中性词。（你一定要想象他大吼着说出这些话的场景。在我长大的这个家庭里，发火的时候吼出“类拉丁语”、“命名法”和“科学光泽”等专业词汇再正常不过了。）

可是让哥哥看心理咨询师却是爸爸的主意。跟其他问题少年的家长一样，他觉得他应该做点什么，而跟其他问题少年的家长一样，他只能想到去看心理咨询师。

而对我，他则是请了一个保姆，梅丽莎。梅丽莎是个大学生，戴着猫头鹰一样的眼镜，有着蓝色条纹的镜腿像闪电一样穿过她的头发。她来的第一个星期，只要她一来我就上床睡觉，直到她离开我才起床。承认吧，我就是保姆们梦寐以求的类型。

我之所以这样做是因为我之前得到过教训。四岁的时候，有一个叫瑞琪儿的保姆为了让我不一直说话，喂了我好几勺用来做爆米花的玉米粒，还说要是我能保持一段时间不说话，玉米粒就会变成爆米花。听起来正合我意，所以我就忍着一直不说话，直到洛厄尔告诉我这绝对不可能实现。从那以后我就不喜欢保姆了。

当我习惯了梅丽莎以后，我决定喜欢她，她真是运气好，因为我想出了一个计划，那就是用我身上唯一有价值的东西——说话——来拯救我的家庭，而我自己一个人做不到。我试着跟梅丽莎解释我将要为爸爸展示的游戏，以及我将要参加的测试，但她完全没搞懂。

所以我们彼此都做出了让步。她每次来都得教我一个词典上的新词，唯一的要求就是这个词必须十分生僻，几乎没人会用到它，而她之前也从来不认识这个词。我不在乎这个词是什么意思。作为回报，我必须持续一个小时不跟她说话。她会用烤箱上的计时器来计时，而一般我都会每隔几分钟就问一次还有多长时间结束。我想说的话都积攒在我的胸膛里，直到越积越多，多到随时要爆炸。

“今天过得怎么样啊，小露丝？”爸爸下班回来后会这么问我，我就会告诉他今天过得“热情洋溢”，或是“平淡如水”，或是“正十二面体”。“听起来真不错。”爸爸会说。

我们的这些对话本来就没什么信息量，也不需要连贯。用词不当？加分点。

我只是想让他知道，至少我还在继续着我的学习。费恩还在的时候，他心血来潮时就会把我叫过去，挽起袖子教我一些很难的词。

一天下午，唐娜外婆过来了，非得拉着妈妈出去转一圈——逛街喝咖啡。夏天过去了，秋天也在一点点流逝。梅丽莎本应该照看我，但却在看电视。

梅丽莎现在已经算是家里的一部分了，每天下午她都在家里看电视，尽管之前爸爸妈妈从来不让我白天看电视，认为孩子应该从零开始寻找自己的乐趣。

梅丽莎迷上了一部肥皂剧，不是爷爷奶奶看的那部，里面没有凯伦和拉里。梅丽莎看的这部肥皂剧主角有本、阿曼达、露丝尔和艾伦。如果说爷爷奶奶因为他们看的那部剧有一些色情镜头而觉得不满的话，梅丽莎看的这部剧完全就是一部禁片。梅丽莎让我跟她一起看，虽然我一点也看不懂。正是因为我一点也看不懂，所以我一点都不想看。至于看电视的时候我应不应该保持安静，我们两个有不同的意见。

梅丽莎渐渐放松了警惕。她先教了我一个词然后让我保证绝不会对爸爸妈妈说这个词。这个词是“猥亵”。要是十几年以后“猥亵”这个词在高考中出现我一定能答对，可是我并没有这么好运。这个词真的不太好用。

问问洛厄尔就知道我是不是个守承诺的人了。我一见到爸爸就说我今天过得很“猥亵”，而没说梅丽莎今天教我的官方词语“曼蒂安斯”，但是我不确定这个词有没有让爸爸更加坚定辞退梅丽莎的想法。

不管怎样，在我对爸爸说“猥亵”这个词之前，我对洛厄尔也说过。洛厄尔本来应该去上学的，可是有天却很早就回家了，从后门偷偷摸摸地溜进来，朝我招手让我跟他到外面去。我就跟着他出去了，但还是一直说个不停，并没有他想得那么安静。洛厄尔对我新学的词一点兴趣都没有，不耐烦地挥了挥手，就把这些词抛在了脑后。

外面站着一个邻居，就是街角白色房子里那个念高中的大男孩，拉塞尔·图普曼。他正倚在妈妈那辆蓝色东风日产汽车上，疲倦地点起根烟吸了一口。我从来没想过可以在家门口见到拉塞尔·图普曼，一下子就被他迷住了，整个人都兴奋起来。我对他一见钟情了！

洛厄尔举起手摇了摇，车钥匙在他拳头里叮叮地响。“你确定要带她？”拉塞尔问，看了我一眼，“我可听说她特别能说。”

“我们需要她。”洛厄尔答。所以我就坐在了车后座，洛厄尔给我系了安全带，他对这种事情很认真，即使不是拉塞尔开车，他也会很认真地给我系安全带。后来我才知道拉塞尔那时还没有驾照。他在驾校学过开车，知道怎么开。事后回想，坐在他的车里我竟然一点也不紧张，尽管这件事带来了严重的后果。

洛厄尔说我们将要展开一场秘密探险活动，一场间谍活动，他们允许我把玛丽带在身边，因为玛丽知道怎么管住自己的嘴，因此可以给我们所有人做示范。现在发生的这一切都很让我高兴，我很荣幸能跟大男孩们一起外出探险。现在想想，我才发现当时洛厄尔只有十一岁，而拉塞尔已经十六岁了，他们俩年龄差距还是很大的，但当时我却觉得他们两个同样迷人。

那段时间我也极度渴望能远离我们住的那栋房子。我曾经做过一个梦，梦里有人在爸爸妈妈卧室里面敲门，一开始还是一种活泼的旋律，像踢踏舞鞋发出的声音，可是声音一次比一次大，最后大到快要把我的耳膜震破了。我在睡梦中惊醒。身下的床单已经湿透了，我必须离开这张床到洛厄尔那儿换睡衣。

拉塞尔把妈妈之前听的广播电台换到了西伊利诺斯大学电台，这是个学生电台，里面放的歌我从来没听过，但是这并不能阻止我跟着背景音乐一起哼，直到最后拉塞尔说我把他折磨得神经疼。

见鬼了！我把他那句话重复了好几遍，但是声音很小，这样拉塞尔就听不到了。我喜欢舌头卷动的状态。

坐在后座的我看不到汽车前窗，只能看到拉塞尔的后脑勺，他时不时地靠在汽车靠枕上。我一直在想怎么才能让他爱上我。尽管我内心深处知道，夸夸其谈肯定没法得到拉塞尔的心，但实在想不到其他方法。

电台广播又放了好几首歌，还放了一出即将在好莱坞电台播放的原创神秘广播剧。之后电台接听了一个听众的电话，这个听众说他们老师让他们整节课都读《德古拉》，即使有些基督徒认为这会危害他们的灵魂。（我们在这里暂停一下，想象一下1979年那些不愿意读吸血鬼的人要是穿越到现在的话会是什么感受。好了，再回到我的故事吧。）

又有很多听众打进来。大多数人都喜欢读《德古拉》，也有一些人不喜欢，但是没人喜欢自以为是的教授。

车开始颠簸了，我能听到轮胎碾过石子的声音。不一会儿车子就停下了。我认出了郁金香树上那鲜艳的花冠，金灿灿的叶子在蓝天白云下摇曳，这是长在我们农场房子路边的。洛厄尔下车把农场大门打开，然后又回来了。

事先我完全不知道我们竟然要到这里来。原本心情还不错，现在却一下子紧张了起来。尽管他们没说，一般情况下他们什么也不会说，我却很确定费恩被留在了这栋老房子里，跟研究生们住在一起。我能想象她的生活跟以前差不多，有可能比我过得更逍遥，虽然会很想妈妈（难道我们不想妈妈吗？），但爸爸会不时过来监督他们的训练，看他们用带颜色的扑克牌和葡萄干做游戏。再过几个月，她就六岁了，我猜爸爸肯定会像往年一样给她买一个上面插着糖衣玫瑰的蛋糕，我和费恩都很喜欢这种蛋糕。（我那时候不知道其实费恩并不喜欢。）

之前我一直觉得她没去看妈妈肯定很伤心，我不想跟她一样伤心，可是现在看来她应该也不会太伤心。研究生们都很好，从来不会大吼大叫，因为爸爸不允许他们吼叫，而且他们都很爱费恩。比起我来，他们更爱费恩。有时候我得使劲抱住他们的腿不放开才能引起他们的注意。

我们正行驶在农场里的小路上。费恩总是能很快听到车开过来的声音，现在肯定已经趴在窗户上看了。我不太确定我想不想见到她，但是我很确定她不想见到我。“玛丽不想见费恩。”我对洛厄尔说。

洛厄尔扭了一下身子，斜眼盯着我。“老天！你不会以为费恩还住在这里吧？我靠，小露丝。”

我之前从来没听洛厄尔说过“靠”，现在想想，他那时候是想在拉塞尔面前表现表现。“靠”是又一个我觉得说起来很爽的词。靠靠靠，呱呱呱。“别跟个小孩似的，”洛厄尔说，“这里一个人都没有，整栋房子都是空的。”

“我才不是小孩子。”我条件反射地回了他一句，当时完全放松了警惕，没想到洛厄尔会突然讽刺我，但我也没生气。头顶上，熟悉的树枝像金色的云朵；脚底下，是轮胎压石子发出的嘎吱声。我还记得之前在这条路上我找到过各种各样的小石子，它们如水晶般晶莹剔透。这里的石子和四叶草都让我很着迷。我们的新房子外面就没有石子，一点也不好玩。

车停了下来。我们下车沿着屋子绕到了厨房前面，但门是锁着的。洛厄尔跟拉塞尔说所有的门窗都是锁着的，连楼上的窗户也在我们住在这儿的最后一年装上了栏杆。我还没学会怎么从苹果树爬到卧室里，这条路就被堵死了。

唯一能进去的方法就是从狗屋爬到厨房里。我不记得我们养过狗，但很显然，我们以前确实养过一只叫塔玛拉·普雷斯的小猎犬。而且我和费恩都爱她爱得无法自拔，我们还躺在她身侧睡觉，可在我两岁时她患癌症死了。这间狗屋跟其他狗屋不太一样，门闩在外面。

洛厄尔打开门，让我钻进去。

我不想钻。我很害怕。我觉得我们搬走肯定让这间房子受伤了，它肯定觉得自己被遗弃了。“这就是栋空房子，”洛厄尔鼓励我，“玛丽会跟你一起进去的。”就像我可以相信玛丽是个战士似的。

玛丽没法保护我。我想要费恩。费恩什么时候才能回家啊?

“嗨，”拉塞尔说，他竟然在跟我讲话！“我们还指着你呢，小屁孩儿。”

好吧，为了爱情。

我从狗窝爬进厨房，里面很黑，依稀透进来一些阳光，尘土颗粒在我身边跳跃、发光。这间厨房从来没这么空荡过。原来放餐桌的地方现在只有一块烂油布，不过看起来倒是比以前更光亮顺滑了。我和费恩曾经有一次躲在了桌子底下，这样就没人发现我们用签字笔在地上画画了。要是知道我们画在哪儿的话，你现在还能发现那些画的痕迹。

这间空空如也的房子仿佛嗡嗡地把我围住，使劲地挤我，让我难以呼吸。我能感受到整间厨房的愤怒，但我不知道到底是这间房子在生气还是费恩在生气。我赶紧跑去给洛厄尔和拉塞尔开门，他们一进来我就觉得房子放过我了。那种愤怒感消失了，剩下的是极度悲伤的感觉。

他们两个在前面走着，悄悄地讲话，我听不到说的是什么，所以很怀疑他们，但一直紧跟着。我想念这里。我想念这里宽阔的楼梯，我们以前总是坐着豆袋椅从楼梯上滑下来。我想念这里的地下室，冬天这里总是有好多筐苹果和胡萝卜，想吃多少就吃多少，可以自己随便拿，不需要征得大人的同意，只是你必须自己去黑暗的地下室里拿。可现在如果他们两个不下去，我自己肯定不敢下去，但如果他们两个下去，我也绝对会跟他们一起下去。

我想念这栋大房子以前的繁忙。我想念那个一望无际的院子。

我想念那个谷仓，我想念那个马厩，里面堆满了破凳子、破自行车、杂志、摇篮车、婴儿车和汽车安全座椅。我想念那条小溪和火山坑，夏天我们就在那个火山坑里烤土豆、做爆米花。我想念我们为了做科学实验而在阳台上养的那一罐罐蝌蚪。我想念天花板上画的星群。我想念图书馆地面上的地图，我们可以带着午饭在全球旅游，在澳大利亚或厄瓜多尔或芬兰享用我们的午餐。惠特曼的诗句“我的手掌覆盖各大洲”用红色的字弯曲地写在地图最西边的角上。我的手掌连印第安纳都盖不过来，但是我可以根据形状找到印第安纳。之后我就希望能认识地图上的字。我们搬家之前，妈妈一直在用爸爸的数学书教我学数学。“两个数字相乘得到一个数字。”

“真是一场畸形秀。”拉塞尔说，让我一下子对他好感全无。真是垃圾。新房子里我的房间要比这里的房间大。

“草坪上还连着电吗？”拉塞尔问。虽然现在前院开满了蒲公英、金凤花和三叶草，但你仍然能看出来以前这里是一片草坪。

“说什么呢。”洛厄尔说。

“我听说要是你踏进草坪，就会触电。据说为了不让人们踏进草坪，整个草坪都是通电的。”

“不是的，”洛厄尔说，“这就是个普通的草坪。”

梅丽莎终于看完了电视剧，才注意到我不见了。她在附近仔细找了一圈也没找到我，直到比亚德夫妇发现洛厄尔没去上学，催她给爸爸打电话。爸爸不得已取消了他的课，回到家发现车不见了。接下来的几天里他一直对我们强调我们不仅给他带来了麻烦，还给一整个班的学生都带来了麻烦，好像爸爸不去上课不是这些学生们这周最高兴的事情一样。

我们一回来，爸爸就把我从汽车后座上抱出来，也没问我今天过得怎么样。可就算他不问我也一直在跟他讲。

5

有一件关于玛丽的事情你还不知道。我童年时期自己想象出来的朋友并不是一个小女孩，而是一只小黑猩猩。

当然，我的姐姐费恩也是。

可能有些人早就想到了。其他人可能会气我太做作，隐瞒了这么久费恩的真实身份。

我得为我自己辩护一下，我这么做是有原因的。我人生中的前十八年都是在我和一只黑猩猩一起长大的这个事实中度过的。为了忘记这件事，我穿越了大半个国家。所以我绝对不会一开始就对别人提起这件事。

但更更重要的原因是，我想让你看清楚事情的真相。现在我告诉你费恩是一只黑猩猩，你就不把她当成我的姐姐了。你现在肯定在想我们是把费恩当成宠物来爱的。费恩离开以后，唐娜外婆告诉洛厄尔和我，当初我们的狗塔玛拉·普雷斯去世的时候，妈妈就跟现在一样痛苦。外婆是在暗示我们费恩只是家里的宠物。洛厄尔跟爸爸说了，我们都很生气，所以唐娜外婆只好闭嘴不说了。

费恩不是家里的小狗。她是洛厄尔的小妹妹，他的影子，他忠诚的伙伴。爸爸妈妈承诺把费恩当亲生女儿来爱，多年来我都问自己他们到底有没有遵守这个承诺。我开始留意爸爸妈妈给我讲的故事，不久之后就开始回想他们曾经讲过的故事，想看看故事里面的父母是怎么爱自己的女儿的。我既是爸爸妈妈的女儿，也是费恩的妹妹。这个问题的答案不仅仅关系到费恩。

书上写了被溺爱的女儿、受压迫的女儿、大声说话的女儿，以及被父母要求安静的女儿。我还在书里发现了被关在塔中的女儿，她们被当成奴隶，遭人毒打；父母挚爱的女儿被送去给可怕的怪兽做家务。大多数情况下，女儿被父母送走后就成了孤儿，像简·爱和安妮·雪莉。但也有例外，格雷特和哥哥被扔在了森林中。黛西·提勒曼和兄弟姐妹被丢在了商场的停车场里。萨拉·克鲁的爸爸很喜欢她，可还是让她一个人在学校生活。总之，可能性很多，而费恩的命运也跟这些故事很像。

还记得我一开始提到的那个古老的童话故事吗——两姐妹一个口吐宝石和花，一个口吐蛇和癞蛤蟆？这个故事的结局是这样的：姐姐被扔到森林中，最后死在了那里，痛苦而孤独。她的亲生母亲把她抛弃了。这是妈妈给我们讲的，结局太悲惨，我宁愿从来没听过。所以早在费恩被送走之前很久，我就让妈妈再也不要给我们讲这个故事了。

但也许故事的结局是我自己想象出来的，因为当时我很伤心，很警觉。也有可能是费恩走了之后，我按照我的感觉调整了我的记忆。人们会这样做。人们总是这么做。

费恩消失之前，我从来不知道什么是孤独。我们两个就是双胞胎，她是哈哈镜里面的我，是另一个旋风一样的我。当然，很有必要提一点，我对她也是同样重要的。我跟洛厄尔一样，把她当亲姐妹来爱。但我只有她一个姐姐，所以我不确定我对她的感觉是不是爱姐姐的感觉，这是一个没有对照组的实验。可是第一次读《小妇人》时，我觉得我爱费恩就像乔爱艾米一样，但并没有乔爱贝丝那么多。

当时我们并不是唯一一个试图把黑猩猩宝宝当人类宝宝来养的家庭。俄克拉荷马州诺曼市各超市的走廊通道里有很多这样的家庭，在那里，威廉·莱蒙博士把黑猩猩当处方药一样开给他的研究生和病人。

我们甚至不是唯一一个把黑猩猩宝宝和人类宝宝一起养的家庭。但我们是继20世纪30年代的凯格洛之后，唯一把黑猩猩和人类当成双胞胎来养的家庭。在20世纪70年代，大多数养黑猩猩的家庭里人类孩子已经很大了，就不是实验的一部分了。

而我和费恩基本上是被爸爸妈妈用同样的方式养大的。我确定我是这个国家里唯一一个要拒绝所有生日派对邀请的黑猩猩妹妹。

尽管这是因为爸爸要防止我染上感冒，把病菌带回来，小黑猩猩对呼吸道传染病的抵抗力很差。在我人生的第一个五年里，我们只参加过一次生日派对，我已经没有印象了。不过洛厄尔告诉我那场派对上有彩饰陶罐、棒球帽和各种飞来飞去的糖果，但却发生了一场悲剧：费恩咬了寿星伯蒂·卡宾斯的腿。很显然费恩闯了大祸。

当然我也在想，其他养黑猩猩的家庭可能跟我们不一样。费恩对别人对她的冷落很敏感，一旦感觉到，就会吃醋并且发火。受到不公平的待遇会让黑猩猩很痛苦。

我最开始的记忆大多是触觉的记忆而不是图像的记忆：我躺在费恩身上，脸颊轻轻贴着她的皮毛。她刚洗了个泡泡浴，身上有草莓香皂的味道，下巴稀疏的绒毛上仍然挂着几滴水珠。

我看着她的手和她黑色的指甲，她的手指一伸一缩。当时我们肯定都很小。她的手掌是粉红色的，非常柔软，还有婴儿手掌的皱纹。她递给我一个大大的金色葡萄干。

我们面前摆着一盘葡萄干，我觉得这肯定是费恩的，不是我的。这是费恩在我们的游戏中赢来的。但没关系，因为费恩会分给我吃，一个给她，一个给我，一个给她，一个给我。我对这段记忆的感觉就是非常开心，非常满足。

接着就是之后的记忆。我们在爸爸的书房里玩“一样不一样”的游戏。费恩玩的版本是给她看两样东西，比如两个苹果或一个苹果一个网球。费恩会拿两张扑克牌，一张红色的，一张蓝色的。如果她觉得这两样东西是一样的，就给爸爸的研究生雪莉红色的扑克牌，而蓝色的表示不一样。直到现在我们都没有弄明白她是不是真的理解这个游戏。

而这个游戏对我来说太简单了。我会跟艾米一起玩游戏，艾米给我列出四样东西，然后问我哪一样不合适。有些时候这些题目很狡猾。题目从小猪、小鸭子、马和熊宝宝变成了猪、鸭子、马和熊。我很喜爱这个游戏，尤其是爸爸说过它没有正误之分，就是为了看看我的思考过程。所以我玩的是一个永远不会输的游戏，在玩的过程中我还可以告诉所有人我脑子中所有的想法。

我自己做出选择，同时也跟艾米讲我对鸭子、马和其他一些动物的认识，还有跟这些动物相处的经历。我跟她讲，要是你给鸭子喂面包，大的鸭子会把所有的面包都吃掉，不给小鸭子留，这是不是不公平？这样不好，分享才好。

我跟她讲有一次因为我带的面包不够，鸭子追在我后面跑。我说费恩就不拿她的面包喂鸭子，她都是自己吃。事实上费恩有时候自己吃，有时候也会喂鸭子。但艾米并不纠正我，我就底气十足地这么说了。我说，费恩不喜欢分享。直接把费恩跟我分享这件事省略了。

我跟艾米说我从来没骑过马，但我以后一定会骑马的。将来我会有一匹自己的马，可能叫它星星或火焰。费恩不会骑马对吧？我问她。我总是在找我能做而费恩却做不了的事。“有可能。”艾米一边回答我，一边做着记录。这样的生活太美好了。

但是费恩却越来越不耐烦了。她没法吃游戏中的苹果，所以就不玩“一样不一样”的游戏了。她跑过来，把她那粗糙的架子似的额头靠在我平整的额头上，我一眼望进了她琥珀色的双眼。她离我很近，呼出的气都到了我的嘴巴里。我能闻出来她不开心。这是她身上一直都有的湿毛巾味，但带着一丝辛辣痛苦的味道。“费恩，别烦我了。”我轻轻地推了一下她。怎么说我也是在工作呢。

她在屋子里转了一圈，比着手势想要苹果、香蕉、糖和其他美味的食物，但她很忧伤，因为这些东西都不会出现。然后她就在爸爸的书桌和大扶椅上跳来跳去。她穿着最喜欢的黄色衬衫，上面画着好几只画眉鸟，跳起来的时候衬衫就缩到了她的腰部，露出了底下的尿布。她的嘴唇像烟囱一样伸出来，小脸又白又光滑。我听到她发出了呜呜呜的声音，只有在着急的时候她才发出这种声音。

这个游戏她玩得一点也不开心，但我却一直玩得很开心。我要是爬到爸爸的书桌上，没人会制止我，也没人会提醒我注意安全。也许是因为没人对费恩说过这样的话，所以现在他们也不能对我说。爸爸的书桌比我想的要远，我没能爬上去，最后手肘朝下跌在了地上。跌倒的时候我听到费恩在笑，她的笑声让艾米他们很激动。一般情况下，黑猩猩只有在发生肢体接触的时候才会笑。在这之前，费恩只有在别人追她或挠她的时候才笑过。而嘲笑是人类才有的特征。

爸爸让雪莉和艾米认真观察费恩的笑声。受呼吸频率的影响，费恩的笑声是大喘气的声音。爸爸推测费恩在一次呼气吸气的循环中无法发出连续的声音。这对人类口头表达的发展又有什么意义呢？没人在乎刚才费恩是在嘲笑我，而我觉得这才是最重要的一点。

伤到手肘后我喊疼没人在意，结果我骨折了。爸爸让我看我骨折的 X 射线片子，以此来表达他对我的歉意。骨折的地方看起来像瓷器碎片。我身上竟然有一块摔碎的骨头，这是件严重的事情，而我却从中得到了一丝安慰。

但让我耿耿于怀的是，如果说费恩能做到而我做不到的事情像一座山的话，那么我能做到而费恩做不到的事情就只是一个小土堆。我的个头比她大，这应该让我有些优势，但她却比我壮很多。唯一一件我比她做得好的事情就是说话，可我也不会拿这个做交易。我不会为了能迅速爬上栏杆或像豹子一样挂在储藏室的门上而立刻拿说话来交换。

于是为了扳平我和费恩的比分，我发明了玛丽。玛丽能做所有费恩会做的事，而且玛丽只做好事不做坏事，所谓的好事就是听我的命令做事或者是替我做事。

尽管起初我发明玛丽的原因是想用玛丽来衬托我的好，但对我来说，玛丽最棒的一点是她是我的止痛剂。

从农场回来后的几天里，我和玛丽经常爬到拉塞尔·图普曼家后院的枫树枝上。现在我们正坐在树枝上看拉塞尔家的厨房，厨房里，拉塞尔的妈妈穿着一件画着精灵图案的拼接背心，她先用报纸盖住桌子，然后拿着一把刀走向南瓜。

为什么我们要爬到拉塞尔家的枫树上呢？因为整条街上的树，我就只能轻松爬上这一棵。这棵树的底部像叉子一样分成了三部分，其中一部分跟地面几乎平行，所以我可以像过高架桥一样在树上走，同时抓着上面的树枝保持平衡。再往上走一点我就得爬了，树上有很多树枝，踩在哪条树枝上都很容易继续往上爬。而我们能在树上看到拉塞尔家的厨房只是一个额外的奖励。我们来这儿就是为了爬树，不是为了侦查。

玛丽比我爬得更高。她说她能看到街上所有的巷子，还能看到比亚德家的屋顶。她说她能看到拉塞尔家的卧室。她说拉塞尔正在床上蹦跶。

很明显她在说谎，因为下一秒拉塞尔就从厨房出来了，径直朝我走了过来。枫树上有几片红色的树叶，我希望这些树叶能遮住我。我屏住呼吸一动不动，可拉塞尔还是径直走到了我下面。“小屁孩，你在上面干吗呢？”他问我，“你在看什么呢？”

我跟他说他妈妈正在切南瓜。只是我没说“切”，说的是“分解”。有一次洛厄尔在农场的小溪旁捡到一只死青蛙，他和爸爸就把死青蛙放在餐桌上，用一下午时间把它分解了，青蛙的心脏像潮湿的小坚果。我当时觉得没什么，可是现在看到拉塞尔的妈妈靠近南瓜，我的胃就开始难受，并且不断往嘴里送唾沫。我很艰难地把唾沫吞下去，眼睛转向别处，不再看厨房。

我正站在一根树枝上，一只手扶着更高的树枝，边说话边随意地轻轻摇动树枝。谁都看不出来我的胃里正翻江倒海。我就是这么机智！“女猴子，”拉塞尔说，这个词我是上了学之后才知道的，“你可真是个奇葩。”拉塞尔语气很轻松，所以我并没有在意。“跟你哥哥说我拿着他的钱。”

我又向厨房看去。拉塞尔的妈妈开始给南瓜清理“内脏”，她用手把南瓜瓤挖出来甩到报纸上。我的头嗡的一声响，腿也开始颤抖，有一瞬间我觉得我快掉下去了，甚至可能会吐出来。

我横坐在一根树枝上，但这根树枝很细又很软，所以我一坐上去它就往下弯，然后我就开始往下掉，途中折断了很多树芽和树叶，最后脚先着地，然后是屁股，手上多了各种刮痕。

“你到底在干什么？”拉塞尔问我，接着弹了弹手指指着我的裤裆，裤裆被染上了树叶的颜色。我实在是没法形容我受到的侮辱。我知道我的裤裆不应该被看到或者被提及。我知道裤子被染上的颜色不该是秋天的枫叶红。

几天后，警察抓了拉塞尔。外婆唐娜告诉我拉塞尔在农场开了一个万圣节派对，房子里的每块玻璃都碎了，还有一个未成年的小女孩被送到了医院。

语言真是不精确，有时候我会想为什么我们要用语言呢？我听到的版本是这样的：最后费恩像幽灵一样出现了，跨越各种时间和空间，把我们住过的房子毁掉了。如果只是碎掉了几块玻璃，那有可能只是一场派对，费恩和我以前就朝玻璃扔过槌球，当时我们玩得很开心，后果却很严重。可是屋子里每块玻璃都碎了呢？听起来不像是嬉戏打闹的后果，更像是暴怒之下会做出来的事。

唐娜外婆无非是想告诉我：我太小了，还不懂酒精和毒品的危险。她不希望有生之年里看到我喝酒寻欢。我这样做会让妈妈伤心的。

6

一天早上，妈妈突然就清醒了。早上醒来的时候，我听到了斯科特·乔普林的《枫叶爵士》，欢乐的音符从楼上倾泻下来。妈妈已经起床了，像过去一样双手拱起，脚踩着琴键，用钢琴曲唤我们去吃早餐。妈妈洗完了澡，做好了早饭，接下来会看看书，再聊聊天。之后几个星期里爸爸都没有喝酒。

我们得到了一丝解脱，但不是你想象的那样彻底放松下来。经历过更坏的情况之后，你不敢完全相信眼前的美好。

那年我们是在威基基[1]过的圣诞节，那里的圣诞老人穿短裤和夹角拖鞋，因此我们感觉不到一点圣诞的氛围。费恩还在的时候，我们不能一起出来旅行，现在我们可以旅行了，而且我们需要逃离那个伤心之地。去年圣诞节的时候，费恩一直把圣诞灯打开关上关上打开，不管我们怎么劝她都不听。我们家过圣诞节的传统就是费恩

1 夏威夷著名的海滩浴场，度假胜地。——编者注

把星星放在圣诞树顶上。

费恩会偷偷地把礼物放到楼上的柜子里，然后兴奋地大喊大叫，而我们所有人就都知道了她把礼物藏在了哪里。圣诞节那天早上，费恩会把所有礼物包装纸都撕碎扔到空中，并把碎纸片当雪花一样塞到我们的脖子后面。

那是我第一次坐飞机，白云像翻滚的地毯一样铺在我们脚下。我喜欢夏威夷的味道，连夏威夷机场的味道我都喜欢，微风中有着缅栀花的味道，宾馆里的洗发水和肥皂也散发着香香的缅栀花味。

威基基的水很浅，连我都能往海水里走很远。我们在水里待了好几个小时，随着海浪上下起伏，所以晚上跟洛厄尔一起躺在床上的时候，我还能感觉到全身的血往耳朵里面涌。我在那次旅行中学会了游泳。爸爸妈妈站在浪花里，我蹬着脚在他们中间游，我敢肯定费恩不会游泳，但是我不敢问。

吃早餐的时候，我跟他们说了我的“发现”——世界被分成了两部分：上面和下面。在水里潜水的时候，你游览的是世界的下面，而爬树的时候你游览的是世界的上面，上面和下面没有优劣之分。我记得那个时候我很确定我的这个发现很有趣，也应该被载入史册。

当你想讲三件事情的时候，只挑一件事情讲，并且只讲这件事。费恩离开后的几个月，我没有讲出来的另外两件事都与她有关。在夏威夷的时候我想过但没说出来：也许费恩可以爬树而我可以潜水。我希望她能在旁边看我潜水。我希望她能在这里，因为一片熔岩蛋糕而兴奋地大喊大叫，像蜘蛛侠一样爬棕榈树。

她肯定很喜欢这里的自助早餐。

不管走到哪里我都能想到她，但我从没有说出来过。

我时刻都在观察妈妈，生怕她出现发疯的迹象。妈妈或是在海水里仰泳，或是躺在泳池旁的躺椅上喝麦台鸡尾酒，或是在晚上的草裙舞表演中第一个起身接受舞蹈演员的邀请上台表演。我记得她那个时候非常漂亮，皮肤晒成了小麦色，脖子上戴着花环，双手灵动流畅，跟着演员们一起唱夏威夷捕鱼歌。

回家前一天吃晚饭的时候，爸爸小心翼翼地观察妈妈，她是个受过教育的女人，是个聪明的女人。我马上要上幼儿园了，要是有份工作的话她就不用一个人整天待在家里了，这样会不会更好？

在爸爸说出来之前我都不知道我要去上幼儿园。我从来没跟那么多孩子在一起过。当时竟然还觉得很兴奋，真是够傻的。

餐厅外面，海水闪着漂亮的光，从银色渐渐变成了黑色。妈妈暗示爸爸不要继续这个话题了，爸爸看懂了妈妈的暗示。我们现在对妈妈的暗示都很警觉。我们对彼此都非常小心翼翼。战战兢兢。

我们就这样过了好几个月。一天晚上吃晚饭的时候，洛厄尔突然说：“费恩很喜欢玉米粒。还记得以前她能把餐桌搞得多乱吧？费恩总是会给我几颗带着牙印的玉米粒，那牙印看起来就像纱窗上的虫子一样。”可能是因为我们正在吃玉米，洛厄尔才说的这些。这就意味着夏天又来了，雷雨、萤火虫，也就是说费恩离开已经快一年了。但这只是我的猜测而已。

“还记得费恩有多么爱我们吧？”洛厄尔问。

爸爸拿起叉子，他的双手都在颤抖，然后又把叉子放下，飞快地瞥了妈妈一眼。妈妈正低头看着她的盘子，所以我们看不到她的表情。“别，”爸爸对洛厄尔说，“现在还不行。”

洛厄尔没管他，继续说：“我想去看她。我们都应该去看她。她肯定很好奇我们为什么没去看她。”

爸爸用手捂住脸。爸爸以前经常跟我和费恩做类似这样的捂脸游戏。手拿下来，他就愁眉不展，手举上去，他就喜笑颜开。下来，愁眉不展，上去，喜笑颜开。下来，墨尔波墨涅，上去，塔利亚。脸上表情不断变化，悲剧喜剧自由切换。

然而那天晚上，爸爸把手拿开以后却是满脸悲伤。“我们都想见她，”他说，语气跟洛厄尔很像，平静却坚定，“我们都很想她。但是我们得为她考虑。事实上，之前她经历过一个很痛苦的过渡期，但她已经安定下来了，也过得很开心。现在看到我们只会让她大受刺激。我知道你并不自私，但去见她就等于把你的开心建立在她的痛苦上。”

妈妈哭了起来。洛厄尔一句话都没说，站起来，拿着他装满食物的盘子走到垃圾箱旁边，把食物倒掉，将盘子和杯子放到洗碗机里，之后走出厨房，走出家门。他连续两个晚上都没有回来，也没去找马克。我们到现在也不知道他当时到底去了哪里。

这不是我第一次听爸爸这么说。之前跟着拉塞尔和洛厄尔去过农场之后，我终于明白费恩不住在农场了，问爸爸费恩去哪儿了，爸爸也这么说过。

那时爸爸在楼上的书房里，洛厄尔让我上去告诉他电视剧《洛克福德档案》开始了，因为洛厄尔觉得“待在房间里反思你的所作所为”并不意味着“错过你最爱的电视剧”。我想先爬到书桌上然后再跳到爸爸腿上，但之前瞒着梅丽莎偷偷跑出去已经做了错事，而且我知道爸爸现在没心情逗我玩。要是我非得从桌上跳下去，他肯定会接住我，但他会很不高兴。所以我就问他费恩去哪儿了。

他把我抱到他的腿上，对我微笑，他经常笑，就像他经常抽烟、喝酒、喝咖啡、用老香料须后水一样。“她有新家庭了。”爸爸说，“她现在住在一个农场里，和其他黑猩猩住在一起，已经交了很多新朋友。”

我立刻就开始妒忌费恩的新朋友，他们能跟费恩一起玩，而我却不能。我很想知道她会不会更喜欢他们。

我坐在爸爸的一条腿上，而费恩却没有坐在对面，这让我觉得很不舒服。爸爸紧紧地抱住我。他对我说，就跟之后他对洛厄尔说的一样，可能对他说过不止一遍：“我们不能去看费恩，这会让她伤心，她现在过得很好。我们会一直一直想她的。可是至少我们知道她过得很幸福，这才是最重要的。”

“费恩不喜欢尝试新食物。”我说，我一直在担心这个问题。费恩和我很在乎我们吃的东西，“我们只喜欢吃已经习惯了的食物。”

“新的也很好。”爸爸说，“那里有很多费恩从来没见过的食物，她可能会很爱吃。山竹、番荔枝、榴莲、棕榈。”

“可她还能吃她最爱吃的东西吗？”

“木豆、苹果派、小饼干。”

“可她还能吃她最爱吃的东西吗？”

“果冻卷、吊单杠、夏季盐。”

“可她还能……”

爸爸放弃了，爸爸认输了。“嗯，当然。她仍然可以吃她最爱吃的东西。”我记得他这么说过。

我真的相信这个农场的存在，信了好多年，洛厄尔也是。

八岁左右的时候，我想起了一件事，好像是一件记忆里确实发生过的事。每次都只能想起一些片段，所以我必须得像拼拼图一样把它们拼在一起。在这段记忆里，我是一个小孩子，跟爸爸妈妈一起坐在车里，车在一条很窄的乡村小路上行驶着，小路上长着金凤花、野草和野胡萝卜，它们拼命挤压着车子，摩擦着汽车玻璃。

突然一只猫出现在前面，爸爸只好停车。当时我被困在汽车后座，应该没有看到这只猫，可是却很清楚地记得那只猫身子是黑色的，但脸和肚子是白色的。那只猫在我们前面来回走动，最后爸爸不耐烦了，继续往前开车，从猫身上轧了过去。我记得我当时很惊讶，我记得我当时跟爸爸抗议，我记得妈妈也在指责爸爸，她说猫只是没有让路而已，我们又不是没有其他办法了，为什么要轧死它？

把整件事都想起来以后，我就去问我认为唯一一个可能相信这件事的人，外婆唐娜。她正坐在摇椅上看杂志，好像是《任务》杂志。我猜可能是凯伦·卡朋特死了，外婆和奶奶都很难接受这个消息。我跟外婆说这件事的时候浑身都在颤抖，我努力让自己不哭，但是并没有成功。“亲爱的，”唐娜外婆说，“你这肯定是在做梦。你肯定知道你爸爸绝对绝对不可能做出这样的事。”

要是有人想看到爸爸身上丑恶的一面的话，这个人肯定是外婆。外婆立刻否定了这件事，让我舒服了很多。这让我重新相信我所知道的事实——爸爸是个善良的人，他肯定不会做出这种事。直到今天，我仍能感到轮胎从猫身上压过去的颠簸。直到今天，我都坚信这件事从来没有发生过，这只不过是我自己的薛定谔之猫。

爸爸对动物真的很善良吗？小时候我一直坚信如此，但我那时并不知道实验室里老鼠的生活。还是这样说吧，爸爸对动物很善良，只要这些动物不是用于科学研究。要是没有研究价值的话，他绝对不会开车轧死一只猫。

他坚信人类身上的动物天性，所以他觉得把我动物化要比把费恩人类化简单得多。不只是我，你——还有其他所有人。他不相信动物可以思考，根据他对思考的定义，动物确实不会思考，但他也没觉得人类的思考过程有什么了不起。他把人类大脑看成是一辆停在双耳之间的小丑车。门一打开，小丑们就会冲出来。

爸爸之前常说人类的理性不过是我们一厢情愿的结果。在任何公正客观的观察者看来，人类的理性不过是骗人的玩意。情感和天性是我们一切决定、一切行为、评价一切事物以及看待这个世界的基础。而理性不过是粗糙的表面上涂的一层薄薄的油漆。

爸爸曾经跟我说过，理解美国国会的唯一方式就是把美国两百年的历史当成灵长类动物研究史。爸爸没能看到正在进行中的对非人类动物认知的思考革命。

但他对国会的看法却没有错。

7

一些关于费恩的记忆。

在第一段记忆里，我和费恩只有三岁。妈妈正坐在图书馆里大大的双人沙发上，这样我和费恩就可以挤在妈妈身边，一人一边。外面正在下雨，已经连着下好几天雨了。我已经厌倦了一直待在房子里不出去，厌倦了低声说话。费恩喜欢听妈妈讲故事。此刻她正昏昏欲睡，非常安静，使劲往妈妈身上靠，手里抓着妈妈灯芯绒长裤腰带上的圆环，躺在妈妈的大腿上打着盹儿。而我在沙发上不断变换姿势，可还是找不到一个舒服的姿势，于是我绕过妈妈的腿去踢费恩的脚，试图激怒她，让她做点会受到惩罚的事。妈妈轻声制止让我安静。

妈妈读的书是《欢乐满人间》，正在看的那一章是讲一个老奶奶砍下了自己的手指，将它变成给小孩子吮吸的糖棍。听到这个之后我觉得恶心，可费恩一听到“糖”便在睡梦中舔了舔嘴巴。我无法理解费恩竟然不明白手指的含义。我也无法理解费恩竟然没有跟上故事情节。

我经常打断妈妈，因为我想明白所有的情节。什么是侦察者？什么是风湿病？我会患风湿病吗？什么是带松紧的靴子？我可以要一双这样的靴子吗？玛丽·波品斯拿走他们的星星时，米歇尔和简生气吗？要是天上没有星星了会怎样？天上可能没有星星吗？“老天，”妈妈最后终于说话了，“你就不能让我把这个该死的故事读完？”妈妈竟然用了“老天”和“该死的”两个词，她平常很少用这两个词，所以我必须牺牲玛丽。我跟妈妈说，玛丽想知道。妈妈说：“玛丽快把我折磨疯了，玛丽要是像费恩一样安静美好就好了。”

我牺牲了玛丽，而费恩却牺牲了我。她也不知道什么是风湿病，但是因为我问了这个问题，她知道了哮喘是什么，而且她还因为不说话而得到了表扬，可她本来就不会说话。我觉得费恩无缘无故就得到了表扬，可我从来没有被无缘无故表扬过。很显然，妈妈最爱费恩。我能看到费恩的半张脸。她快睡着了，一个眼皮不停地颤抖，一只耳朵像罂粟花一样盛开在她黑色的毛发里，一个大脚趾塞进嘴巴里，我能听到她吸脚趾的声音。她从她的一条腿下，从妈妈的怀抱里满眼困意地看着我。噢，她把穿尿布的宝宝这个角色演得惟妙惟肖。

记忆之二：一个研究生免费从当地无线电台拿回了一盘金曲

汇编磁带，放到了卡带机里。我们所有人都一起跳舞，所有的女士——妈妈和唐娜外婆，费恩和我，研究生们，艾米、卡洛琳和考特尼。我们在各种经典曲目中狂欢，《水花飞溅我正在洗澡》《天堂公园》《爱情魔药9号》。

不清楚现在是白天还是黑夜，我开始亲吻目之所见。

费恩使劲跺着脚，一会儿跳到椅子背上一会儿又跳到地上。她让艾米提起她来荡人工秋千，她在空中的时候一直哈哈大笑。我旋转，跳跃，抛开一切，跟着音乐舞动。“康加舞跳起来。”妈妈号召。她带领我们穿梭到楼下，费恩和我跟在她后面跳舞，跳舞，跳舞。

记忆之三：那天阳光明媚，刚刚下完一场雪。洛厄尔正朝窗户扔雪球。雪球撞到玻璃的时候轻轻散开滑落了，给窗户留下一道道闪亮的痕迹。我和费恩都激动得坐不住了，在厨房里转圈，追逐、旋转着我们的围巾。我们很想赶紧冲出去，但我们不会穿衣服。费恩急躁地来来回回转圈，一边跺脚一边咆哮。她做了一个后空翻，紧接着又做了一个，之后我们两个就手拉手像旋转木马一样旋转，然后我就头晕了，感觉我正坐在她的头上往下看。

我正在问妈妈雪是从哪里来的，为什么只有冬天才下雪，澳大利亚夏天下雪，是不是就意味着澳大利亚的所有东西跟我们所在的世界都是相反的？澳大利亚白天是黑的，夜晚是亮的吗？圣诞老人只给坏孩子送礼物吗？妈妈并不回答我的问题，反倒很急躁，因为费恩死活都不穿连指手套和靴子。要是你往费恩脚上穿上东西，她就会大叫。

给费恩穿衣服是一件很敏感的事情。除非费恩不穿衣服会特别特别冷（第二种例外情况是尿布），否则妈妈一般都不会给她穿衣服，她不想让费恩看上去很可笑。但我得穿衣服，所以费恩也得穿。此外，费恩也想穿衣服。妈妈认为费恩穿衣服是一种自我表达的行为，这是一种爸爸所不喜欢的人类行为。

这次妈妈妥协了，把她的大手套别在费恩大衣的袖口上，然后把费恩的手塞进去，但费恩马上又将手拿了出来。妈妈警告我不要玩太疯，不要手脚并用地在雪地里跑。厨房里弥漫起一阵臭味。但我看得出妈妈仍然打算让费恩出去玩。“她太臭了。”我说，妈妈叹了口气，脱下费恩的大衣，把她带到楼上换衣服。我听到楼上淋浴头哗哗流水的声音。之后爸爸又把费恩带下来，重新给她穿上她的玩雪装备。现在我都热得流汗了。

洛厄尔正在堆一只雪蚂蚁。可是蚂蚁的肚子，洛厄尔管它叫后体，并没有他想要的那么大。洛厄尔想堆一只基因突变的巨大雪蚂蚁，堆得像他一样高，但雪很黏，所以蚂蚁的肚子早就化成冰粘在了地上。我和费恩终于欢呼着跑到了这片被冰雪覆盖的农场上，发现洛厄尔正使劲推雪球，想把蚂蚁的肚子滚大。我们在他旁边蹦蹦跳跳地看着他。费恩一跃跳上了小桑树。树枝上还有雪，她一边吃着一边摇晃树干把雪摇进我们的脖子，直到洛厄尔让她停下。

费恩并不擅长停下。洛厄尔只好撑起大衣上的帽子。费恩于是跳到他的背上，用胳膊绕住他的脖子。我听到她在笑，那笑声就像手锯在来回锯东西。洛厄尔把手伸过头顶，抓住她的胳膊，手一翻将她拉到了地上。费恩笑得更开心了，又爬到树上想再来一遍。

但洛厄尔已经离开了，他想再找一块雪地重新堆雪蚂蚁。“我错就错在刚才停下来等你们，”他说，“我得赶紧再弄一个。”他没理费恩失望的哭喊声。

我留在后面，用戴着手套的手在洛厄尔未完成的后体旁边挖沟。费恩从树上下来，想到洛厄尔那里去，但她先回头看了看我有没有跟上，我朝她招手让她过来帮忙。通常情况下费恩肯定不过来，但她还在生洛厄尔的气，所以就回头朝我走过来。

爸爸手里拿着一杯咖啡站在门廊上。“此外，荡然无物”，爸爸吟起诗来，用手里的杯子指着那个被洛厄尔遗弃的雪蚂蚁的肚子，“废墟四周”。

费恩坐在我旁边，下巴靠在我的胳膊上，脚放在雪蚂蚁的后体上。她又往嘴里填了一把雪，啪的一下打到她杂技演员一样突起的嘴唇上。之后她转过头看我，眼睛闪闪发光。费恩的眼睛看起来比人类的眼睛大，她的眼白不是白色的，而是比虹膜稍微浅一点的琥珀色。我画费恩的时候，用来画她眼睛的蜡笔是深褐色的。费恩自己画画从来都没有画完过，因为她总是吃蜡笔。

费恩用脚踢雪球，刚开始我不知道管不管用，但真的管用了。

她用脚踢着我用手推着。过了一会儿，雪球摇晃了一下然后松动了，比我想的要容易。

雪球能滚起来了，不一会儿就大了很多。费恩在我后面蹦蹦跳跳，像酒瓶上的软木塞，一会儿跳到雪球顶上，一会儿又跳下来，身后留下了一长串搅动的尾迹，像袋獾的痕迹。别在她袖口的手套像皮革鱼一样在雪里扑腾。

洛厄尔回过头，手挡在眼睛前面，因为太阳光照在冰雪世界里格外刺眼。“你怎么做到的？”他大喊，我看到他正朝我咧嘴大笑。

“我使了吃奶的劲，费恩也帮忙了。”

“女生的力量！”洛厄尔摇摇头，“你们太棒了！”

“爱的力量，”爸爸说，“爱的力量。”

之后爸爸的研究生们也来了。我们一起去滑了雪橇！没人让我冷静下来，因为费恩绝对不可能冷静下来。

我最喜欢的研究生叫马特。他来自英国的伯明翰，管我和费恩叫亲爱的。我用手抱着他的腿，在他周围闹腾。费恩朝卡洛琳猛扑过去，把她扑倒在雪地里。费恩站起来的时候，从脸到脚趾都沾满了雪，活像一个炸面团。他们把我们拎起来，我们就可以荡人工秋千了。我们每个人都很兴奋，用妈妈喜欢说的那句很奇怪的话来讲：我们都发狂了。

我之前一直认为我能读懂费恩的想法。不管她的行为有多古怪，不管她多么盛装打扮或者是把家里装饰成梅西感恩节大游行的样子，我都可以把她的意思转换成简单的英语。费恩想出去。费恩想看《芝麻街》。费恩觉得你的发型像大便。费恩有些动作确实很容易理解，但有些却没有那么容易。我为什么不理解她呢？没人比我更懂费恩。我了解费恩的一举一动。我跟她是一体的。

“她为什么要学习我们的语言呢？”洛厄尔有一次问爸爸，“为什么我们不能学习她的语言呢？”爸爸的答案是我们现在仍然无法确定费恩是否有学习语言的能力，但是我们能确定费恩没有自己的语言。爸爸说洛厄尔把语言和交流混为一谈，而事实上两者有很大的不同之处。语言不仅仅是词语，他说，语言还是词语的排列组合，以及词与词之间的相互影响。

只是爸爸这一番话实在是说了太久，我、洛厄尔和费恩都坐不住了。所有这一切都与“客观世界”这个词有关，我很喜欢这个词的发音，所以一直不停地重复这个词，像打鼓一样，直到别人命令我停止。我那时候并不在乎“客观世界”是什么意思，最后才发现这个词指的是有机体在这个世界中独特的运行方式。

我是心理学家的女儿。我知道心理学家表面上声称要研究的事物往往不是他们真正要研究的事物。

20世纪30年代，凯洛格夫妇第一次把黑猩猩和人一起养的时候，对外宣称其研究目的是比较人和黑猩猩的发展能力、语言能力和其他能力。我们的研究对外宣称的目的也是如此。姑且把我当成一个多疑的人吧。

凯洛格夫妇这个耸人听闻的实验已经毁掉了他们的名声，没人再把他们当成科学家看待。如果我现在才知道这个问题的话，我们那位野心勃勃的父亲当时肯定就知道。所以在费恩/露丝玛丽、露丝玛丽/费恩的研究走到不成熟且灾难性的结局之前，这个研究的真实目的究竟是什么呢？我也不太确定。

但我猜他们很大程度上是在研究我。随着我渐渐长大，我的语言能力跟费恩形成对比，同时我还是一个很容易掌控的“未知数”，这样又削弱了这种对比。

自从20世纪30年代戴和戴维斯公布了他们的发现，科学界就有一种猜想，认为双胞胎可以影响彼此间的语言习得。20世纪70年代，又有许多科学家进行了更新更先进的研究，但我不确定爸爸妈妈是不是在跟他们研究同一个问题。我们的研究也并不跟其他研究一模一样，我们的研究里所谓的“双胞胎”一个是人，一个是黑猩猩，差异非常大。

尽管研究生观察我和费恩时会把我们分开，但我们大多数时间都是在一起的。在我渐渐养成“为她代言”这个习惯后，她似乎也知道我会“为她代言”。我三岁的时候已经成了费恩的翻译，而这肯定会阻碍费恩的进步。

所以我觉得爸爸其实并不是在研究费恩如何与人交流，而是在研究费恩能跟我交流到什么样的程度。反之亦然，这个反之亦然的研究目的是不可避免的，但始终没有得到承认。一直以来爸爸宣称的研究目的是：费恩能不能学会跟人类说话？而爸爸不愿意承认的研究目的是：露丝玛丽能不能学会跟黑猩猩说话？

爸爸最早的一个研究生蒂莫西说过，在我还不会说话的时候，我和费恩曾经有过一种自己的语言，这是我们两个通过咕哝和手势来交流的一种秘密语言。但这一点从来没有被记录下来，我也是最近才知道的。因为爸爸觉得这个证据很薄弱，不科学，简直是异想天开。

美国旅行者箱包的广告中的明星黑猩猩奥菲有时候会在电视上出现，费恩一点都不注意他。但有一次，我们看到一对情侣在看电视剧《兰斯洛特·林克：神秘的黑猩猩》，帅气的汤加扮演林克。这些黑猩猩穿着西装打着领带，还在不停地交谈，费恩显然对他们更感兴趣。她看得很入神，做出了她想要那顶帽子的动作。“费恩想要兰斯洛特·林克的那顶帽子。”我告诉妈妈。我没有必要说我也想要，因为只要费恩有一顶，我也肯定会有一顶。

但我们两个都没得到那顶帽子。

几天后的一个下午，爸爸安排了一只叫鲍里斯的小黑猩猩到农场参观。费恩见到鲍里斯后的反应跟她有时在谷堆里看到褐色蜘蛛的反应一样。妈妈管这种蜘蛛叫“移动便便”，而洛厄尔叫它们“移动粪便”。（我觉得这种称呼更有道理。“便便”是个玩笑词，而“粪便”这个词很严肃认真，而费恩现在就很严肃认真。）费恩说鲍里斯是恶心的移动粪便，过了一会儿又说是该死的移动粪便。

费恩从小跟人类生活在一起，坚信自己就是人类。这一点在我们的预料之中。如果让家养的黑猩猩给一堆黑猩猩和人的照片分类的话，大多数黑猩猩都会犯一个错，就是把自己的照片放到人类的照片里。这正是费恩的做法。

而出乎预料的是我自己的困扰。现在人们认为儿童的大脑神经系统有一部分是按照周围人的大脑发育的，但爸爸当时还不知道这一点。我和费恩从小就待在一起，所以我们两个人的大脑发育是彼此影响的。

许多年以后，我在网上发现了一篇爸爸写的关于我的论文。后续研究样本量更大，这让爸爸更加确信他最早提出的设想：跟我们之前的假设相反，人类比其他猿类更善于模仿。

举个例子：若给黑猩猩展示如何从迷箱里获取食物，它们会跳过所有不必要的步骤，直接去拿食物。人类宝宝却会严格重复每一个步骤，而不考虑这个步骤有没有必要。爸爸在论文里解释了奴隶般的模仿行为比经过思考的和高效的行为更加高级，但我忘了他到底是怎么说的了。要是你想知道的话就自己去读那篇论文吧。

费恩消失后的冬天，我开始上幼儿园，由于家里的种种不安和骚乱，我晚上了半个学期。幼儿园的同学都叫我女猴子，有时候甚至只叫我猴子。我身上有些很奇怪的地方，可能是我的手势、我的表情或者是我眼球的运动，当然肯定还有我说的话。多年后，爸爸简要提到过恐怖谷理论——人类极度反感与人类非常像但却不是人类的物体。恐怖谷理论很难定义，更不好做测试。但如果该理论是真的，这就解释了为什么有些人很反感黑猩猩的脸。对幼儿园的同学来说，我就是那个让他们极度反感的生物。这些五六岁的孩子是不会被假人类欺骗的。

我跟他们争论过他们的用词，我得意扬扬地问他们，你们是不是傻到连猴子和猿都分不清？你们不知道人类也是猿类吗？但是他们发现我对“猿女”这个称呼没有意见之后，就没人理我说的东西了。他们也不相信他们是猿类。他们的爸爸妈妈让他们确信他们不是猿类。他们花了整个星期天来反驳我。

在把我送到幼儿园之前，妈妈仔细教导过我：

站直。

说话的时候手不能动。

不能把手指放到别人的嘴里或头发上。

不管情况多么紧急都不能咬人。

见到好吃的不能太兴奋，不能直直地盯着别人的纸杯蛋糕。

玩耍的时候不能跳到桌子上。

大多数情况下我都能记住这几点。但人们注意到的永远都是你的失败，而不是你的成功。

下面几点是我一进幼儿园就学到的：

怎么看懂孩子们的表情，他们的表情虽不像成年人一样充满防备，但远没有黑猩猩那么容易理解。

上学就是要安静（你以为妈妈会给我提这个建议；但要记得那个规则——如果你想说三件事，只挑一件说——她提醒我的远远不够）。

小孩子对复杂的词语并不感兴趣。成年人更关心这些复杂词语的意思，所以你在用这些词语之前最好搞清楚意思。

最重要的一点是，我学到了不一样就是不一样。我可以改变我可以做的事，我也可以改变我不可以做的事。但这些都不能改变我到底是谁。我既是一个能一直说话的人，又是一只缩略版的女猴子。

我希望费恩在她的族群里过得比我好。2009年，一份研究显示猕猴中也存在恐怖谷现象，这样的话猿猴里也可能有这种现象。

当然，我那时候从来没想过这些。很长一段时间里，我一直想象费恩的生活应该像女版泰山。被人类养大，现在回到了自己的族群里，我愿意相信她给其他猿类带去了语言符号。我愿意相信她可能正在打击犯罪或者类似的行为。我愿意相信我们给了她超能力。

第三章

我思考问题的时候，不会这样富有人情味，但在这种环境中，我表现得好像自己早已把问题解决了。

——卡夫卡,《致科学院报告》

1

毫无疑问，对于费恩的离开，妈妈、爸爸和洛厄尔比我更痛心。我没有他们那么伤心的原因是因为我太小，还不能完全理解这里面的意思。

但从某些方面来说，我才是受伤最深的人。费恩是在爸爸妈妈和洛厄尔人生的中途出现的，他们曾经经历过没有费恩的人生，费恩走后他们可以过回原来的人生。而我人生刚刚开始的时候费恩就出现了。费恩在我生命中出现的时候我只有一个月（她也只有三个月），而我并不认识一个月之前的我。

我想念费恩的气味，想念她靠在我脖子上时黏黏湿湿的感觉。我想念她的手指划过我头发的感觉。我们坐在一起，躺在彼此身上，每天推、拉、打、闹上百遍，可是忽然之间这些都不见了，这让我很痛苦。这是一种身体上的疼痛，是我皮肤表面的饥渴。

我开始到处摇摇晃晃，但我自己都不知道，直到其他人让我停下。我养成了拔自己的眼睫毛的习惯。我咬自己的手指甲，直到咬出血。唐娜外婆给我买了一副白色的复活节手套，让我一直戴着手套，睡觉也不能摘，我就这样戴了好几个月。

费恩以前会用她瘦长结实的手臂从后面抱住我的腰，把脸和身体靠在我的后背上，然后我们两个就一起走路，就像一个人一样。每次我们都能把研究生们逗笑，所以我们觉得这样很诙谐，而且还能被人赏识。有时候一只黑猩猩在我背上会让我觉得这是种累赘，但大多数时候我都觉得我变强大了，那种感觉就像是最终重要的不是我能做什么或费恩能做什么，而是我和费恩一起能做什么。我和费恩一起几乎能做任何事。而跟费恩在一起的我也是我所认识的那个我，库克姐妹中那个漂亮、迷人、幻影般的人类。

我读书的时候看到过，没有任何失去可以与双胞胎中失去一个相提并论，双胞胎中的幸存者会觉得他们不是一个独立的人，而是一个从整体中分割出来的残余物。即使这种失去发生在母体中，一些活下来的人仍能感觉到他们的一生并不完整。同卵双胞胎最痛苦，接下来是异卵双胞胎，把这个范围再扩大一点，最终你就能理解我和费恩之间的感情。

尽管从表面上看，费恩离开后，我并没有立刻停止胡言乱语，可事实上，我花了很多年才真正理解，只有费恩在的时候，我的胡言乱语才会受到重视。费恩离开后，没人在乎我独特的语法、复杂的词位和我敏捷的词形变化。我曾经幻想过，要是费恩不在身边吸引每个人注意的话，我会变得更重要，而事实正好相反。研究生们跟费恩同时消失在了我的生命中。上一刻我说的每个字还都是数据，他们会仔细记录之后深入研究探讨我说的话。而下一刻，我就成了一个小女孩，一个奇怪的小女孩，但毫无科学研究价值。

2

和爸爸妈妈的卧室仅有一墙之隔是有好处的。那就是你可以听到声音。可听到声音也有坏处。爸爸妈妈有时候做爱。有时候聊天。有时候边做爱边聊天。

一年年过去了，但是爸爸妈妈夜里聊天的内容并不像你想的那样变了很多。爸爸担心他的地位。不久之前他还是学术界冉冉升起的新星，资金和研究生像复活节彩蛋一样源源不断地涌向他。费恩离开前的最后一年，爸爸的研究室里有六个研究生，每个人都在之前的农场里记录着这项研究的各种数据。其中两个人如期完成了他们的工作，剩下的四个人则没有，他们不得不缩小研究点，从已经收集到的数据中排除一些牵强无趣的。整个实验室乃至整个系的名声都遭到了损害。

爸爸变成了偏执狂。尽管那五年里他已经发表过证据充足且激动人心的论文，现在却坚信同事们看不起他。证据无处不在，比如员工会议、鸡尾酒会。这些都逼得他开始定期饮酒。

洛厄尔仍然是一块心头病，当然也有我。爸爸妈妈心烦意乱地躺在床上。该怎么对我们两个呢？洛厄尔什么时候才能重新成为那个乖巧善良的小男孩呢？他们知道那个男孩始终存在。我什么时候才能交到第一个朋友呢？

洛厄尔的心理咨询师多利·德兰英女士说洛厄尔已经不相信父母对他的爱是无条件的。他怎么能相信？之前爸爸妈妈告诉他要把费恩当妹妹一样疼爱，他确实这样做了，可最后却眼睁睁地看着她被这个家庭抛弃了。洛厄尔很疑惑也很生气。好在我们有专家来为我们解答这些事情，爸爸说。

妈妈喜欢德兰英女士。爸爸却不喜欢。德兰英女士有个儿子叫扎卡里，我上幼儿园的时候，他上小学三年级。扎卡里以前经常躺在健身房外面的草丛里，只要有女生经过，他就喊出她内裤的颜色，即使这个女生穿的是裤子。我知道爸爸妈妈都知道这件事，因为这是我告诉他们的。爸爸觉得这就是很有力的证据。可妈妈不这么认为。

德兰英女士认为让洛厄尔变得如此难相处的品质都是一些很好的品质，有些甚至是他身上最珍贵的品质——他的忠诚、他的爱和他对公平的追求。我们想让洛厄尔改变，但却不想改变那些阻止他改变的品质。这就让问题变得很棘手。

我没有心理咨询师，所以德兰英女士也会说一些对我的看法。

我跟洛厄尔处在同样的困境中，只不过洛厄尔对此的反应是挑战底线，而我是尽最大的努力变乖。两种行为都说得通，也都是急需救助的信号。

德兰英女士说，孩子要是有明确的预期或者可以预测结果，通常能发挥出最好的水平。她巧妙地避开了一个事实，那就是如果你告诉洛厄尔底线在那里，那么洛厄尔肯定立马踏过去。

所以爸爸妈妈认为最好把底线弄得模糊一点，集中注意力缓解洛厄尔的不安全感。家里填满了爸爸妈妈对洛厄尔的爱，他最爱的食物、书籍和游戏。我们玩魔力桥。我们听沃伦·泽方。我们还去幼稚的迪士尼乐园。所有这些都让他很恼火。

我不能说德兰英女士对洛厄尔的评估结果是错误的，但我确实认为这个结果是不准确的。她漏掉的那一部分恰恰是我们共同体会到的那种撕裂般的痛楚。费恩走了。费恩的消失代表了很多——混乱、不安全、背叛，这些都显示出了人际关系的复杂之处。但费恩的离开本身就是一件让人痛苦的事情。费恩爱我们。有她在，整间屋子充满了欢声笑语、暖意和能量。她应该被我们想念，而我们也确实特别想她。这一点其他人似乎永远都无法真正理解。

上学后，我没有体会到他们觉得我应该在学校里体会到的——被人重视、不可或缺，所以爸爸妈妈把我转到了第二大街上的嬉皮士学校。那里的学生也没有多喜欢我，但嬉皮士学校不允许给别人起外号。相反，史蒂芬·克雷莫尔让学生刮腋毛，有些学生照做了，这就表示学生们开始否认那些坏习惯，而这也会让包括我的父母在内的家长得到安慰，认为自己的孩子有进步。我一年级的老师拉德福德女士很棒，她是真的爱我。她让我演《红色的小母鸡》中的母鸡，毫无疑问，我演的是主角，是明星角色。而拉德福德女士就打算用这一点来说服妈妈我已经在成长了。因此妈妈的紧张症变成了不可思议的兴奋。洛厄尔和我都好了。我们算是很听话的孩子。聪明的孩子。至少我们都是健康的孩子！

可是所有的小说角色里，还有比小红母鸡更孤独的角色吗?

我觉得爸爸妈妈肯定跟学校老师说过不要跟我提到费恩，因为老师们喜欢强调一些有关社会差异和困难的问题，如下：

“塔米不能吃莎妮娅的生日蛋糕，因为她对小麦过敏。今天我们要学习小麦，小麦的生长过程，以及我们吃的食物中有多少含有小麦。明天塔米的妈妈将带来用稻米做的蛋糕让我们品尝。其他人还有没有过敏的？”

“今天是斋月的第一天。伊马德再大一点以后就会遵循斋月的规定，在日出到日落之间禁食，在此期间他什么都不能吃，只能喝水。斋月的日期与月亮息息相关，所以每年时间都不固定。今天我们要来做一个阴历的日历。我们将把自己画成在月球漫步的宇航员。”

“大中同学不会讲英语，因为他来自韩裔家庭。今天我们将在地图中找出韩国。我们也将学习一些韩语，这样大中就不是唯一一个学习新语言的学生了。韩语中‘欢迎你，大中’是这么说的。”

所以要不是爸爸妈妈明确禁止过，老师们绝对会把我和费恩的故事设计成一堂课。

为了改善我的人际关系，爸爸给我提了几点建议。他说人类喜欢别人模仿自己。要是有人靠过来跟我说话，我也应该像他一样靠过去。要是别人盘腿，我也要盘腿，别人笑，我也要笑，等等。我应该试着模仿学校学生的动作（但不要学得太明显，要是被人发现就没有用了）。爸爸给的建议是很好，但结果却不尽人意，我还是把这一套学成了女猴子做的动作——猴子看到什么就跟着做什么。这也就意味着我早就把“不要学得太明显”这一部分抛在了脑后。

我在卧室里听到过妈妈在墙那边说的一个理论。她跟爸爸说，上学期间，你不需要交太多朋友，但起码得交一个朋友。念三年级时有那么一小段时间，我假装跟大中是好朋友。大中不太说话，而我却太能说，可以扮演说话双方的角色。有一次大中的手套掉了，我捡起来还给了他。之后我们就一起吃午饭，至少我们坐在同一张桌上吃午饭。教室里我们两个坐在一起，因为老师觉得我喋喋不休地讲话可能会帮助大中学英语。而结果却很讽刺，他的英语确实进步了，很大程度上是因为我的喋喋不休，但他刚刚学会跟别人交流就交了其他朋友。我们之间的相处很美好，但却很短暂。

大中的英语变得非常流利以后，他转到了公立学校。他的父母对他的期望很高，希望他能在北方学校上数学课。1996年，妈妈在戴维斯的学校里给我打电话，告诉我她刚刚在去加州大学伯克利分校的路上碰到了大中。“你们两个可以聚一下！”妈妈仍然十分执着于我跟他的那段短暂的友情，从来没有放弃过。

韩语中“猴子”的说法是“won-soong-ee”，这只是它的发音，我不知道正确的韩语字该怎么写。

3

与此同时，洛厄尔终于熬到了高中。高中的洛厄尔比初中的洛厄尔好相处很多。他已经不再要求我们一起去看费恩了，而是加入了我们的队伍，不再提她。他很冷酷，却很礼貌，只是在家里静静地待着。母亲节的时候，他送给妈妈一个音乐盒，音乐盒放的是天鹅湖的主题曲。妈妈为此感动得哭了好几天。

马克还是洛厄尔最好的伙伴，尽管马克的妈妈已经不像以前那样喜欢他了。因为之前他们两个在第三大道的撒哈拉大卖场里偷扭扭糖，被当场抓住并被当众批评。

他谈了一场分分合合的恋爱，那个女孩叫凯瑟琳·查尔莫斯，人们都叫她凯奇。凯奇是摩门教徒，父母非常严厉。她家有九个孩子，教育她的责任就落在了她的两个哥哥身上。两个哥哥各有各的方法。其中一个只要一过宵禁时间就出现在我家门口把凯奇护送回家。另一个会给凯奇买布恩农场的水果酒，那样她就不用为了喝酒而搭讪陌生人。用爸爸的研究结果来说，凯奇哥哥的做法并不是行为矫正的正确示范。凯奇是个声名远播的女孩。

在凯奇家里，洛厄尔不能进凯奇的卧室，而我家有一项妈妈命名的“开门政策”，意思就是凯奇可以进洛厄尔的卧室，但卧室门必须要完全敞开。有时候爸爸妈妈会让我去检查，卧室门始终是打开的。但有时候洛厄尔和凯奇会一起躺在床上，虽然都穿着衣服，但两个人却拼命想占据同一个地方。妈妈从来没问过这方面的问题，我也从来没说过。不知从何时起，我学会了不说闲话。

事实上，大部分情况下，我已经变得很沉默了。我说不出这种转变发生的具体时间。几年前我就发现，要是不引起别人的注意，我的学校生活会好过很多，但知道和做到完全是两码事。这种转变是循序渐进的，通过我不懈的努力，每次改进一点点。首先，我戒掉了那些大而生僻的词。这些词对我没什么好处。其次，在别人用错词时，我也不再纠正他们了。之后我把从三件事中挑一件说改成了四件里挑一件，然后是五件、六件、七件。

我仍然跟以前一样胡思乱想，有时候我也会想象，要是我把我的想法都说出来，会得到什么样的回应，还会想我该怎么回应这些回应，如此这般。我从来不把这些想法说出来，但是这些想法却挤满了我的脑子。我脑中的想法变得吵闹又奇怪，就像《星球大战》中的莫斯艾斯利酒吧。

老师开始向爸爸妈妈反应我上课注意力不集中。以前即使一直说个不停，我也可以集中注意力听课。可是妈妈说我现在特别容易分心。

爸爸说我不专注。

洛厄尔什么都没说，有可能是因为他什么都没注意到。

高三的时候，洛厄尔成了南部高中篮球队的控球后卫。这个位置有着神奇的力量和威望，连我的生活都因此好过了很多。洛厄尔的每场比赛我都会去。高中体育馆里有各种回声、各种铃声，还有球拍在木地板上的声音，我到现在听到这些声音都会有满满的幸福感。印第安纳篮球队。哥哥在球场上做控球后卫的时候，每个人对我都很好。

那年马里恩队和印第安纳队实力强劲，两队之间很快要有一场比赛，我特别兴奋。我做了一张海报，上面画了一条绕在篮球上的蛇，最后绕成了洛厄尔的球衣号码——9——还把海报贴在了卧室窗户上。可是突然有一天，待在家里的我听到了洛厄尔进门的声音，他本该在球场上带着他的队伍训练的。我也听到了洛厄尔关门的声音。

我当时正在楼上看书——《通往特雷比西亚的桥》或《红色羊齿草的故乡》——我应该正好看到有人死去的片段，因为已经泪眼婆娑。妈妈出去了，我不记得她去了哪里，但我觉得即使她在也改变不了什么，所以我很庆幸她不在，至少她能晚一点知道这个残酷的事实。

我下楼去看发生了什么。洛厄尔房间的门关上了。我打开门。

洛厄尔正埋头趴在床上，脚放在枕头上，头放在床尾。他抬头看了看，但是我没有看到他的脸。“他妈的给我滚出去。”他说。语气十分粗鲁。但我并没有动。

他把腿甩到地上，站起来走向我。他气喘吁吁，脸又湿又红。他拎起我的肩膀，把我推了出去。“你他妈的以后别再进来！”他说，“他妈的再也别进来！”然后关上了门。

晚饭的时候他看起来就正常了。他边吃饭边跟爸爸讨论接下来要打的比赛。他没说下午没去训练，我也没说。我们一起看了一集《考斯比一家》。我记得他笑了。那是我们一起做的最后一件事。

那晚他带走了他的全部积蓄——他的存钱罐是他生水痘的时候唐娜外婆给他做的格劳乔·马克斯布袋木偶——他把钱和几件衣服放在了他的运动包里。他从小就很会赚钱，而且从不花钱，所以我觉得他应该攒了很多钱。他拿了爸爸的钥匙，走进了实验室，把里面的老鼠放在了几个大笼子里带走了。他把所有的老鼠都放了，然后坐上了一辆去芝加哥的车，再没回来过。

爸爸的研究生们要是丢了研究数据，就得花好几年的时间重新收集。而爸爸说洛厄尔这样做对实验鼠也是不好的，因为现在的天气对实验鼠很不利。当然这对爸爸更加不利，虽然他继续留在大学里教书，可其他教授都不想跟爸爸的研究生一起工作。洛厄尔的离开对妈妈的打击很大，比费恩离开给她的打击更大。我找不到词来形容妈妈受到的伤害，但从那以后她甚至都没有假装恢复过。

刚开始我们都以为他会回来。我的生日马上就到了，我确定他肯定不会错过我的生日。他之前也经常消失几天，最长的一次消失了四天，之后又回来了，我们都不知道他去了哪里。所以尽管他把所有的老鼠都放了，爸爸妈妈还是在一段时间以后才明白这次他不是闹着玩。两周以后，他们决定报警，警察觉得洛厄尔经常出走，而且他已经成年了，洛厄尔刚满十八岁，所以没多关心这件事。爸爸妈妈聘请了侦探来找洛厄尔，是一位很严肃的女士，叫佩恩。刚开始佩恩会定期给我们家打电话。她没有找到洛厄尔，但找到了有用的线索。有人看到过洛厄尔，有人提供过线索，也有人只是在恶作剧，差不多是这样的，这只是我个人的猜测，没人告诉过我太多。“嗨，小朋友。”要是我接电话的话，佩恩就会这样对我说，“最近好吗？”然后我就在一旁闲逛，想尽量多听到一些他们的谈话。可是爸爸妈妈总是十分小心，在电话这边说的话总是很简短，而且没有一点有用的信息。

然后洛厄尔就彻底消失了。每次电话一打来，妈妈就像被榨干了一样，最后爸爸只好要求佩恩往他的办公室打电话。

爸爸聘请了第二位侦探。

一周周过去了，一月月过去了，我们始终相信洛厄尔会回来。我从没有搬进洛厄尔的卧室，尽管我经常睡在他的床上。这样会让我觉得离他更近，也能远离我和爸爸妈妈卧室之间的那堵墙，远离妈妈深夜的哭声。一天我在《魔戒：护戒使者》这本书里发现了洛厄尔留给我的一张字条。他知道我经常读《魔戒三部曲》，知道当我需要从夏尔郡（夏尔郡就是一个跟布鲁明顿、印第安纳一样的地方）获得安慰的时候，我就会读这本书。“费恩根本没在那个狗屁农场。”字条上写着。

这件事我谁都没告诉，因为妈妈身体条件不允许。我猜费恩之前是在农场的，后来可能是因为表现不好被送走了。此外，洛厄尔也正在着手解决这件事。洛厄尔会照顾好费恩，之后就会回来照顾我。

我从来没有想过爸爸一直在对我们说谎。

八九岁的时候，睡觉前我总会幻想我和费恩在她的农场上生活。那里没有任何人类，只有年轻的黑猩猩，这些黑猩猩非常需要有人教他们唱歌、给他们读书。我之前给我自己讲的睡前故事就是我正在给黑猩猩宝宝讲睡前故事。我的幻想有一部分是来自于《彼得·潘》。

还有一部分来自于迪士尼乐园的海角乐园。之前去迪士尼乐园玩的时候，我最喜欢的就是树屋。要是没有时刻注意我各种行为的父母，要是我是一个开心的无忧无虑的孤儿，要是我能躲在玩具钢琴下从此一直住在这里该有多好！

我会把树屋里所有的东西，树根、树干、树枝都转移到费恩的农场里。晚上我思索着在哪里装个滑轮和电线，怎么装自来水，怎么种蔬菜——在我幻想的生活里，我喜欢蔬菜——所有的这一切都是在树上完成的。睡着时我还会梦见各种小玩意儿和各种挑战。

讽刺的是，很多年以后，为了给泰山和他圣洁的猿妈妈卡拉腾地方，海角乐园里的一家被迫搬出了迪士尼乐园的树屋。

马里恩队打败了布鲁明顿南部高中篮球队，夺得了州冠军，这是他们三年连胜的第一年，开启了属于他们的紫色王朝。我觉得就算洛厄尔在也不可能改变这个结果，但他的离开却让我吃尽了苦头。比赛结束后的第二天，家里的桑树上就挂着很多卫生纸，像俗气的金属箔一样，前门旁边还放着三袋屎，可能是狗屎，但我不是很确定。那天我们在学校里玩躲避球，等我回家的时候身上都是伤痕。这一切没人打算阻止。我猜有些老师也想加入其中。

一年年过去了。

念七年级的第一天，有人在我背后贴了一张从《国家地理》上撕下来的纸，上面画着一个女黑猩猩粉红色的肥肥的屁股，看起来像易于攻击的目标。接下来的两个小时，只要我在大厅里出现，孩子们就极其猖狂地对我的背指指点点，直到法语课上老师发现并帮我把那张纸拿了下来。

我明白接下来我的初中生活基本上都会这样。他们会给我粘口香糖，朝我喷墨水或冲厕所的水。想到这个我的反应很激烈。于是七年级的第一天晚上，我回家把自己反锁在浴室里，打开淋浴来掩盖我发出的声音。我哭喊着想让洛厄尔回来，那时我仍然觉得他终有一天会回来。洛厄尔回来后肯定会让他们住手。洛厄尔会让他们后悔对我的所作所为。我就只需要耐心等待，继续坐在教室里、走在走廊里，直到洛厄尔回来。

我从来没对爸爸妈妈说过这些。妈妈不够坚强，要是我跟她说了这些的话，她肯定再也走不出卧室门了。我唯一能为她做的事情就是让自己好好的。我把这件事当成我的工作，努力完成，而且从来没跟管理部门抱怨过我的工作环境。

告诉爸爸的意义也不大。他绝对不会同意我在刚上学的第一天就退学。他帮不了我。如果他想帮我的话，也肯定是帮了倒忙。父母们不了解念初中的一些可怕之处。

所以我闭紧了嘴。那时我的嘴巴早已时刻紧闭了。

幸运的是，尽管开学第一天情况非常糟糕，但后来比我更古怪更离谱的学生取代了我的位置。有时，有人会看上去很关心地问我，我是不是在发情期。这是我的错。要是我四年级的时候没说过“发情期”这个词的话，没人会知道，很显然大家都记住了这个词。但大多数情况下都没人跟我说话。

晚上，爸爸妈妈在卧室里谈论着为什么我变得这么安静。他们互相安慰说这早晚会发生。这是青少年典型的情绪消沉。他们那个时候也是这么过来的。过些时候我就会好起来的，还会在之前的不停说话和现在的沉默之间找到一个平衡点。

我们偶尔会收到洛厄尔的信。他会给我们寄一张明信片，有时候在上面写一些东西，有时候什么也不写，而且每次都不签上名字。

我记得有一张明信片上画着帕特农神庙，上面还盖着圣路易斯的邮戳。“祝你们幸福。”他在明信片背面写了这样一行字。这句话很难从语法上分析，也许你只能看懂一点表面意思，但有可能它就是这个意思，洛厄尔希望我们都能幸福。

1987年7月初的某一天，我们停止了寻找他。洛厄尔离开一年多了。我在家门口的路上玩，朝车库门扔乒乓球再抓住它。这种玩法是只有你自己一个人的时候练习抓球的方法。那时我十三岁，正在度过又热又长的暑假。太阳晒着大地，空气又闷又潮。那天早上我去图书馆借了七本书，有三本是我之前没读过的。街对面，比亚德夫人朝我招手。她正在修理草坪，割草机发出像蜜蜂一样的嗡嗡声，听得人昏昏欲睡。我当时并不幸福，但记得幸福的感觉。

一辆黑色的车停在了我家门口，车里下来两个男人，朝我走过来。“我们要找你哥哥。”其中一个人跟我说。他皮肤颜色很深，但不是黑色，头发剃得很短，几近秃头。他大汗淋漓，拿出一块手绢擦了擦头顶。我也想这么做，用我的手擦擦他的头发。我很喜欢用手掌摸头发茬的感觉。

“你能带我们去找他吗？”另一个人问我。

“哥哥跟费恩在一起，”我说，把手掌在裤子上搓了搓来解痒，“他去跟费恩一起住了。”

妈妈从屋里走到门廊，招手让我过去。她抓着我的胳膊，挡在我身前，站在这两个人和我之间。

“美国联邦调查局，女士。”那个快秃顶的人跟妈妈说，给她看了一个徽章。他说哥哥是一起纵火案的犯罪嫌疑人，该纵火案造成了加州大学戴维斯分校约翰·瑟曼兽医诊断实验室460万美元的损失。“他最好能主动找我们说说他的情况，”那个人说，“麻烦你们转告他。”

“谁是费恩？”另一个人问。

洛厄尔放的大多数老鼠都被捉回来了，但不是所有。尽管之前爸爸觉得这些老鼠的性命堪忧，但其中一些还是活了好几个冬天。它们度过了多姿多彩的生活——性、旅行和探险。很多年后，布鲁明顿出现了大批老鼠。宿舍衣橱里出现过老鼠，市中心的咖啡店里出现过老鼠，校园小教堂的座位底下出现过老鼠。邓恩墓地里也出现过老鼠，那只老鼠正在一座革命战争时期的墓地前吃金凤花。

4

然后我就十五岁了，独自在美丽的印第安纳大学秋日校园里骑自行车。突然我听到有人喊我的名字。“露丝玛丽，等等！”那个人大喊，“等等！”我停下来了。那个人是凯奇·查尔莫斯，现在是印第安纳大学的大学生，见到我似乎发自内心地高兴。“露丝玛丽·库克！”她说，“我儿时的好伙伴！”

凯奇带我到了学生会，给我拿了一瓶可乐。她跟我聊了一会儿，我静静地听着。她说她现在后悔年少轻狂时犯下的错，还说希望我不要犯同样的错误。她提醒我一些事情一旦做了就再也没法后悔了。但她的生活已经步入正轨了。她在一个女生联谊会里，学习成绩也不错。她正在攻读学位，这也是我应该考虑的事情。她说我可能会成为一个好老师。直到现在我都不知道为什么每个人都觉得我会成为老师，虽然最后我真的当了老师。

她交了一个很不错的男朋友，他正在秘鲁当值，她跟我说每周他至少给她打一次电话。最后她问我有没有洛厄尔的消息。自从洛厄尔离开后，她从来没有得到过关于他的消息。她觉得她值得被更好地对待。她说我们都值得被更好地对待，我们家的人都很好。

之后她跟我讲了她最后一次见到洛厄尔时发生的事情，我从来不知道这件事。她说他们两个一起往篮球场走的时候碰到了马特。马特是我最喜欢的研究生，从英国伯明翰来的。费恩离开后我再没见过马特。

马特一直知道我很喜欢他，但他走之前都没跟我说再见。

凯奇说，马特是跟费恩一起离开的。当他发现洛厄尔不知道这件事情的时候，他表示很惊讶。其他突然离开各自家庭的黑猩猩最后都死去了，除了伤心以外并没有什么特殊的原因。所以马特就去帮费恩度过这个转型期。他把费恩带到了南达科他州弗米利恩的一个心理实验室。这个实验室里有二十多只黑猩猩。实验室的主人是尤吉利维克博士，马特对他的印象并不好。

尽管费恩正在遭受离开我们的震惊和恐惧的折磨，但是尤吉利维克博士坚持要求马特将与费恩相处的时间缩减到每天几小时。他把费恩和其他四只黑猩猩关在一个笼子里。这四只黑猩猩的体型和年龄都比费恩大。马特跟尤吉利维克博士说费恩从来没跟其他黑猩猩相处过，应该让她慢慢适应，但尤吉利维克博士并不同意。他说她应该摆正自己的位置，她应该知道自己到底是什么。尤吉利维克博士说："要是她没法摆正自己的位置，我们绝不会把她留在这里。"

马特在那里的时候，从来没听过尤吉利维克博士叫费恩的名字。

“然后，”凯奇说，“洛厄尔就跟疯了一样。”她试着劝他去篮球场。她害怕他的球队会被马里恩队打败。她跟他说他该对整支队伍、对整个学校乃至整个城市负责任。

“你妈逼的别跟我说责任这个词。”他这么说(我很怀疑他是不是这么说的，因为洛厄尔这辈子从来没说过“妈逼”这个词)，“笼子里关着的是我妹妹。”他们两个吵了一架，凯奇就跟洛厄尔分手了。

凯奇从不知道费恩，城里的其他人也不知道费恩，所以她永远不可能真正理解。她至今都觉得洛厄尔的反应非常极端、非常不可理喻。“我跟他说我不想当马里恩队手下败将的女朋友。”她说，“我真希望我从来没这么说过，但我们总是互相说这种狠话。我以为我们很快就会和好，就像以前一样。他以前也说过这种狠话，不是只有我一个人说过。”

但我没太听到她后面说的那一部分，因为我还在消化她之前说的那一部分。“在南达科他州，”凯奇之前对我说，“马特说他们把费恩当动物一样对待。”

费恩离开的时候，五岁的我的所作所为就已经不值得原谅了，而十五岁的我听到这个消息后的反应更是说明我已经无可救药了。洛厄尔听到费恩被关在南达科他州的笼子里后当晚就离开了。而我听到同样的事情后的反应竟然是假装从没听过。我的心脏都已经提到了嗓子眼，在凯奇讲这个可怕的故事时，我的心一直挂在那里。我没法喝完凯奇给我的那罐可乐了，因为嗓子那儿似乎有一团恶心的东西在跳动，我甚至连话都说不出来了。

但在骑车回家的路上，我的脑子清醒了。在骑过了五条街道后，我意识到这或许不是一个悲伤的故事。老好人马特。跟二十只黑猩猩做朋友，一个新的黑猩猩家庭。那个笼子显然是费恩搬到爸爸的农场前一个暂时的安身之所。洛厄尔从来没有信念和信仰。洛厄尔，我觉得，洛厄尔很有可能自己总结出了一些疯狂的结论。

此外，要是费恩有问题的话，洛厄尔肯定已经解决了。他肯定去了南达科他州做了所有他该做的事情。之后他才搬到加利福尼亚的戴维斯。联邦调查局的人告诉过我们他在戴维斯了。这可是我们自己的政府。他们会撒谎吗?

晚饭时，我又采取了一贯的沉默策略。语言把个人知识转化成了共同知识，说出去的话是永远收不回来的，什么都不说还有修复的余地。我渐渐意识到这或许是最好的应对方法。我费尽千辛万苦终于沉默了下来，十五岁的我已经非常相信沉默的力量了。

5

之后我尽力不再想费恩。奇怪的是，等我大学毕业的时候，我真的很少再想到她了。那一切仿佛都发生在上个世纪。当时我太小了。其实我不跟她在一起的时间比跟她在一起的时间要多得多，而跟她在一起的那几年我基本上都已经不记得了。

我离开了家。我是家里最后一个离开家的孩子。尽管妈妈默许了我离开印第安纳州的决定，但我离开家的第一年跟她通话的时候，她的声音仍然是哽咽的。大二那年，要是我回家过暑假，就没有资格缴州内学费了，所以那年暑假我没有回家。七月份爸爸妈妈过来看我。“至少这里是干热。”他们不断跟我说，尽管有一次温度计超过了一百华氏度。我觉得他们也就是随便说说。我们开车在校园里转，经过之前纵火案地点的时候，不禁生出一种受伤的感觉，那座实验室已经正常运行了。

然后他们就回了布鲁明顿，八月份的时候搬了家。以后再也见不到曾经住过的地方，这种感觉很奇怪。

之前我并没有明确地想过这个问题，但我发现我竟然不自觉地想避开讨论灵长类动物的课程。不学遗传学，不学人类体格学，更不学心理学。你可能会发现绕开灵长类动物非常困难。例如《古文入门》这门课，有一个星期的时间都是在讲大闹天宫的猴王孙悟空。再如《欧洲文学》这门课，教学大纲上就写着卡夫卡的《致科学院报告》，文章的讲述者是一只叫红皮特的猿，而你的老师还会告诉你这只猿比喻的是犹太人，最后你会发现这篇文章的精彩之处，但这篇文章理解起来有难度。而天文学课很有可能有一部分是在讲探索，探索率先进入太空的狗和黑猩猩。老师很有可能给你看一幅图片，上面是一只在太空里戴着头盔的黑猩猩。它的嘴巴从一只耳朵咧到另一只耳朵，这样的话我就有一股冲动，想要告诉班里的同学黑猩猩这样咧嘴是因为害怕，不管它们跟人类相处多久，也不可能改变这个习惯。图片上这些看起来很开心的太空黑猩猩实际上非常害怕，而我很有可能会忍不住把这些说出来。

所以要说我从来没想起过费恩也是不对的。倒不如说要是没人提醒的话我从来没想到过她，即便想到了，也很快就会忘记。

我到加州大学戴维斯分校既是为了寻找过去（我哥哥），又是为了忘记过去（女猴子）。当然，女猴子指的是我，而不是费恩，费恩从来都不是猴子。我脑中一直有一个隐藏的部分，一个不能用语言表达的部分，我可能一直相信我和我的家庭还有恢复的可能，我们会一起过一种正常的生活，仿佛费恩从来没有出现过。我肯定曾经相信过这是一件非常好的事情。

入住新生宿舍的时候我做过一个决定：绝不谈论我的家庭。那时我已经不是一个话多的人了，所以我觉得这一点也不难。奇怪的是，我们的家庭却几乎成了我们每日必谈的话题，避开它不谈比我之前想的要难多了。

我第一个室友来自洛斯盖多斯，是个《X 档案》迷。她叫拉金·洛兹，本来是金色头发，之后染成了红色。她让我们叫她斯卡莉。斯卡莉情绪激动的时候脸颊一会儿粉一会儿白，变化的感觉就像慢速摄影一样。几乎是从我们见面的第一刻起，她就开始讲她的家庭。

斯卡莉是第一个到的。她已经选好了床，把衣服扔在床上堆成了一座小山（这些衣服在床上放了几个月，她就像睡在窝里一样）。我打开门的时候，她正在往墙上贴海报，其中一张海报当然是《X 档案》里著名的“我要相信”。另一张海报是《剪刀手爱德华》里面的，她说那是她最爱的约翰尼·德普。“你最喜欢的是谁？”她问我，要是我真有一个最喜欢的人的话，可能会给她留一个好一点的第一印象。

幸运的是，斯卡莉还有两个妹妹，所以她已经很习惯应付没脑子的人。她告诉我她爸爸是个承包商，从事高端房产业。在那些房子里，图书室里都有可移动扶梯，喷泉里有红鲤，还有跟盥洗室一样大的衣橱和跟卧室一样大的盥洗室。她爸爸整个周末都在文艺复兴节里度过，戴着天鹅绒帽子，到处跟姑娘们说早安。

她妈妈设计十字绣，并且以“X 绣”的品牌名字卖这些十字绣。她给全国的手工艺小店供货，但主要业务还是在南方。斯卡莉的床上有一个枕头，枕头上绣着一幅长城的鸟瞰图，图上的明暗对比十分逼真，就仿佛你真的在长城。

有次斯卡莉的妈妈让她用涂着漂白剂的牙刷清洁卫生间的地板，斯卡莉因此错过了高中的一场舞会。“通过这一件事，你就知道我妈妈是什么样的人了，她就是快速拨号盘上的玛莎·斯图尔特，”斯卡莉说，接着又说，“当然不是说长得像斯图尔特，而是说思想上像。”然后她用蓝色的眼睛盯着我，“你知道这种感觉吗？长大的过程中一切看起来都十分正常，”她哀怨地问，“但突然你就意识到其实你的整个家庭都疯了。”听她说完这些话的时候，我才认识她大概二十分钟。

斯卡莉是一个特别适合群居生活的人——特别开朗，对其他人几乎是来者不拒。我们的房间里什么都可能发生。每次下课或吃完饭回宿舍，或是在深夜醒来，屋里都有六七个大一新生，背倚着墙坐在地上，聊她们家里那些奇怪的事。她们的父母太奇怪了！她们跟斯卡莉一样，都是到现在才发现这一点。她们每个人都有奇怪的父母。

其中有个人因为生物考了 B+ 被她妈妈禁足了一整个夏天。她妈妈在印度德里的一个地方长大，那里不能容忍 B+ 的成绩。

还有一个人的爸爸在全家出去吃早餐前会让所有人站在冰箱前喝一杯橙汁，因为饭店里的橙汁太贵，而没有橙汁的早餐根本就不叫早餐。

一天晚上，走廊对面的女孩，好像叫阿比还是什么，跟我们说，她姐姐在十六岁的时候说，三岁时她们的爸爸让她摸他的生殖器。阿比说这些的时候正躺在我的床脚上，头枕在手上，黑发像喷泉一样绕着她弯起来的胳膊垂着。当时她大概是穿着背心和法兰绒格子睡裤。她穿着这些衣服睡觉，也穿着这些衣服上课。她说在洛杉矶每个人都穿着睡衣上学。

“后来，经过治疗并达成一致意见之后，再没人说起过这件事了。”阿比说，“她突然记起他没有那么做，可能是她做梦梦到的。但她仍然对那些不相信她的人嗤之以鼻，要是这一切都是真的呢？她真是个疯子，”阿比说，“有时候我真讨厌她。明明家里其他人都好好的。你们明白这种感觉吗？这个疯子姐姐却把一切都毁了。”

这个话题太严肃了，我们都不知道该怎么回应。于是我们就坐在那里看斯卡莉用金粉涂脚趾甲，没人说话。这种沉默持续了很久，气氛变得很尴尬。

“管他呢。”阿比说。在1992年，这句话的意思是不管你听起来有多么在意，但你实际上并不在意。她不仅仅是说了这句话，还比了一个手势——竖起无名指，两个拇指连在一起组成“W”形。我们竟然逼着她对我们说“管他呢”，这弄得我们更无话可说了。

“管他呢”的手势是我在大学里学的第一个手势，那时候还有其他几个很流行的手势。拇指和食指比成“L”形状放在额头，表示“失败者”。“管他呢”的“W”手势可以上下翻成“W”和“M”形，表示“管他呢，你妈妈在麦当劳工作”。那就是1992年我们表达想法的方式。

多丽丝·莱维打破了僵局。“我爸爸在一家杂货店里唱歌。”她坐在斯卡莉金色的脚趾旁，手臂抱着膝盖，“声嘶力竭地唱。”店里一放出老式摇滚乐，她爸爸就拿起奶酪闻一闻，然后开唱：妈妈告诉我不要来。在你走之前把我叫醒。

“他可能是个同性恋，”斯卡莉提醒道，“我觉得他很像同性恋。”

“一天晚上吃饭的时候，他突然问我到底尊不尊敬他。”多丽丝说，“我到底该怎么回答？”她转头看向我，“你的爸爸妈妈应该也很奇怪吧？”我觉得她那是一个总结句。我明白我们是在轮流填充这段沉默，好让阿比不后悔刚刚她对我们说过的话，我明白现在轮到我了。

但我把这次“传球”搞砸了。我似乎还能听到阿比的声音——“这个疯子姐姐把一切都毁了”——除了这句话我还能听到的，是有人仿佛在狂风暴雨中从一个遥远的海岸朝我大喊。

“并没有。”我说，不想多讨论我的父母。毕竟要是你想追究的话，他们其实是非常普通的父母，只是尝试着把黑猩猩当成人类来养而已。

“能生活在正常的家庭里真是太幸运了。”斯卡莉跟我说，其他人也都同意。

我真是扯了一个大谎！成功地扯了一个大谎。很明显，我已经把以前所有的线索全都消灭了，那些私人空间、焦距、面部表情和词汇。很明显，所有看起来应该“正常”的地方都证明了我的正常。我的计划——穿越半个国家，再也不提起我的家庭——现在进行得就像做梦一样顺利。

只可惜虽然我现在变得正常了，可“正常”听起来又突然没那么有吸引力了。这里新的“正常”反倒是“奇怪”，当然，我还没有适应这种“正常”。所以我还是没有融进这个集体。我还是没有朋友。也许我只是不知道该怎么交朋友。很显然我之前并没有经验。

也许想尽一切办法来确保没人了解我阻碍了我交朋友。也许所有那些在我们房间进进出出的人都是朋友，只是我还没意识到罢了，因为一直以来我觉得这样还不能叫朋友。也许朋友不像我想的那么重要，而实际上我有很多朋友。

然而一些现象说明事实并不是这样的。某个周末，斯卡莉和其他一群脱险家族的新生到塔霍湖滑雪的时候，并没有叫我一起去。我是后来才知道这件事情的，在我面前他们小心翼翼地避开谈论滑雪的事情。在那次旅途中，斯卡莉搭上了加州州立理工大学的一个老男人，那个老男人跟她睡了一晚，但是第二天早上就不理她了。斯卡莉非常想跟别人讨论这件事情，而我不小心听到了她们的谈话，斯卡莉看见了我，就说："我们觉得你肯定不会感兴趣，毕竟你来自印第安纳。就像你还需要去别的地方看雪似的。"紧接着是一阵尴尬的笑声，她的眼球像弹珠一样弹来弹去，脸颊都羞红了。她都尴尬成这样了，我很替她难过。

作为一名大学本科生，如果你读过《101个有趣的哲学问题》这本书，很可能会碰到"哲学的唯我论"这个概念。根据唯我论，事实只存在于你自己的头脑中。你只能确定你自己是一个有意识的独立个体，而其他人可能是被外星人或是猫身上的寄生虫所操纵的没有脑子的牵线木偶，或者甚至连动都不会动。你绝对无法证明其他论断的真实性。

科学家已经用一种被称为"最佳解释推理"的策略解决了唯我论的问题。这种说法是一种廉价的论断，没人喜欢这种说法，当然可能外星人的部分可以除外。

所以我不能证明我和你不同，但这已经是我最好的解释了。我是从别人的反应中推断出来的这种不同。我认为我的成长过程是起因。推断和设想，烟雾和果冻，都没什么两样，你没法从这些东西里得出结论。事实上，我只是想说我感觉我跟其他人不一样。

但也许你也觉得你跟其他人不一样。

一般情况下黑猩猩之间的友情会持续七年。而我和斯卡莉只做了九个月室友。我们从来没有起过严重的争执。但后来我们就各自收拾好自己的行李，各自走向自己的新生活，再也没说过话。是时候跟斯卡莉说再见了。下次再见到她要到2010年，她在 Facebook 上加了我，但我们也没说过什么话。

大学第二年，我在食品合作社的公告板上看到了一则公寓合租的广告。托德·唐纳利，艺术历史学专业三年级的学生，是一个性格好又安静的人，他很容易相信别人，这是一种危险却坦然的生存方式。我听他讲过很多次他的爱尔兰父亲和他的日本母亲，他有着父亲一样的雀斑和母亲一样的头发。而我却很少对他讲我的父母，但他比其他人知道的都多。那个时候我已经找到了一种谈论我的家庭的方法。确实没有比这更简单的方法了。就是从中间讲起。

一天晚上，托德用自己神秘的方法拿到了澳大利亚伯班克电影公司制作的动画版《铁面王子》。爱丽丝·哈特苏克（托德当时的女朋友，他真是傻了才会跟她分手）过来了。他们躺在沙发上，每人一边，脚叠放在中间。我枕着枕头躺在地毯上。我们吃了爆米花，托德讲了一些动画片的基本常识，着重介绍了伯班克风格。

你肯定听过《铁面王子》的故事。一对双胞胎一个是法国国王，另一个是戴着一个铁面具的巴士底狱囚犯。在监狱里的那个人身上具备一个国王应有的品质。而真正的国王却是个混蛋。动画片最后有一场在焰火旁边进行的美丽的芭蕾表演。奇怪的是，我看到这个镜头的时候竟然无法呼吸。电视上——脚尖旋转的芭蕾舞者、各种阿拉伯式花纹、彩色星星雨。地板上——我，流着汗，心怦怦跳着，急需呼吸新鲜空气。我坐起来，整个房间都暗了，似乎在缓慢地旋转。

爱丽丝朝我扔过来那个没用了的爆米花袋子，让我对着袋子呼吸。托德来到我身后，两条腿放在我的腿旁边。他来回按着我的肩，托德并不喜欢碰别人。而我很喜欢别人碰我；这是猴子女孩的爱好。

托德给我按肩让我放松下来，然后我开始哭。我还在对着爆米花袋子呼气，我的哭泣声听起来就像来自海洋的声音，有时候是浪花声，有时候是海豹声。“你还好吗？”托德问我，很明显我并不好，但人们总会这样问，“你怎么了？”托德用拇指按着我脖子后面。

“你还好吗？”爱丽丝问，“需要我们给谁打电话吗？你怎么了？”

说实话我也不知道我怎么了。我也不想知道。有些东西似乎正从地下慢慢爬出来，而我知道的是我并不想知道那是什么东西。我也不想继续看《铁面王子》。我说我没事，现在已经好多了，我也不知道我刚刚是怎么了。随便找了几个理由解释之后，我躺在床上继续哭着，静静地哭，不想让托德和爱丽丝担心。

屋子里有一头隐形的大象，总是时不时被树干绊倒。我还是用了以前惯用的逃避方法，竟然一点都没有忘，那就是用最快的速度睡着。

6

几年以后。

哈露出现。

既然现在你比较了解我了，那让我们再来看看我跟哈露第一次见面的场景。我正坐在学校餐厅里，面前摆着烤奶酪三明治和牛奶。哈露闯进门，像飓风一样，如果飓风是个长得高高的、穿蓝色 T 恤、戴天使鱼项链的性感女孩的话。

你第一次听到这个故事的时候可能觉得我很警惕，但事实上我可能没有你想的那么警惕。其实我看得出哈露并没有她表现出来的那么生气。摔盘子、扔外套不过是她演出来的罢了。其实我看得出她非常享受这个过程。

这次表演很不错，她非常享受这次表演，也享受成功完成工作所带来的满足感。但这次表演却不够完美，不然我就不会看穿。但同样是骗子，我欣赏她的活力。尽管我不会这么做，却欣赏她的选择。是作怪还是作假？自从我来到这所学校之后，我一直这么问我自己，然后突然有一个人勇敢地选择了两者。

但我仍然跟你第一次听到这个故事时一样不知所措。我忙着躲闪，忙着摩擦戴手铐的手，忙着打电话，忙着填各种表格。现在快进到感恩节假期之后，我重新回到戴维斯，发现哈露在我的公寓里。没人喜欢这种场景。我也是。又来了，我对自己说。我在心里说得很大声，以至于我听到我张口说了出来。就像我经常发现一些没有边界感的人出现在我的地盘上，用我的东西还把它们弄坏一样。又来了。

最后这个催眠大师打了个响指。我能淡定应对哈露的暴脾气并不是因为我们一起进过监狱。我能这么淡定是因为我之前见过类似的场面。即便是哈露在墙角撒过尿，这跟我以前的经历相比也不算什么。可哈露毕竟是在文明家庭里长大的，肯定没这么干过，那么她的那些行为就更不值得一提了。

我并不惊讶于我对这一切的熟悉。我惊讶的是意识到这是一个熟悉的场景所用的时间。对别人隐瞒我是猴子女孩是一回事，而我自己完全忘掉我是猴子女孩则是另一回事。（但这不正是我想要的吗？然而，我并不想要这样。一点也不想。）

爸爸却没有上当。“我猜你是被别人陷害了。”爸爸在电话里这么说，但我并没有太听到。爸爸比我自己更了解我，这一点让我很讨厌，所以他说话的时候我经常会选择不听，而不是冒险听一听。

当我终于弄明白这一切后，我对哈露的感觉变得更复杂了。我知道她的出现对我来说并不是好事。在幼儿园报告的评论里面，老师说我易冲动、占有欲极强，而且非常苛刻。这些都是典型的黑猩猩性格，这些年来我一直在努力摆脱这些性格。我觉得哈露可能也有类似的性格，但她从来没想过要改变。要是跟她在一起，我可能又会回到原来的样子。

可我却觉得跟她待在一起很舒服。我从来没在其他人身上体会到这种舒服的感觉。我实在是描绘不出我有多孤独。让我再重复一遍，小时候，短短几天之内，我从不知道孤独是什么的孩子变成了一个永远孤独的人。失去费恩后，我就失去了洛厄尔——至少我失去了费恩在时的洛厄尔——同样我也失去了我的爸爸妈妈，失去了所有的研究生，包括我最喜欢的来自伯明翰的马特，当分别的时刻来临的时候，马特选择了费恩而不是我。

所以我觉得从根本上说哈露是不值得相信的。可我却发现，只有跟她在一起的时候我才是真正的自己。我从来没想过做真正的自己，但实际上我内心却十分渴望做自己。看到真正的自己一定很有趣，爸爸给我的那部分脑子是这么想的。而妈妈给我的那部分脑子却在想：我们的小露丝玛丽交到朋友了吗？

现在我们终于回到了故事一开始的时候。我，一个眼睛明亮的大学生，正被自己被逮捕的事情以及一个不属于我的粉蓝色箱子所困扰。预言之星像跳蚤一样在天上跳跃。

星星一：妈妈日记的出现以及立刻消失。

星星二：一条关于洛厄尔的不太明确的信息。

星星三：哈露。

如果有什么征兆像《凯撒大帝》里的任务一样反复出现了三次，几幕戏过后，即使是卡利班也一定会注意到。

大多数情况下我的注意力还是集中在哥哥回来了这件事情上。我已经厌倦了兴奋，厌倦了类似于圣诞节早上的那种期待。如果在你家里圣诞节更像是《猛鬼街》的话，你也会有这种感觉。

我真正的圣诞节假期还有不到两周就到来了。如果洛厄尔能在期末考试期间过来的话，我就有各种空闲时间跟他待在一起。我们可以玩扑克或魔力桥。也可以去圣弗朗西斯科，徒步游览谬尔红杉森林。晴天的时候，要是你能驾车驶到一条标有“私人领地，禁止入侵”牌子的道路或是爬过一个贴有“擅自闯入将负法律责任”牌子的栏杆，到达蒙蒂塞洛水坝旁边的一个地方，就能俯瞰整个州——东边是内华达山脉，西边是太平洋。场面非常壮观，洛厄尔肯定会喜欢。

如果他在圣诞节假期后来的话，我就回印第安纳了。

所以我希望以斯拉说的洛厄尔过两天就再来是真的，我希望“过两天”的意思就是两天。我希望洛厄尔能猜到我会跟爸爸妈妈一起过圣诞节。我希望他知道我必须要这么做的原因恰恰是因为他没有这么做过。我希望他在乎我们。

到戴维斯后的几周之内，我就已经很熟悉到谢尔兹图书馆地下室报纸档案专区的路了。周末的大部分时间我都是在那里度过的。我读了当地媒体关于1987年4月25日发生于约翰·瑟曼兽医诊断实验室的火灾的报道。这件事情在印第安纳并没有引起多大轰动，因为他们没有意识到有史以来布鲁明顿最令人讨厌的高中控球后卫与此事有关。即使是在戴维斯，也没有多少关于此案的细节。

被烧毁之前，实验室正在建设中。这次事故造成了大约460万美元的损失。动物解放阵线在被烧毁的实验室内和附近的校车上涂上了他们的标志。“动物研究对动物、人类和环境都有很大的好处。”学校发言人这么说。

动物解放阵线的行动者声称诊断实验室的真实目的是服务于动物/食品工业，但我只在他们给编辑的信里得知了这一点，关于火灾事件的报道中从来没提过。根据《戴维斯企业报》的报道，警察当时根本就没有找到嫌疑人，但案件却被定性为国内恐怖主义，然后被提交到了联邦调查局。

我又把我的调查扩大到这次事件后北加利福尼亚发生的一系列火灾爆炸案。圣若泽牛肉公司的仓库、费拉拉肉类公司以及一个家禽仓库接连遭受袭击。圣罗莎的一家毛皮店也被烧毁了。这一系列火灾爆炸案的幕后凶手都还没有找到。

我去楼上找到管理参考书的图书管理员，让他帮我找一些关于动物解放阵线的资料。我想看看他们是否都是洛厄尔这样的人。动物解放阵线的战术包括营救与释放动物，以及偷实验室记录。他们拍下活体解剖的照片发布在媒体上。他们毁坏实验室器材，包括一种叫灵长类动物脑立体定位装置的器材，我当时并不知道，现在也不想知道这是一种怎样的器材。他们用恐吓信骚扰实验人员、毛皮商和牧场主，在他们的电话留言机上留信息威胁他们，有时候还肆意破坏他们的居所或在他们孩子学校的操场上挂出令人震惊的虐待动物的图片。

少数媒体的报道很有同情心，但大部分媒体并没有。路透社把动物解放联盟的袭击活动描述成方舟的故事，只是掌舵的不是诺亚，而是兰博。但每个人都同意动物解放阵线迟早会闹出人命，他们会杀掉关键人物，杀掉人。现在的形势已经险象环生了。

我看到了一篇1985年有人非法闯入加州大学河滨分校的报道。这次事件中，犯罪嫌疑人偷走了很多动物，其中有一只叫布里奇的婴儿猕猴。布里奇出生的时候眼睛就被蒙上了，因为研究人员想要测试一款为盲人婴儿设计的声波设备。他们的计划是让他在感官功能消失的情况下活三年，然后杀掉他去看看他大脑中控制视觉、听觉以及运动的部分分别发生了什么变化。

我不想活在这样的世界中——必须在盲人婴儿和受折磨的猴子中选择一个。说实话，我一直希望科学的发展能使我们避免做出这种选择，而不是逼迫我们选择。我处理这种情况的办法是不再继续往下读。

1985年是洛厄尔离开家的那一年，离开前他已经被布朗大学录取。我们都知道他很快就要离开，但认为我们还能在一起待几个月。之前他跟马克和凯奇一起消失过，但几个月后他又回来了。这让我们相信他是我们的，即使他离开了我们，我们也能找到他。

联邦调查局告诉爸爸妈妈，西海岸动物解放阵线能熟练地进出独立的隔间、有安保的房子，并找到一条运送动物的地下铁路。但他们没透露为什么他们会找到洛厄尔，甚至认定他是犯罪嫌疑人。他们确实说过动物权利激进分子中最积极的就是那些来自中产阶级家庭的年轻白人男性。

戴维斯诊断实验室很久之前就重新建好了，而且正忙于进行动物解放阵线禁止他们做的实验。我可以随时骑自行车经过这个实验室，但却不能进去。现在所有动物实验室的安保措施都非常严密。

就在我要再次给航空公司打电话让他们把箱子还给我的时候，哈露出现了，给了一个不同的提议，就是打开现在这个箱子，看看里面有什么。我们绝对不会拿里面的东西。这一切都会悄悄地进行。但哈露绝对不可能连看都不看就把箱子还回去。我们都知道一个来自印第安纳（假设这个箱子来自印第安纳）的箱子里面会有什么。金币、装满海洛因的娃娃、中西部城市委员会作案视频以及苹果酱。

难道我不好奇吗？我的冒险精神都去哪儿了？

哈露竟然知道苹果酱，这让我很惊讶。但这并不能成为我放任她为所欲为的理由。我寄希望于密码锁能把她难住。她需要工具，甚至是一个拆弹专家。在黑猩猩研究中，这种挑战被称为食物难题。研究人员根据黑猩猩的成就和速度给它们打分，如果够新颖的话，还会有额外加分，但是它们会吃掉里面的东西，不管里面是什么。在黑猩猩看来，打开箱子而不拿里面的东西是非常不公正的。

我含含糊糊地反对了几次，最后我选择相信猜对正确密码（从1到10000）的数学概率，然后打算在下雨天跑到外面的商店给我们两个买咖啡。

很明显，只要边转动密码锁，边留心注意转动轴上的压痕，你就能在几分钟之内打开密码锁。我回来的时候，以斯拉在我面前演示了一遍。以斯拉把他平时的各种幻想都转变成了突击队员的实用技能。想想他会做的事情觉得还是挺恐怖的。

哈露是在三楼阳台上找到的他。他正在屋顶下练太极，并在压井管线里来回穿梭。“贱人，拿命来！你的屁股他妈的就跟炸鸡一样。”以斯拉曾经告诉过我，他过去的生活片段经常像电影一样出现在脑海中。但我觉得好多人跟他一样，尽管其他人脑海中的电影类型跟以斯拉的不同。

在电影中，这其实是一个浪漫的镜头。哈露走进来，发现他有些郁郁寡欢，而他的动作十分优雅。她捻着自己的头发，之后镜头转到客厅，两个脑袋一起紧挨着密码锁。电影里，箱子里藏着一枚炸弹。我带着咖啡回来，在最后一刻阻止了他们。

但事实上我并没有阻止他们。相反，我听以斯拉解释了锁的构造，看着他进行了最后关键性的一转，看着他打开了箱子——这期间我一句话都没说。他开始小心翼翼地翻箱子，都是无聊的东西，大多数都是衣服，运动服、黄色T恤，T恤胸部位置印着弯曲的红字“人类种族”。哈露把T恤拿起来，字下面是一个地球仪，地球仪转到了美国。各种肤色的人都朝着同样的方向奔跑，就像种族之分从来不存在一样。“太大了。”哈露说，明显兴趣不足。

以斯拉继续往下翻。“有了！”他说，“有了！”又继续说，“闭上你们的眼睛。”但没人照做，如果以斯拉让你闭眼你就闭的话，那就太傻了。

以斯拉从箱子里拿出了一件东西。那东西就像从身体里钻出来的鬼魂，也像从粉蓝色棺材里出来的吸血鬼。以斯拉把它昆虫一样的四肢打开后，它就在以斯拉的手里弹起来了，眼睛平平的，嘴巴啪啪作响。“这他妈的是什么？”以斯拉问道。

他正拿着一个口技艺人的木偶，木偶看上去有些年岁了。它像蜘蛛一样在打开的箱子盖上跳舞，一只小手攥着编织针，小脑袋上还戴着一顶红色蘑菇帽。“德法热夫人[1]，”我告诉他，然后又补充说，“断头台夫人。”我总是不记得以斯拉是什么样的读者。这个木偶一点都不戏剧化。

1　狄更斯小说《双城记》中的人物。——编者注哈露非常激动，脸都成了粉红色。我们现在暂时拥有的箱子是一个口技艺人的。一个上了年岁的德法热夫人玩偶正是哈露想要在箱子里找到的东西，所以她的脸颊变成了玫瑰色的。

以斯拉把手放在德法热夫人的背上，让她一下跳到哈露的背上，在那里划船嬉戏。以斯拉开始给她配音，她可能在替小女孩们感谢上帝，她可能在唱《马赛曲》或《雅克弟弟》。尽管以斯拉的法语发音很差，但他说的应该是法语。

说一说恐怖谷理论。我从来没看过比这更差劲的木偶戏表演，从来没看过比这更恐怖的镜头。

我开始一本正经起来。“我们不能玩它，”我说，“它看起来有些年岁了，有可能很珍贵。”但哈露说只有傻瓜才会把这么珍贵的东西放在手提箱里托运。

不管如何，他们都对那个木偶很小心。哈露从以斯拉那里拿过木偶，让它朝我挥拳头。从德法热夫人的脸上，我能看出一切都在按哈露的计划进行。“别坏了我的兴致。”德法热夫人说。

我没时间继续这么无聊的游戏了。我还要去上课。我走到厨房，给机场打电话，电话的自动回复仍然在说我的电话对他们很重要，最后我只能给他们留言。之后哈露也走进厨房。她答应把德法热夫人放回箱子里，我答应晚上跟她一起去酒吧。原因是，老天啊，露丝玛丽，到现在为止箱子没有受到损害，我应该吃一片镇静剂庆祝一下。

也因为我想让哈露喜欢我。

7

要是你问我我曾经参加过的校园讲座的内容，有百分之九十九的讲座我都说不出来。而那个特殊下午的那节特殊的课却成了我记住的百分之一。

天还在下雨。不是大雨，而是非常湿黏的雨，我骑在自行车上，像海绵一样吸着雨。骑过足球场的时候，有一群海鸥在那里。我在暴风雨中见到过好多次海鸥聚集在一起，但每次我都非常惊讶。因为加利福尼亚州的戴维斯是一个十足的内陆城市。

等我到教室的时候，水已经从我的牛仔裤上滴下来了，鞋子也都湿了。100教室是我们上大课的地方，那是一个非常大的礼堂，从门口往讲台倾斜，门口在教室的最高点，也就是在最后面。下雨天一般没有多少人去上课，学生们似乎都以为下雨天里的课和球赛一样都取消了。但这节课是这学期的最后一节课，也是期末考试前的最后一节课。我迟到了，所以必须得走下楼梯坐到前面去。我把椅子里的小桌子打开准备记笔记。

这节课叫“宗教与暴力”。老师索萨博士是一个中年人，发际线越来越高，肚子也越来越鼓。索萨博士很受欢迎。他戴着“星际穿越”的领带，穿着一双不成对的袜子，看起来很搞笑。“我以前在星舰学院的时候，”他会在介绍古代数据或讲秘史的时候这么说。索萨博士讲课既富有激情又涉猎广泛。我已经把他列到了讲课生动的教师这一栏里。

爸爸曾经建议我做个实验，每次教授看向我的时候我就朝他点头。爸爸说最后我会发现教授会越来越频繁地看我，就像巴甫洛夫的狗一样无助。爸爸可能做过类似的实验。在一节有上百人的大课上，老师可能注意到你缺席的唯一原因就是你的老师非常注意你。索萨博士和我之间就有这种无言的默契。爸爸真是个狡猾的人。

这节课一开始讨论的是暴力女性。这个话题更加证明了班里大多数学生都是男性。但我记住的并不是第一部分。我觉得索萨博士可能讲了3K党、戒酒运动、一个奇怪的宗教暴徒组织以及女性之间的暴力。我觉得我们从爱尔兰讲到了巴基斯坦又讲到了秘鲁。但索萨博士并不把这些看作女性的独立运动，而是当成男性活动的附属品。他内心里并不支持这些暴力女性。

然后他就重新回到了宗教信仰对女性的暴力行为这个主题，这是贯穿这节课的主线。他突然毫无预兆地开始讲起了黑猩猩。他说黑猩猩跟人类一样有内部和外部暴力。他讲了负责巡逻边境的公黑猩猩的行为以及他们的残暴团体。他用修辞学的手法问我们教义上的分歧是不是真的掩盖了我们身上存在的兽性和恶毒的部落属性。这跟爸爸一直以来强调的理论太像了。我有一股不理智的冲动想要反驳这种说法。索萨博士朝我看了一眼，但我并没有点头。他说，黑猩猩中地位最低的公黑猩猩都比地位最高的母黑猩猩地位要高。他说这些的时候眼睛一直在盯着我看。

教室里有一只苍蝇。我能听到它的声音。我的脚冰凉，我能闻到我鞋子的味道，那是橡胶和袜子混在一起的气味。索萨博士终于放弃了，把目光转向别的地方。

他又重复了一遍之前说过很多次的理论：大多数宗教都着迷于驯化女性的性行为，这甚至是大多数宗教存在的意义。他描述了公黑猩猩引导的性群行为，“唯一的区别就是黑猩猩不会说它们是受到了上帝的指引。”

索萨博士走回讲台，看了一眼他的笔记。他说强奸就像家暴一样是黑猩猩会有的行为。他又讲了最近古道尔在贡贝的团队发现处于发情期的母黑猩猩每三天都要被迫与不同的公黑猩猩进行170多次性行为。

我必须得把笔放下。我的手在剧烈的摇晃，手拿着笔在纸上乱舞，画出了各种疯狂的摩尔斯电码。接下来索萨博士讲的内容我完全没有听到，因为血液在我的脑子中翻滚，直到旁边的同学回头看我，我才意识到我的喘气声太大了。我赶紧把嘴闭起来，同学们这才回过头去。

我希望你没有因为我没有朋友而觉得我没有发生过性行为，性伙伴的标准比朋友的标准要低得多。尽管没有朋友很难有性行为，因为我一直希望有人能在这方面给我一些指导和信心，可是我必须得自己承受这整个过程，并思索着为何我没有体验到电影中让人痴迷的性行为。正常的性生活是什么样的呢？正常的性又是什么呢？会不会问这种问题本身就意味着你不正常呢？我似乎都无法享受到人类本能的性体验。

“你非常安静。”我第一个性伙伴这么对我说。我们是在我找到果冻杯之后的一次兄弟会聚会上认识的。那次我们把自己锁在厕所里。我对那次的印象就是周围充满了各种噪音，人们不停地敲门、诅咒我们把门锁上让他们没法上厕所。我的背倚着水槽，水槽边沿抵着我的脊柱，对新手来说这个角度非常难，最后我们只好躺在厕所里那块恶心的地毯上进行，但我并没有抱怨。我觉得我的动作还可以。

那晚早些时候，他说我很害羞，就像在夸我似的，就像他觉得我的沉默特别有吸引力特别神秘似的。我记得之前我经常能听到父母的卧室里传出来的噪音，要是我知道这种声音是很正常的声音的话，我自己也会发出来。但我却觉得这种声音是父母专属的，而且特别阴森森。

我知道第一次会很疼。我看过各种杂志上的答读者问专栏，所以对此早有准备。第一次确实很疼。我也知道第一次会流血，但我并没有流。可是第二次第三次的时候我还是很疼，即使那两次是跟另一个生殖器比较小的人进行的。杂志上从来没说过第二次第三次也会疼。

最后我终于去学生健康中心看医生了。她检查了我的里面，告诉我这是我处女膜的问题。我的处女膜太小，它只是被磨损了，但并没有破。所以我的处女膜是在医生的办公室里用处女膜破坏工具刺破的。“现在已经扫清道路了。”她很开心地说，还给我讲了几点注意事项，就是我不要让自己被压到不舒服的东西上，要注意保护。医生还往我手里塞了几本小册子。我下面的部位非常疼，就像有人用钳子给我打了一个结。但让我更疼的是我觉得受到了羞辱。

我想说的是：我对糟糕的性行为并不陌生。

但同时我也很幸运。在我的生活中，我从来没被强迫进行过性行为。

当我能重新听到老师讲话的时候，索萨博士已经从普通黑猩猩转到了它们的（也是我们的）近亲倭黑猩猩。“倭黑猩猩的社会是特别安宁平等的。这些可贵的品质是通过不断地随意性交发展而来的，大多数发生在同性之间。倭黑猩猩之间的性交只是一种装饰，是一种社会黏合剂。”索萨博士说，“阿里斯托芬[1]曾说过，通往和平的道

1 古希腊剧作家。——编者注

路需要更多性行为。”

男同学对此观点没有什么意见。如果告诉他们说，根据推论，他们也是完全被生殖器控制的单细胞生物，他们也能接受。这实在让人吃惊。真猥亵，也许会有人这么说。

根据推论，推拒是万恶之源，男生们对此也没有任何意见。他们对这个问题的反应倒是不太出乎意料。

我右边隔了几排的位子上一个女生举起手，没等老师允许就站起来。她的头发是金色的，又编又盘，弄得很复杂。耳朵上戴着好几个银色的耳环。“你怎么知道哪个先发生呢？”她问索萨教授，“比起人类来，母倭黑猩猩有可能觉得公倭黑猩猩更吸引人。安宁平等的生活可能会使母倭黑猩猩更性感，跟驯化母倭黑猩猩的性功能无关。你们这些大老爷们也应该试一下。”后面有人发出了黑猩猩吃东西时候的声音。

“倭黑猩猩生活在母系社会。”那个女生说，“你怎么知道是性而不是母权制使它们的社会更和谐呢？它们团结，互相保护。倭黑猩猩有这种表现，而黑猩猩和人类却没有。”

“好吧。”索萨博士说，“说得对。你给了我一个新观点。”说着朝我的方向看了一眼。

这学期最后一节课的最后几分钟，索萨博士对我们讲，从出生开始我们就喜欢自己的同类。三个月大的孩子看种族分类图的时候最喜欢他们见得最多的一类。按最随意的标准——比如说鞋带的颜色——把小孩子分组，比起其他组的人，他们更喜欢跟他们一组的人。“‘己所不欲，勿施于人’是我们最高的道德标准，”索萨博士说，“也是有必要的标准，其他所有的标准都由此而来，你根本就不需要遵从‘十诫’的要求。但要是你真的跟我一样相信道德是上帝创造的，那么你肯定会感到奇怪。”

“‘己所不欲，勿施于人’是一种不自然也不人道的行为。这就是为什么很多教堂和教徒宣扬这条教条却很少能做到。这条教条其实违背了我们的本性。这也是人类的悲剧。我们共同的人性其实是建立在否定共同的人性的基础上的。”

下课了。每个人都在鼓掌，有人是因为喜欢这节课鼓掌，有人是因为这节课结束了而鼓掌。索萨博士说了期末论文的要求，论文里不能只有时间和事件。他想看到我们思考的结果。他又看了我一眼。我应该朝他肯定地点点头的。但我仍然很伤心，非常伤心，心碎般的伤心。

我甚至都没听到他们关于倭黑猩猩的讨论。好像突然每个人都比我更了解黑猩猩了。这让我很惊讶，也让我很不开心。但这是我最不应该想的。

第四章

我再说一遍：模仿人类的行为并不会让我高兴。我模仿他们的唯一原因就是我想找一条出去的道路，除此之外没有其他原因。

——卡夫卡，《致科学院报告》

1

2012年，网络就像弹子棋（或者飞行棋是个更好的比喻——或者，抱歉！——反正就是那种永远也结束不了的游戏，因为你永远都赢不了），我一直在试着查找其他一些有名的被人类抚养的黑猩猩的生活。关于这些实验的信息很容易找到，但很少能查到关于这些黑猩猩的命运的信息。即便有一些信息，它们也充满争议。

古瓦是最早被人类抚养的黑猩猩之一。她聪明温顺，但在凯洛格夫妇把她送回她出生的耶基斯研究实验室后不久，她就在1933年死于呼吸道感染。她在凯洛格家待了九个月，和凯洛格家蹒跚学步的儿子唐纳德一起生活。她会用叉子，会从杯子里喝水，轻轻松松就打败了唐纳德。她死的时候只有两岁。

维基·海耶斯出生于1947年，因为病毒性脑膜炎死于家中，她死的时候只有六岁半或七岁，具体几岁要看你浏览的是哪个网站。

她死后她的父母就离婚了。至少有一位他们的朋友说维基是他们的婚姻得以维持的唯一原因。她是家里唯一的小孩。

梅贝拉（1965年出生）和萨洛米（1971年出生）的家庭分别去度假并把她们留在了家里，在此期间，她们严重腹泻并死去。她们两个的案例中并没发现能引起腹泻的潜在身体不适。

阿利（1969年出生）在被送回研究室之后也患了危及生命的腹泻。他拔自己身上的毛，一只手臂失去了功能，但最后他并没有死去。有一些未经证实的传言说20世纪80年代，他喝了杀虫剂，他喝的剂量是实验剂量，但足以致命，他死在了实验室里。

十二岁的时候，露丝·特莫林（1964年出生）被送去和冈比亚的黑猩猩同住。之前她一直由俄克拉荷马州的特梅默一家抚养。露丝喜欢看《花花女郎》杂志，喜欢喝自己泡的茶和纯杜松子酒。她很会用各种工具，喜欢从家用吸尘器上享受性快感。她是一个疯狂的女孩子。

但她对野外的生活一无所知。她出生在诺埃尔的阿尔克黑猩猩农场，两天后就被送到了人类家中生活。被送到冈比亚后，一个叫佳尼斯·卡特的心理学研究生照顾了她多年，并费尽心思想让她习惯这里的生活。但露丝却患了抑郁症，体重不断下降并扯自己的毛发。人们最后见到她是在1987年，虽然有其他黑猩猩陪着，但她明显没有融入黑猩猩的群体中。

几周后，人们发现并收集了露丝散落的骨头。人们纷纷猜测她是被偷猎者杀死的，因为她见到人类狩猎者的时候会非常急切地想往他的怀里跑。但这种说法也存在很大的矛盾。

宁姆·乔姆斯基（1973—2000）是书本和电视荧屏上的巨星，但他去世的时候却十分年轻。他死于得克萨斯州用于养马的黑美人牧场，在这之前他有过多处住所和代理家庭。他学习了25种或125种手语——每篇文章报道的数字都不一样——但他的语言学习功能仍然让挑选他做实验的心理学家赫布·泰瑞斯十分失望。宁姆四岁的时候，泰瑞斯宣布实验结束，之后将宁姆送到了俄克拉荷马州的灵长类研究所。

宁姆实验的失败对很多正在学习手语的黑猩猩产生了不利影响，直接结果就是对这类实验的赞助资金基本枯竭。

最终宁姆被卖到医学实验室，住在一个小小的笼子里，直到一个以前研究宁姆的研究生威胁实验室说要把他们告上法庭，并且专门成立了一个公共基金会，才把宁姆赢了回来。

沃肖（1965—2007），被人类养大的最有名的黑猩猩，也在俄克拉荷马州的灵长类动物研究所生活过。她是第一只学习美国手势语言的非人类动物。她学会了大约350个美国手势语言单词。在2007年，四十二岁的她自然死亡。罗格·福茨是跟沃肖一起工作的研究生，一直致力于保护沃肖，保障她的幸福。罗格・福茨为沃肖在艾伦斯堡的中央华盛顿大学里建造了保护所。沃肖最终在认识她、爱她的黑猩猩和人类的陪伴下去世。

关于沃肖，罗格・福茨这么说过，她教会了他“人类”的含义，“类”这个词远比“人”这个词要重要得多。

我们这些跟黑猩猩一起生活过的人都争先恐后地写书。我们都有自己想写书的理由。《猿和孩子》是关于凯洛格的。《近亲》是关于沃肖的。维基是《我们家的猿》的主角。而《变成人类的黑猩猩》写的是宁姆。

1975年，莫里斯・特莫林写完了《露丝：长成人类》，那时露丝十一岁。和其他收养黑猩猩的家庭一样，和我的父母一样，特莫林夫妇当初收养她的时候相信他们会一辈子好好照顾她。但这本书结尾的时候，特莫林却表达了一种想要回归正常生活的渴望。他和妻子已经多年没有同床过了，因为露丝不同意。他们没法度假，也没法邀请朋友共进晚餐。露丝妨碍到了他们的生活。

露丝有一个人类哥哥，叫史蒂夫。我找不到一点关于1975年后的他的资料，倒是在一个网站上看到跟古瓦生活了一年半的唐纳德・凯洛格的信息——当然他自己不会有印象，但各种论文、报纸以及家庭电影中都提到过他——他在四十三岁的时候自杀了。另一个网站宣称唐纳德身上有很明显的猴性，但那是一个白人至上主义的网站——上面的信息一点都不可信。

2

索萨博士的课结束以后，我就去戴维斯市中心一家叫“毕业生”的啤酒汉堡店见哈露。尽管雨停了，但街上还是很冷很潮湿。要是在其他时候，我可能会欣赏周围黑色魔法般的景象，每盏街灯都被包裹在迷雾一样的气泡里。我骑着自行车在黑暗的街道上走过，车灯点亮了我经过的每个水坑。但我仿佛仍然站在索萨博士引我去的陡峭悬崖边。我今晚就想喝酒。在戴维斯，喝醉酒骑自行车和喝醉酒开车的惩罚是一样的。这实在是太荒唐了，我一直不愿意承认这项规定。

锁自行车的时候，我浑身都剧烈地颤抖。我记得《美好人生》里面克拉伦斯·奥德伯蒂点火焰朗姆酒的场景，我现在正需要火焰朗姆酒。我想在里面洗澡。

我打开了“毕业生”沉重的大门，走进了这片喧嚣。之前我还想着告诉哈露我在学校学到的黑猩猩性交问题，至于跟她讲多少就取决于我喝得有多醉。但我那晚想的全都是女性团结的问题，我觉得要是能直接跟另一个女人讨论一下公黑猩猩有多可怕的话，我会舒服很多。所以看到雷哲也在的时候我并不高兴。我觉得即使跟他讨论黑猩猩性交问题，我也不会得到任何好处。

更让我不高兴的是哈露竟然把德法热夫人带来了。她正坐在哈露腿上，头摆来摆去，还把下巴摆得像眼镜蛇一样。哈露穿着一条破洞牛仔裤，裤子上绣着山脉、彩虹和大麻叶，所以她的大腿是个有趣的地方。“我对她可是很小心。”哈露对我说，很明显她是因为一些事情而生气，但我到现在都没时间说这件事。她渐渐觉得我一点意思都没有，她想得没错。我们认识的时候特别戏剧化，两个人都像猴子一样摔东西，还一起被送进了监狱。但我能看得出来她正在重新评价我。我并不像她想的那样喜欢玩。我开始让她失望了。

此时她把这些问题优雅地抛在一边。她刚刚得知今年春天戏剧系要排一部反串版的《麦克白》。当然，她并没说《麦克白》，她说的是“苏格兰剧”，戏剧系学生都这么说，这很让人讨厌。所有的男性角色都由女性出演，而所有的女性角色都由男性出演。哈露负责协助布景和服装，我很少看她这么兴奋。她跟我说每个人都以为演员会穿反串的服装，但她想劝导演不要这么做。

雷哲靠过来说，没有什么比男演员穿裙子更让观众喜欢的了。哈露把他当成一个微不足道的麻烦，挥挥手把他甩走了。

“要是演员不穿反串衣服的话，岂不是更有挑战性？更烧脑？”

这就意味着该剧里女性占统治地位，意味着我们的既定世界里女性代表着权利和政治。女性是规则制定者。

哈露说她已经开始设计因弗内斯的城堡，尽量想象一个梦幻的女性住所。我本来可以把话题转到黑猩猩强奸上去的，但这肯定会影响哈露的兴致。哈露正因为她的希望和计划而闪闪发光。

有几个人给德法热夫人买酒。

雷哲给我买了一杯黑麦芽酒，混着浓烈的啤酒味。冰凉的啤酒杯比我的手都暖，我的大拇指已经冻得失去知觉了。雷哲举起酒杯敬酒。“为超能力干杯。”他这是在提醒我他还没忘记之前的超能力话题。让野性骚动起来。

不一会儿我就流汗了。“毕业生”里到处都是人，有一个 DJ，还有一群人在跳舞，跳得极难看。屋里充满了啤酒和身体的味道。德法热夫人在桌子和椅子背上玩闹。绿日乐队的 *Basket Case* 在扩音器里喧嚣着。

哈露和雷哲在乐声中大吼着交谈。我听到了大部分内容。大意就是雷哲觉得哈露在挑逗酒吧里所有的男生，而哈露觉得是德法热夫人在挑逗他们。哈露自己只是沉浸在表演艺术里，酒吧里所有的男生都知道。

“噢，对，”雷哲说，“一大群老油条。艺术爱好者。”雷哲说男人们觉得表演艺术是女人用经血画脸，但男人们都不喜欢。婊子，他们喜欢婊子。

哈露觉得婊子和玩婊子木偶的女人还是有很大区别的。雷哲觉得根本没有区别，或者是女人觉得有区别而男人觉得没有区别。

“你是在叫我婊子吗？”德法热夫人厉声说，“他妈的你竟然这么说我！”

音乐慢了下来，声音却没小。哈露和雷哲开始喝酒。一个白人反戴着一顶棒球帽——“该死的牛奶鸡！”雷哲跟我说，声音大到足以让那个白人听见——走过来邀请哈露跳舞。哈露把德法热夫人给了他。

“看到了吗？”她对雷哲说，“德法热夫人跟他跳舞，而我要跟你跳舞。”她伸出手，雷哲牵起她的手把她拉起来。他们从桌子后面走出来，紧紧抱住彼此，她把手放在他的肩膀上，而他把手放在她破洞牛仔裤的后口袋里。那个反戴着棒球帽的人迷惑地盯着德法热夫人看，直到我把她从他手里拿走。

“她不能跳舞，”我说，“她太珍贵了。”

DJ打开闪光灯。“毕业生”立刻变成了淫荡的舞厅。雷哲回来了，终于开口跟我说话，闪光灯在他脸上一闪一闪的。我不禁点头，直到点到我头晕，然后就把视线转移到他那硬挺的鼻子上。他没吼着说话，所以我一个字都没听到。

我又点了点头，从头到尾我都一直做着这个友好的动作。我跟他说他在超能力里的地位都是假的，这根本就不影响他在现实世界中的作用。“都是些废话。胡说。狗屁。瞎扯。一派胡言。胡说八道。”

我的视线下移到了他的胸部。他的T恤上印着一个亮黄色的路标，路标上印着一家人奔跑的剪影。爸爸在前面，手拉着后面的妻子，妻子手拉着他们的孩子，孩子手拉着一个洋娃娃。我来自印第安纳，戴维斯也不是圣地亚哥。我不知道这其实是一个真正的路标，提醒人们不要开车撞非法移民。孩子和洋娃娃都已经飘在了空中，这表明了这家人跑得很快。我能看出来他们的腿在颤抖，孩子的辫子在她身后飘扬。或许我应该在这里说明我吃了几粒哈露给我的药。我很幸运之前没有感受到同伴压力，因为我很不会处理这种同伴压力。

"狗屁，"我说，"胡扯，废话，瞎说。"

雷哲说他听不到我说了什么，所以我们一起走到外面，我跟他讲起了镜子测试。我不记得为什么会跟他讲这个，但我着实给他上了一课。我跟他讲一些动物的事，比如说黑猩猩、大象、海豚能认出镜中的自己，而狗、鸽子、大猩猩以及人类婴儿则无法认出自己。达尔文亲自做过这样的实验，他在动物园地面上放了一块镜子，观察两只年幼黑猩猩看镜中的自己的过程。一百年后，一位叫戈登·盖洛普的心理学家改良了这个实验，观察一些黑猩猩通过镜子看口腔内部的过程，这一部分只有通过镜子才可以看得到。我跟雷哲说，从该死的达尔文以后，我们就通过镜子测试来观察自我意识，但我不敢相信一个像他一样自以为无所不知的大学生竟然不知道这么基础的东西。

之后我又补充说“心灵暗室”就是一间镜子屋，人们在这里面可以与鬼魂交流。我补充这个没有什么其他原因，纯粹是因为我知道。

我突然很好奇同卵双胞胎参加镜子测试会有怎样的结果，但我没说出来，因为我不知道这个问题的答案，而他可能会假装他知道。

可能是因为在索萨博士的课上受到了打击，我现在正在试着重建我被粉碎的权威性。很明显我就是个傻子。我记得雷哲说过我太能说了，我记得我用手捂住嘴，就像我被发现了一样。然后雷哲说我们该进去了，因为我又开始发抖了，还因为他觉得他已经了解了镜子测试。

3

接下来的晚上在我的记忆里就是各种断断续续的蒙太奇电影片段。有一部电影《猴子女孩回来了》，讲述的是一个发生在市区里的关于疯狂的“艾迪塔罗德”的故事。

现在我在快餐店外面打算点吃的。雷哲之前急匆匆地走了。哈露坐在我的自行车上，而我扶着自行车车把保持平衡。我们在对讲机这头点了一堆东西，时不时就换一个刚刚点的东西，还要确保对讲机那头的女服务生听明白了，之后她就因为我们不在店里而不给我们端出来，她说我们必须进去点。一场争执在所难免，女服务生叫来了另一个比她职位高的人，那个被叫过来的人直接让我们滚。“滚”是从快餐店的雪人头里传过来的，因为哈露刚刚用家里的钥匙把对讲机拆下来了。

现在我在G街酒吧里跟一个黑人小伙聊天，他穿着运动夹克，这可能意味着他是个高中生，但我们已经在激烈地接吻了，而且吻了很长时间，所以我真心希望他不是高中生。

现在我坐在火车站潮湿的凳子上，身体缩在一起，脸放在膝盖上。我一直在抽泣，因为我放任自己想象之前从不允许我自己想的一个场景，我正在想象费恩被带走时的场景。

我永远都不可能知道那天到底发生了什么。那天我不在现场，洛厄尔也不在现场。我打赌妈妈也不在，甚至有可能爸爸也不在。

费恩肯定是被下药了。费恩醒来的时候肯定就已经在陌生的地方了，就像我第一天下午在我的新卧室里醒来一样。但区别在于我一哭爸爸就进来了。但是费恩哭了谁能进去呢？也许是马特吧。我把这当成一个小小的安慰，费恩醒来的时候马特会在旁边照顾她。

我正在回想最后一次见到她时她的样子。那时她只有五岁，精力十分旺盛。但她现在肯定不住在《海角乐园》里的树屋里，相反，她现在和其他更老更大的黑猩猩一起被关在笼子里，她在那儿谁都不认识。天哪！之后她必须认清她的身份，不只要认清她是一只黑猩猩，还要认清她是一只母黑猩猩，地位比所有的公黑猩猩都低。我知道费恩很难接受这个事实。

他们对关在笼子里的费恩做了什么呢？不管怎样，费恩被带走就是因为当时没有任何女性出来阻止，那些应该支持费恩的女性——妈妈、女研究生们和我——都没有帮助她。相反，我们把她流放到了一个完全没有女性团结力量的地方。

我仍然在哭，但像是转移到了一个我不认识的地方，不是酒吧，因为我能听清楚其他人的讲话。我和哈露以及两个跟我们年龄相仿的男生在一起。长得好看的男生坐在她旁边，手臂搭在哈露的椅背上。他头发很长，所以会不时摇头好让头发不遮挡视线。另一个男生很明显就是给我找的。他很矮。但我不在乎。因为我本来就很矮。我喜欢暖男，不喜欢大男子主义。只不过他一直让我笑。“没有什么特别糟糕的事。”他说。要是五岁的话，我就咬他了。

很明显就是给我一个安慰，这让我觉得受到了侮辱，而其他人也都毫不掩饰。就好像哈露和她的男生是音乐剧中浪漫的情侣，她们会有最好的音乐盒最好的故事情节，关于他们的点点滴滴都很重要。而我和我的男生只是负责搞笑的部分。

“我连你叫什么都不知道。”我跟他说，来解释为什么我不对他笑。尽管我们之前可能已经彼此介绍过了，只是我没听而已。

可能我的声音不够大，因为没人响应我。他飞快地眨眼，好像眼里有什么东西似的。我戴着隐形眼镜，还一直在哭，就像我自己在我的眼球上建了一个莫哈韦沙漠。

哈露隔着桌子靠过来，抓着我的手腕摇晃。“听我说，”她很坚定地说，“你在听吗？注意力集中吗？不管你为什么伤心，那都是你自己想的，不是真的。”

看得出来哈露旁边的那个男生早就受够我了。“他妈的够了，你打起精神来吧。”他说。

我不想听那个让人受不了的混蛋的嘲笑，我不想笑，我宁愿死。

我们坐在那儿，只是雷哲来了。他现在坐在哈露旁边，而刚才那个长头发的男生坐到了我旁边，矮个子男生拿了把椅子坐在桌子角那边。我记不起来这一切到底是怎么发生的了，他们自作主张地给我“升级”让我更生气。比起这个长头发的男生，我更喜欢那个矮个子男生，可是有人问过我吗？

三个男生之间的气氛很紧张，感觉他们随时都会大吵一架。雷哲一直在玩盐瓶子，他把盐瓶子转起来说，盐瓶子停到谁那里谁就是傻子，长头发的男生说他不用转盐瓶子就知道谁是傻子，他只要看一眼就知道这个人是不是傻子。“冷静点兄弟。”矮个子男生对雷哲说，“你不能什么都要。”——雷哲把手放在额头上做了一个“失败者”的动作，气氛变得更紧张了。雷哲不是简单地用两根手指比了“L”，他还直接朝着那个长头发男生比中指，这个动作不仅有“失败者”的意思，还包含着“不管怎样你都是失败者”的意思。长头发男生大口喘着气，看样子他们马上就要大打一架了。

我忍不住想要是我跟他们三个上床的话，他们会不会冷静下来。因为我觉得看情况他们应该不会冷静下来。

很显然，我把这句话大声说出来了，我试着解释我只是随便说说。我试着跟他们讲索萨博士的课，但我并没有讲多少，因为“倭黑猩猩”这个词很可笑，而他们脸上也挂着可笑的表情。一开始，每个人都在笑，但最后他们都停下了，就我没有。没人喜欢看我哭，但我笑起来了还是很讨人厌。

现在我在厕所隔间里，吐刚才一块块咽下去的比萨。吐完以后我走到洗手盆边洗脸，旁边有三个男人在小便——我竟然走错了厕所。

其中一个男人就是雷哲。我指着镜中的他问：“这是谁？”过了一会儿，我自己解围道：“这是个智力测试。”我把隐形眼镜取下来扔进下水道，因为一次性用品就该被这么处理，用完就扔。此外，戴着隐形眼镜还能看什么呢？镜子中我脸色惨白，却在怒目而视。我一点都不想看这张脸。我根本就不是这样的。这肯定不是我。

雷哲给了我一块口香糖，这可能是异性对我做过的最体贴的事。我突然觉得他很帅。“你靠得太近了。”他说，“没人跟你说过你们这种人总是喜欢侵入别人的私人空间吗？”就像他说的一样，我正趴在他身上。

我又想起了一些事。“你他妈需要很多空间。”我说。但趁他还没猜到我其实是在乎他的需求，我赶紧换了个话题。“让人变得可恶很容易。”我对他说，一是想转移话题，二是这句话说多少遍也不会错，“你可以训练任何动物做出任何行为，只要一开始就把这当成是动物的天性。种族歧视、性别歧视、物种歧视——这些都是人类的天性。任何时候任何人——即便是寡廉鲜耻的无赖——都可以激发这些人类的天性，孩子也可以。”

“聚众生事就是人类的天性，”我伤心地说，我又开始哭了，“恃强凌弱也是。”

同情心也是人类的天性。它也是黑猩猩的天性。当我们看到有人受伤时，我们的大脑就会在一定程度上以为受伤的是我们自己。这种反应不仅在大脑存储情感记忆的杏仁体中产生，也会在分析人类行为的大脑皮层中产生。我们会联想到我们自己的疼痛经历，并将这些经历扩展到现在受伤的那个人身上。这时的我们都很善良。

但我当时并不知道这个理论。很明显索萨博士也不知道。

“你该回家了。”雷哲说。但我并不想回家。我一点都不觉得我该回家了。

哈露和我在壳牌洗车站的洗车通道里走着。这里有一股浓郁的肥皂和轮胎混合的味道。我们磕磕绊绊地走着，因为我们现在正踩在摇杆刷、汽车传送带，还有一些我们看不见的其他东西的上面。小时候家里去洗车站洗车的时候，我和哈露都喜欢坐在里面。这种感觉爽极了。鱿鱼形状的大抹布拍在车窗上，就像在宇宙飞船或潜水艇里一样。我说这话的时候正在用手摸这个大抹布，和你想的一样，它们是用橡胶做的，非常潮湿。

水从车顶上倾泻而下，给车窗盖上了一层床单，而你在里面却觉得干燥舒服。还有比这更爽的吗？费恩也喜欢，但我强迫自己不去想她。可她立刻又回来了，费恩用灵巧的双手解开汽车婴儿座椅上系的安全带，这样她就可以从一边跳到另一边，不错过任何一点精彩之处。

哈露说有时候你以为车在动，但那不过是雨刷从你面前经过的时候给你带来的视线错觉，我也有过同样的经历。我又把费恩推出了脑海，跟哈露有同样的经历让我非常兴奋，不住地对她表示赞同。我们有太多共同之处了！“我结婚的时候，”我说，“想在洗车场的汽车里举办婚礼。”哈露觉得这是个好主意，她也想这样。

我又回到了 G 街酒吧。哈露和我在玩台球，我连让球待在桌上都做不到，更别说把它们打到球袋里了。“你真是台球界的一大耻辱。”哈露说，接着她就不见了，我到处都找不到她。

我看到了一个瘦骨嶙峋的男生，头发漂白成几近花白。我连想都不想就扑入他的臂弯，我喊着他的真名。我用力挤进他的胸膛里，想要吸入哥哥的味道——香皂、月桂树叶和玉米饼干混合的味道。他漂染了头发，瘦了很多，已经一点都不像运动员了，但我还是能认出他。

我的眼泪一下子冲出来了。“你长大了，”他对着我的耳朵说，“要不是你爬到了桌上，我都认不出你了。”

我紧紧抓住他的衬衫；我绝不打算再放他走。但一会儿阿尼·哈迪克警官就站在了我面前。“我得把你关一天，”他边说边摇了摇他那又大又圆的头，“你可以在县监狱里睡一晚，也可以用这段时间好好考虑一下你的决定和你的伙伴。”哈迪克警官说他要对文斯（我爸爸，怕你们不记得他的名字了）负责，所以要保证我的安全。他说喝醉了的女人就是不断惹麻烦的女人。

他把我带了出去，让我英勇地坐上了警车，这次没有给我戴手铐。哈露坐在我前面。我们一会儿就会被关进同一间监狱，尽管明天早上哈迪克警官会明确地对我说哈露不是一个好伙伴。“你别再跟他见面了。”哈露说。

我想问哈迪克警官有没有见过一个白金色头发的男生，但我肯定不能问。哥哥消失得无影无踪，我觉得他的出现可能是我想象出来的。

4

要是可以的话，我早就赶紧睡过去来逃避我第二次入狱的事实了。但哈露给我的白色药片像野马一样在我的神经突触上奔腾。更糟糕的是，费恩一直跳进我的脑海。这么多年没想过她之后，她突然就变得无处不在。我被下药关进笼子里和她被下药关进笼子里是不一样的。因为我很确信我明天早上就会被放出去，但我很想知道她是不是也很确信。想到她十分确信这是一场错误，确信我们正在赶来救她，确信她很快就会回家躺在她房间的床上，这个场景比想到她害怕周围的环境更让人痛苦。

还有一点跟费恩很像，我也不是一个人被关在牢房里。除了哈露，还有一个上了年纪的阿姨，她看到我们后母性泛滥，帮我们安顿。她穿一件粉色毛绒浴袍，已经洗旧并且褪色了，额头上有一抹黑色，就像刚完过了圣灰星期三一样。白发在她的头上茁壮成长，像一朵盛开的蒲公英，只是一边有凹痕。她说我跟夏洛特一模一样。

“哪个夏洛特？”我问。

她没回答，所以我只好自己猜。夏洛特·勃朗特？《夏洛特的网》[1]里面的夏洛特？北卡罗琳娜州的夏洛特市？我想起妈妈讲到《夏洛特的网》的结局时哭得很伤心。她突然哽咽了一下，就读不下去了，我抬起头，看到她哭红的眼睛和被眼泪湿润的脸颊后吃了一惊。我当时觉得妈妈这种表现是一种可怕的预兆，因为夏洛特很可怜，但也不全是这样，因为我之前从来没读过有人死去的书，所以这其实已经超出了我的能力范围。在这方面来说，我跟费恩一样无知。费恩在妈妈大腿的另一侧，正懒散地画着她自己创造的蜘蛛的标志，弯弯曲曲的屎。

费恩特别喜欢《夏洛特的网》，也许是因为妈妈读这个故事的时候，她经常能听到自己的名字。费恩的名字是从这里来的吗？我从来没想过这个问题。当时妈妈是什么意思呢？费恩是书里唯一一个可以跟动物沟通的人类，妈妈给费恩取这个名字的用意为何呢？

我发现我自己也在做“弯曲的屎”这个手势，而且想停也停不下来。我举起手，盯着我的手指看它移动的路线。

“我们明早再聊吧。”那个阿姨说，好像没有意识到我正在说话。“明早意识就清醒一些了。”她让我们每人占一张床，这儿有四张床，每张床都很脏。我躺下来，强迫自己闭上眼，但它们马上就又睁开了。我抖着腿，手指敲打着床边。我的思绪又从《夏洛特的网》跳到

1　儿童文学经典，通常译为《夏洛的网》。——编者注

了那个著名的实验上，实验人员给一群无辜而不知情的蜘蛛强喂了各种试剂。然后就拍了那组有名的照片——蜘蛛们在药效发挥的过程中织的网。

我现在也在织一个疯狂的网，我正处于一种似醒非醒的状态，我尽量使我画的这些图形都有意义，关于这些图形的联想像残骸一样向我涌来。这里一只黑猩猩，那里一只黑猩猩。到处都是黑猩猩。

我想如果像雷哲所说，超能力是固定的而不是相对的，那么蜘蛛侠跟夏洛特就是一样的了。事实上，跟夏洛特比起来，皮特·帕克是一个胆小鬼。我在脑中重复了几遍。皮特·帕克是胆小鬼。皮特·帕克是胆小鬼。

"别说了。"那个阿姨对我说，我不知道是我大声说出来了还是她读懂了我的思想。这两种看起来都有可能。

"哈露，哈露！"我低声说。没人理我。我觉得哈露肯定睡着了，这就意味着她并没有吃她之前给我的药片。可能当时她的药并不多，但她想对我好，就让我吃了而自己没吃。或者她自己并不想吃，只不过不想把药片扔了，所以才给我吃了，可能我只是比垃圾箱离得近一点而已。

或许她其实是醒着的。"我还是觉得超能力是相对的。"我对她说，想看看她是不是真醒着，"夏洛特能通过她织的网在墙与墙之间穿梭，但她并不是仅仅因为这个就有了超能力。她的超能力在于她能读会写。语境很重要，语境很重要。客观世界。"

“你能不能闭嘴？”哈露疲倦地问，“你他妈的知不知道你已经说了一夜了？而且说的全是废话？”

我用猴子女孩警醒又恋旧的动作来回应她。但我并没有停下来。我已经很久没说过这么多话了。要是哈露逼我的话，我就给她看看什么是真正的“说一夜”。我能想象到要是费恩在的话会出现什么画面。她会毫不费力地爬到墙上，从哈露头顶上猛地跳下来。我太想费恩了，想得我都窒息了。

“别再说了！”那个阿姨朝我吼，“闭上眼闭上嘴。我不是开玩笑，小屁孩。”

妈妈一直说失眠的人把睡着的人吵醒非常不礼貌。爸爸的想法跟妈妈不同。“你不知道，”一次吃早餐的时候，爸爸两眼模糊，他往咖啡里倒了橙汁，又加了盐，“你不知道失眠的人看到他旁边做着美梦的人心里有多么难受。”

所以我试着安静下来。我看到了一个蜘蛛网组成的万花筒。一大群蜘蛛从我睁着的眼球上爬过，一条腿又一条腿又一条腿在我头上跳舞。钻进万花筒，我能看清楚他们蜂巢一样的眼睛和恐怖的下颌骨。钻出来，从上面往下看，这些摇摆着的腿又成了各种不规则的图案。

没人关灯。蜘蛛乐队发出的声音慢慢从歌舞场的音乐变成了噪音。有人开始打鼾了。我记得就是这鼾声让我一直睡不着。我的思绪变成了水刑的节奏：客观世界，客观世界，客观世界。

那晚接下来的时间里我一直在做梦，各种大卫·林奇导演的梦。费恩偶尔也会出现。有时她五岁，会不时来个后空翻，两只脚跳来跳去，拖着围巾到处玩，或者是轻轻咬我的手指作为警告。有时她蹲着，她长大了，体型也变大了，毫无生气地盯着我看，一点活力都没有，最后我不得不像拎洋娃娃一样把她拎出我的梦里。

第二天早上，我总算能整理思绪了，我把当时的思路整理成了一个整齐却无聊的坐标轴。X 坐标：失去的东西。Y 坐标：最后看到它们的时间。

一，我的自行车去哪儿了？我忘了最后一次骑自行车是什么时候了。可能是在快餐店的时候。我猛地想起快餐店里被哈露弄坏的对讲机，吓了一跳，最近这段时间最好还是躲着这家店吧。

二，德法热夫人去哪儿了？离开“毕业生”后我就没见过她了。我想问哈露，但我太累了，不知道该怎么问她。即使在她最高兴的时候问她都会生气，更何况是现在呢。

三，妈妈的日记去哪儿了？她真的以后再也不会问我日记的事了吗？还是我找个时间跟她坦白，告诉她我把日记弄丢了？这对我太不公平了，我很少丢东西，用汉·索罗经典的台词来说，这不是我的错。

四，哥哥去哪儿了？刚见到他的时候我觉得他很高兴，但现在一想我又很担心。他看到我跟当地警察这么熟会怎么想呢？要是以后再也见不到他了怎么办？

那个阿姨的儿子来了，把她带回了养老院，走之前不住地为阿姨说过的话和破坏的东西道歉。阿姨走了之后，鼾声也消失了。

当牢房的门终于为我打开的时候，我已经累得不行了，只能用手臂把自己撑起来。哈迪克警官跟我聊了一会儿，但我太困了，根本就没说几句话，可是这并没有缩短哈迪克警官说话的时间。

雷哲过来接哈露，顺便也把我送回了家。我洗了个澡，被热水冲得头晕眼花。上床睡觉，但还是合不上眼。这种感觉太恐怖了，明明困得要死，可大脑就是兴奋得睡不着。

我站起来走到厨房，拿起炉子上的炉盘，把炉盘下面打扫了一遍。打开冰箱，盯着冰箱里的东西看，尽管什么东西也不想吃。我想至少哈露没让我吃能上瘾的东西，但以后绝不能再吃这些东西了。

托德起床烤了几片吐司，触响了烟雾报警器，最后只好用扫把把它敲烂了。

哈露和雷哲的电话都没人接。我打了二次电话又留了两条言。我知道我应该直接去“毕业生”问问有没有人捡到一个玩偶。我很害怕，害怕失去如此宝贵的她。我的自行车是一回事，可德沃热夫人不是我的，我怎么能这么不小心呢？然后，我猜是药效终于消失了，因为接下来我知道的就是我在床上醒来后，已经是晚上了。

公寓里很安静，可能没人在家。尽管睡了好几个小时，我还是很累。我又睡了一会儿，做了个梦，梦里我从模模糊糊的水里潜入了记忆中。以前有一次，洛厄尔晚上到我的房间把我摇醒。我记得那年我六岁，这就意味着那年他十一岁。

我之前经常怀疑洛厄尔晚上会到处游走。他的卧室在一楼，他可以轻轻松松地通过门窗出去，没人能注意到。我不知道他去了哪里。我不知道他是不是真走了，但我知道他想念农场上的每一块土地，我知道他想念在树林里探险的日子。一次他找到了一枚箭头，还有一堆掺着石头的小鱼骨头。这些都不可能发生在我们现在住的拥挤的院子里。

那次，他让我悄悄穿上衣服，我心里有各种各样的问题，但在出去前还是忍住没说话。之前的某一天，我光着脚在草坪上走，突然脚底板一阵剧痛钻来。我抬起脚，拼命叫着，只见脚底板上扎了一根蜜蜂刺，蛰我的蜜蜂被一根绳子困住了，在用完最后的王牌后就摇摇晃晃地死去了。妈妈给我拔出了那根刺，可我仍然在大叫。妈妈把我抱进屋，给我涂了小苏打粉药膏，然后把我的脚包起来了。自那以后，我就成了家里的蜜蜂女王，到哪儿都有人抱，有人给我拿书看，有人给我倒果汁。洛厄尔显然受够了我这副娇弱的样子。那晚我们一起在街上走，又拐到了去百龄坛山的路上。我的脚并没有不舒服。

那是夏天的一个晚上，天气很闷热。片状的闪电在天边扑闪着，月亮出来了，漆黑的天空上挂着很多星星。我们遇到过两次朝我们的方向开来的车，每次我们都躲在灌木丛后面。

“我们别在大道上走了。”洛厄尔说。然后就抄近路走过一块草坪，走进了一个完全陌生的后院。房子里一只小狗叫了起来。楼上一个房间亮了灯。

当然，在此期间，我一直在讲个没完。我们要去哪儿？我们为什么要起来呢？这是个惊喜吗？这是个秘密吗？现在比我的睡觉时间晚了几个小时了？这是我睡得最晚的一次，对吧？对一个六岁的小孩来说，现在已经很晚了吧？洛厄尔用手捂住我的嘴，我能闻到他指甲上牙膏的味道。

“假装我们是印度人。”洛厄尔说。他在跟我说悄悄话，“印度人在森林里走路的时候从来不说话。他们走得很安静，你甚至连他们的脚步声都听不到。”

他把手拿开。“他们是怎么做到的呢？”我问，“他们会魔法吗？只有印度人能做到吗？我们怎样才能做到像印度人一样安静呢？可能我们得穿软帮鞋。”

“嘘。”洛厄尔说。

我们又穿过了几家后院。夜晚并不像我想的那么黑，也没有我想的那么安静。我听到了猫头鹰的叫声，那声音又软又圆，就像你吹空塑料瓶发出来的声音。我听到了青蛙的叫声。还有昆虫肢体摩擦的声音。我还注意到洛厄尔的脚步声并没有比我的轻多少。

我们走到了一排篱笆旁，篱笆有个缺口，所以我们便跪在地上手脚并用爬了过去。这个缺口很大，连洛厄尔都能轻松爬过去，我肯定也能毫无障碍地进去，但我却被有倒刺的树叶划伤了。我并没告诉洛厄尔。我怕要是我抱怨的话，洛厄尔会把我送回家。所以我就说我的腿被划伤了还很疼，但我却没有抱怨。“我现在还不想回家。”我抢在他前面说。

“那你就停一分钟别说话。”洛厄尔说，“好好看，认真听。”

青蛙的叫声很大，但我记得以前农场旁边小溪里发出巨大声响的往往都是小青蛙。我钻过篱笆站起来。现在我们在一个碗状的院子里，这里就像书上描写的秘密花园一样。斜坡上种着树和草，草比家里种的更柔软。坡底下是一个池塘，美得不像真的。池塘边长满了香蒲。月光下，水像一枚银色的硬币，上面还有一朵朵荷花。

“池塘里有乌龟，”洛厄尔说，“还有鱼。”他的口袋里有一些碎饼干，他让我扔到水里，水面上立刻像下雨一样泛起了涟漪，只不过这涟漪是从水底上来的，而雨是从上面落下来的。我就这么痴痴地看着鱼儿们用嘴啄出的一个个小小的、不断扩大的圆圈。

池塘那边的坡上有一条小路，路两边有一对雕像，是两条比斑点狗稍大一点的狗。我走过去摸它们，它们的石背光滑、凉爽，摸起来很舒服。走过这两条狗之后，小路开始变得曲折，最后我们停在了一条隐蔽的后门廊前。小路每个拐弯的地方都有一个动物形状的灌木丛——大象、长颈鹿、兔子。我真希望这是我家。我多想打开网格门走进去，看到全家人都在里面等我们啊。

之后我了解到了一些关于房子主人的消息。他们有一家生产电视机的工厂，非常有钱。那两条狗的雕像是根据他们家狗的照片雕刻出来的，而所在的地方就是狗的墓地。每年七月四号他们都会举办聚会，市长、警察局长以及教务长都会来参加，聚会会准备从缅因州运来的龙虾。他们没有小孩，但他们对到这里来的调皮孩子态度非常好。有时候他们会给你喝柠檬汁。他们有着浓重的印第安纳口音。

洛厄尔在草坪斜坡上躺下来，手垫在头下面。我在他旁边躺下，草地并不像看起来那样柔软，尽管味道闻起来又厚又软，像是夏天的味道。我把头枕在哥哥的肚子上，听他肚子的叫声。

那个时候我非常高兴，现在我躺在床上想起那一幕还是很高兴。那天晚上哥哥带我去了童话中的仙境，最美妙的部分是他带我去那儿并没有任何目的，他不需要我替他做任何事情，就这么单纯地把我带出来了。

我躺在他旁边的草坪上，脑袋枕在他的肚子上，努力睁着眼，害怕一睡着他就会把我扔在那里然后自己回家。仙境是很美好，可我不想自己待在这里，即使待在这里很开心。那晚哥哥本可以扔下我走掉的，但他并没有这么做。

我在脑中完成了早上在监狱里设想的那个坐标轴，X轴表示我丢失的东西，Y轴表示东西丢失的时间。一，我的自行车；二，德法热夫人；三，妈妈的日记；四，我哥哥。

五，费恩。费恩在哪里？哥哥可能知道。我应该是想知道的，但我很害怕听到那个答案。若愿望是鱼，我很快就能再见到哥哥，而他跟我讲的所有关于费恩的故事都不会伤害到我。

但我知道，不管是在童话故事还是在现实世界里，愿望不过是个虚无缥缈的东西。

5

我又给哈露打了一遍电话，又转到了人工服务。我又非常平静、非常严肃地问了她一遍德法热夫人在哪里。之前的猴子女孩又毫无预兆地突然出现了，而她一出现就又把自己关进了监狱。什么时候她才能学会克制和礼节呢？

外面还在下雨——非常大，还有冰雹——而且我没有自行车，所以我给“毕业生”打了电话，问他们前两天晚上有没有看到一个口技艺人的德法热夫人玩偶。我觉得接电话的人并没有听懂我的问题。我觉得他根本就没有认真去找。看起来我必须得亲自去找，不管外面天气有多糟糕。

接下来的两个小时，我就在市中心搜寻我丢失的东西。我全身都湿透了，整个人冷到了骨头里，眼睛也开始刺痛，因为我戴了一副新的隐形眼镜。我现在就像一个自怨自艾、能喘口气的水坑。很明显，有人把德法热夫人拿走了。我肯定付不起赎金。我肯定没法把她拿回来了。

戴维斯盛产偷自行车的贼。一眨眼的工夫自行车就会消失不见，有些人偷自行车仅仅是为了赶去上下一节课。每年警察都会把被丢弃的自行车收集起来进行拍卖，赚到的钱会捐给当地的妇女救助站。我应该能再见到我的自行车，但别人会比我出价高，而我却不能投诉，因为拍卖会的目的是好的。我想不想让妇女得到救助呢？可是我爱那辆自行车。

我觉得看到哈迪克警官跟我亲切地聊天后，哥哥很有可能吓跑了。但他应该知道我绝对不可能故意举报他。可洛厄尔跟我说过多少次，“你能不能把你那张烂嘴闭上？”我五岁、六岁、八岁、十岁的时候，说了成百上千次吧？我现在已经学会闭嘴了，但洛厄尔却从来没注意到。

我回到公寓，两手空空，泪眼婆娑，全身冰冷。“我的脚像冰窖一样，”我跟托德和吉米说，“脚趾快冻下来了。”他们正坐在餐桌前玩一种很激烈的棋牌游戏。大多数牌都散落在了地上。

他们停了很长时间，朝我同情地咂了咂舌头，然后开始跟我抱怨——我不在的时候一大堆人过来找我。

以斯拉是第一个，他来找我的理由很蹩脚，其实就是来找哈露的。结果他发现了被我们敲坏的烟雾报警器，然后就是一通说教：我和托德不只把我们自己的生命置于危险的境地，更是危及了这栋楼里每个人的生命。谁能对这栋楼里所有居民的生命负责呢？居民们都靠谁呢？他妈的肯定不是我和托德。而是他以斯拉，所有居民都把自己的信任交付给了他。也许我们并不关心他会不会让居民们失望，但这肯定不会发生。他比银行都要守信。

然后是一个败类，一个反着戴棒球帽的白人笨蛋过来找哈露，把一个玩偶给了托德，说是哈露让他还过来的。“就是一根很丑的棍子。”托德说，他应该是在说玩偶。接下来是说哈露，“现在这里是她的办公室吗？是她的工作地点？”

“一会儿哈露就来了。进来连问都没问就拿了一罐啤酒，拿着玩偶进了你的卧室，还让我告诉你玩偶现在在箱子里。”

“而且是‘完好无损’，”吉米说，“像她承诺的那样。”

之后又有人敲门！骨瘦如柴，金色的头发漂白过，大概三十岁左右？叫特拉弗斯。找我，但我不在，所以他和哈露一起离开了。“她手上沾了一层油灰，”托德说，“可怜的家伙。”

哈露没喝几口她偷来的啤酒，托德对这件事尤其在意。她连问都没问，而这罐啤酒就只能被当成百威淡啤酒或是其他不重要的东西扔到垃圾箱里了，可它是托德珍藏的最后一瓶萨德沃酿酒厂特酿的小麦啤酒。他自己肯定不可能再喝这罐酒了，谁知道哈露的嘴碰到了哪里呢？“今晚这里就像大中央车站一样乱。”托德说。接着重新开始玩牌，往桌上甩了一张大王。

“混蛋。”吉米说，要么是说托德要么是说他残忍无情地打出的那张大王，可有那么一分钟，我以为她是在说我。

吉米见到我总会感到不舒服，而她自己也不知道是为什么。她从来不看我的脸，但也许她对每个人都这样，也许从小家里人就教导她这样不礼貌。托德说他外婆从来不会直视别人的眼睛，也不会让别人看到她的脚，但他也说过她是他见过的对营业员和服务员态度最差的人。“这里是美国，”他外婆要是看出他很尴尬的话，就会大声对他说，“顾客就是上帝。”

吉米清了清嗓子：“他们让我们告诉你，要是你一个小时以内能回来的话，就去甜品店找他们，他们在那儿吃晚饭，现在已经差不多一个小时了。”

所以我必须再次走出门，在冷冷的冰雨里跋涉到洛厄尔在的地方。我心情非常复杂，有一点兴奋，又有一点反胃，这是喝过催吐剂以后的感觉。洛厄尔就在那里。

和哈露在一起。

要是哈露在的话，我们该怎么聊之前的事呢？

可是我真的想跟他聊之前的事吗？

各种紧迫感向我袭来，我觉得我还没有完全准备好。我走到卧室，擦了擦头发，换了一套干衣服，接着打开了那个粉蓝色的行李箱，德法热夫人趴在一堆衣服上面，屁股朝上。我把她拿出来。她身上一股烟味，裙子上还有一个潮湿的印子。很显然她昨晚经历了很多。可她仍然完好无损，连头发都没乱。只要航空公司来接她，她就能立刻回家，跟之前承诺的一样，完好无损。

一想到要失去她，我突然感到一阵心痛，这很奇怪。生活就是各种聚散离合。“我都不认识你，”我说，“而你要离开我了。”她恐怖谷一样的眼睛一直盯着我看，爬行动物一样的下巴咔嗒一声合上了。我让她抱着我的脖子，看上去好像她也不舍得分别一样。她身上的织针把我的耳朵刺得生疼，最后我只得把她抬起来。“求你别走。”她说。也有可能是我说的。肯定是我们中的一个人说的。

跟唯我论对立的是心智理论。心智理论认为，尽管不能得出直接结论，但人类有能力理解其他人的心理状态（当然也要理解自己的心理状态，因为该理论的基石就是我们有能力足够理解自己的心理状态，并通过自己的想法去理解别人）。所以我们会经常推断别人的意图、思想、拥有及缺乏的知识、疑惑、欲望、信仰、猜测、承诺、爱好、目的以及其他很多很多事，从而把我们表现成社会性动物。

四岁以下的孩子不太会给一系列复杂的图形排序。他们可以描述任何一张指定的图形，但无法看出这个图形的意图或目的。这就意味着他们不能看出的恰恰就是各个图形之间的联系和顺序。他们不能理解整个故事。

小孩子拥有对心智理论的天分，就像诺姆·乔姆斯基所说的小孩子有语言天分一样，但这种天分现在还没有开始发展。成年人和大一点的孩子很容易就能把各种图片按逻辑顺序排起来。我记得自己也做过好多次这种实验，而且我从来不记得我有做不出来的时候，尽管皮亚杰说过，有一次我确实没能做出来，就当他说的是对的好了。

1978年，当费恩还在我们家的时候，心理学家大卫·普雷马克和盖伊·沃道夫发表了一篇题为《黑猩猩有没有心智》的文章。这篇文章的主要数据来源是对十四岁的黑猩猩萨拉做的一系列实验，该实验是为了确定在被观察的情况下她是否能够推断出人类的目的。最后他们的结论是，在一定的条件下，萨拉可以做到。

后续研究（爸爸做的研究）对此提出了质疑。也许黑猩猩只是根据经验来预测人类的行为，而不是根据人类的动机和意图。接下来很多年的实验大多数都在研究如何窥探黑猩猩的大脑。

2008年，约瑟夫·卡尔和迈克尔·托马塞洛重新研究了解决这个问题的一系列方法和由此导致的结果。他们的结论与三十年前普雷马克和沃道夫的结论一样。黑猩猩真的有心智吗？他们给出了一个十分肯定的回答。黑猩猩确实明白各种心理状态（如目的和知识等）相结合可以产生特定的行为。他们甚至明白欺骗。

而黑猩猩不能理解的似乎是错误的信念。黑猩猩所拥有的心智无法解释那些被与实际不符的信念所驱使的行为。

但是，没有这种能力怎么能够读懂人类世界呢？

六七岁的孩子已经开始发展包含嵌入式心理状态的心智理论。在这之前很久，他们已经学会了一些基本的句式——例如，妈妈觉得我已经上床了。之后他们又学会（和开发）了新的一层——爸爸不知道妈妈觉得我已经上床了。

成年人的社会交往需要双方理解一大批类似的嵌入式状态的语句。大多数成年人理解类似的句子都毫不费力，甚至在不经意间就已经明白了。根据普雷马克和沃道夫，一般情况下，成年人可以理解四层这种植入式句型的含义——有人相信有人知道有人认为有人不开心——而不会觉得不舒服。普雷马克和沃道夫认为能理解四层“并不惊人”。有天赋的成年人最深可以理解到第七层，但这似乎就是人类的极限。

从心智理论的角度来看，走进甜品店跟哈露和哥哥一起吃晚饭是一件充满挑战的事。洛厄尔跟哈露说过我们有多久没见面了吗？我应该表现得多兴奋才合适呢？尽管我相信洛厄尔很谨慎，但我不觉得他对我会有同样的信任。我们都有自己的秘密，而对方可能并不认为这是秘密。所以我必须搞清楚洛厄尔对哈露说了多少家里的事情，他也必须搞清楚我跟她说了多少，我们两个还得猜测对方不想说的事情，所有这些都得当着哈露的面快速进行，但却不能让哈露知道。

测试题：你觉得下面这句话有几层含义？露丝玛丽害怕洛厄尔没有猜到露丝玛丽真的不想让他对哈露讲费恩，因为露丝玛丽相信一旦哈露知道了费恩，她就会告诉所有人，那么所有人都会把露丝玛丽当成猴子女孩。

而我想要的只是单独和哥哥在一起。我希望哈露的心智理论能灵敏一点。要是可能的话我打算帮她离开。我也希望洛厄尔能帮我。

6

今晚我已经走了太多路，到甜品店的时候，我的腿特别疼，从脚底板一直疼到膝盖。天太冷了，我的耳朵冻得一阵阵抽痛。走进点蜡烛的小屋里一下子就感觉舒服了不少，屋子里的窗户上因为蒸汽和人的呼吸而结了一层雾。洛厄尔和哈露在角落里坐着，正在分享一个奶酪火锅。

洛厄尔背对着门，我第一眼先看到了哈露。她脸色发红，黑色的卷发披散着，围绕在她的脖子上。她穿着一件船领毛衣，露出了一只肩膀，你能看到她的内衣带子（肉色的）。我看到她拿起一小块面包扔向洛厄尔，笑着露出亮晶晶的牙齿。刹那间，我回到了四岁，洛厄尔和费恩一起爬到一棵苹果树上大笑，而我却被他们留在了地面上。“你从来没选过我，”我冲洛厄尔大喊，“你从来没想到过我。”

我并没觉得哈露发现了我，但她靠近洛厄尔说了几句话后，洛厄尔就把头转过来了。周五晚上的酒吧里，我立刻就认出了他，但今晚他看起来更老，更疲劳，也更不像他自己。他是一个不折不扣的成年人了，而我却没能亲眼见证他长大的过程。除了漂染过的头发，他看起来很像爸爸。他有着跟爸爸一样的胡茬。“终于来了，”他说，“嘿，口水妞，快过来！”

他站起来跟我拥抱了一下，然后把他放在另一张椅子上的背包和大衣放到地上，让我坐在椅子上。这一切都做得十分自然，就像我们经常见面一样。信息已接收。

我觉得我打断了他们，我是个第三者，可我正努力地摆脱这个想法。

“厨房要关了，”哈露说，“所以特拉弗斯提前给你点了吃的。”看来他们已经喝了好几杯这里的优质苹果酒。哈露兴致很高。“但我们还以为你不来了，正打算不等你把这份东西吃了，你来得正好。”

洛厄尔给我点了一份沙拉和柠檬可丽饼。要是我自己点的话应该也是点这些。我感觉眼泪在眼眶里打转，这么多年后，哥哥竟然还可以给我点晚饭。他仅仅搞混了一件事，就是在沙拉里放了菜椒。之前妈妈做意大利面的时候，我一向都是把菜椒挑出来不吃。而费恩才是喜欢吃菜椒的那一个。

“嘿！”洛厄尔靠着椅背，跷起二郎腿摇晃着椅子。我害怕要是我看一眼他的脸，就再也无法把视线挪开了，所以我没有看他。我看着他的盘子，盘子里淌着融化的奶酪。我看着他的胸膛，他穿着一件黑色的长袖T恤，上面印着一幅风景画，风景画下面印了

“WAIMEA CANYON”几个字。我看着他的手，这是一双男人的手，看起来很粗糙，他的右手手背上有一条突起的大疤痕，从关节一直延伸到手腕，再延伸到袖子底下。我艰难地眨着眼，眼泪一涌而上模糊了我的焦点。“哈露说你从来都没跟她说过你有个哥哥。为什么呢？”

我吸了一口气试着保持平衡。“我要把你留到有意义的场合，我最亲爱的唯一的哥哥。你今天打扮得很好看。”我想表现得跟洛厄尔一样漫不经心，但我觉得我没成功，因为紧接着哈露就跟我说我抖得很厉害，连牙齿都在打战。

“外面太冷了，”我说，语气有点刁难，“这么冷的天我还得在大雨里徒步穿越整个市中心找德法热夫人。”我能感觉到洛厄尔正在看我，“一言难尽。”我对他说。

但哈露在我说完之前就插进来了。“你应该早点问我！我知道她在哪里！”又对洛厄尔说：“露丝玛丽和我周五在市中心跟一个玩偶一起度过了疯狂的一夜。”

现在我和哈露都只跟洛厄尔说话。“哈露也没告诉过我她的家庭，”我说，“我们认识的时间不长。”

“时间是不长，”哈露同意了，“但是交情却很深。就像他们说的一样，患难见真情。”

洛厄尔朝我宠溺地笑，“患难？完美小姐啊？”

哈露抓住他的两只手腕，一下子又抢回了他的注意力，“她曾经被抓起来过”——把他的两只手移开一尺远的距离——“犯罪记录有这么大，”哈露说。他们两个四目相对。我感觉到心脏跳了三次——怦，怦，怦。之后她放开了他，迅速给了我一个微笑。

我觉得这个微笑是个问题——这样可不可以？——尽管我不确定她问的是哪一部分。可不可以跟他说我被捕还是可不可以拉着他的手跟他四目相对？我试着用眼神告诉她不可以，这两个问题的答案都是绝对不可以，但她要么是没看明白，要么是我自作多情，总之她再也不往我这边看了。

她继续跟他说我们的第一次监狱旅行。

但她讲的这些都巧妙地避开了雷哲，所以我又倒回去把雷哲加了进来。当然是好雷哲，不是坏雷哲。“她的男朋友，”我说，“立刻就赶过来把她带走了。”

哈露对此也很娴熟。雷哲很快就成了一个不只坏而且非常恐怖的人，而我成了一个非常慷慨大方的人，会让一个基本不认识的人躲在我的房间里。“你妹妹太棒了，”哈露对洛厄尔说，“我跟我自己说，这就是那个你想进一步了解的人，这就是那个你渴望已久的知己。”

紧接着哈露又讲了丢失的行李的故事，然后是我们发现了德法热夫人，之后就是在市中心的那晚。整个过程基本上都是哈露在说，但她会时不时地邀请我加入。“跟你哥哥说说洗车的事。”她说。所以我讲了那一部分，而哈露用手势比画着我们在黑暗中边摸索沾满肥皂水的抹布边讨论我们的婚礼的场景。

她连人猿泰山都讲了，还有我提出的相对性理论，唯一的不同就是她现在绝对同意我的各种观点。哈露讲泰山的时候，洛厄尔把带疤的手放在了我的袖子上，一直没有拿走。我本来打算脱掉外套的，但并没有脱。我胳膊上的重量似乎是我从他那里得到的唯一的关注，而我并不想失去这一丁点儿的关注。

实话实说——哈露讲的每一个故事，每一个细节都是在表扬我。我总是能想出又酷又古怪的点子。我很值得信赖。我不仅为我自己说话，还为朋友们说话。我很受欢迎。我是个超级巨星。

可我真的不是这种人。

我相信哈露是善意的。我相信她觉得我想让她跟哥哥说一堆我身上并没有的优点。烛光洒在她脸上、头发上，照出不同的颜色，她的眼睛也被照得特别有神，她肯定不知道她现在的样子有多迷人。她让哥哥笑了。

信息素是地球的原始语言。对信息素，我们可能不如蚂蚁了解得透彻，但它们却有存在的理由。我来的时候本以为我们很快就能把哈露甩了。可是美酒和故事像埃舍尔版画一样连绵不断，最后我不得不放弃了这个想法。

那天晚上吃完饭之后，我们三个人一起回到了我的公寓，德法热夫人又被拿了出来，她性感地踢着自己的高跟鞋，还摸了摸洛厄尔的脸颊，说他长得太帅了，非常非常帅，他就是MV的男主角。

洛厄尔伸出手，划过德法热夫人的衬衫，一直伸向哈露，他抓住哈露的手握了一分钟，用大拇指摩擦她的手掌，又把她拉近了一些。“别挑逗我，夫人。”洛厄尔说，声音非常轻，我几乎没有听到。

德法热夫人瞬间换成了孟菲斯的口音。“好戏还没开始呢，亲爱的，”她的回答也十分轻柔，“我一定会好好挑逗你。”

“说到玩偶，”托德说，同时朝洛厄尔轻蔑地点了点头。他还不知道洛厄尔是我哥哥。他知道后觉得特别不好意思，所以把床让给了我，然后去吉米家过夜了。他甚至说我可以玩他最新的任天堂64，因为这样会让他觉得好受很多。

我跟他们说了一声，走进浴室，摘下隐形眼镜，解救了我那双被蹂躏的眼睛。我一整个晚上都在强颜欢笑，我的下巴现在很疼。吃沙拉和可丽饼的时候，我曾经想过跟哈露绝交，还希望从来都没遇到过她。我觉得这一切都很糟糕——我的嫉妒、我的气愤——她说的所有关于我的好话。尽管我十分确定她并没有像她说的那么喜欢我。

不管怎样，她并不知道我和洛厄尔分离多久了。

但他知道。所以我更生他的气。他在我十一岁的时候就抛弃了我，把我扔给了父母和那栋忧伤寂静的屋子。现在，十几年后我们终于又见面了，但他几乎都不怎么看我，而且跟倭黑猩猩一样没有控制力。

托德的屋里有一股比萨味，可能是因为他桌上的盒子里有两片放了很久的比萨，时间太久了，像鞋舌一样卷了起来。桌上有一个熔岩灯，非常复古，迸射出一股悠悠的红光。还有很多漫画书，要是我睡不着的话就有事做了，但其实我完全不用担心会睡不着。雷哲给我打了两次电话，每次都把我吵醒了，而我跟他说了两次我不知道哈露在哪里。我觉得哈露肯定听到了电话声，知道是雷哲打来的，我知道这是哈露在让我说谎，这就让我有了像她一样疯狂的理由。

我知道雷哲知道我在撒谎，他也知道我知道他知道。也许科学上认为人类最多只能理解七层心智理论，但我觉得我可以理解无限层。

之后，洛厄尔就像以前一样在深夜进来把我叫醒。他穿着他的大衣，背着背包，一声不响地把我摇醒，示意我跟他走，然后他就出去在客厅等我。我还是穿了那套湿透的衣服，因为我的干衣服都在我的卧室里，而哈露在里面。我跟着他出了门。黑暗的走廊里，他用胳膊搂住我，我能闻到他衣服领子上潮湿的羊毛味。“要不要吃个派？”他问。

我想过把他推开，嘴里再说一些难听的话。但我太害怕他现在就要离开了。所以我很快就答应了，沉沉地说了声“好”，语气并不坚定。

他对戴维斯显然很熟悉，知道凌晨去哪儿能买到派。路上行人稀少，这条路仿佛被废弃了一般，雨已经停了。我们走过了一个又一个街灯，身前一直有一团迷雾，但我们却始终无法靠近，脚步声在寂静的人行道上回响。“爸爸妈妈还好吗？”洛厄尔问。

“他们搬家了。搬到了北核桃市。他们现在住的房子太奇怪了，跟样板房一样，里面没有一件我们之前的东西。”尽管我本想表示一下我的愤怒，可马上就软下来了。跟他分享我对父母的担心和生气，感觉还是很好的，因为我们两个都是让他们痛苦的原因。客观点说，他给他们带来的痛苦更多。这就是我幻想的再见到洛厄尔的场景，就在这一刻，我不再是家里唯一的孩子了。

“爸爸还喝酒吗？”

“没喝太多。可我又不在家，能知道多少呢？妈妈现在在计划生育协会工作。我觉得她喜欢这份工作。她喜欢打台球，喜欢玩桥牌。”

“当然。”洛厄尔说。

“新房子里已经没有钢琴了。”我给了洛厄尔一分钟来消化这个令他不安的消息。我没说的是，从你走后她就再没弹过钢琴了。一辆车驶过，溅起一串水花。一只乌鸦趴在暖和的街灯上面，把灯当成了它的蛋，从头顶上责骂我们。它说的可能是日语。“八！噶！八！噶！”它肯定是在骂我们，问题是它用的哪种语言。我问了洛厄尔这个问题。

“乌鸦很聪明。要是它们说我们是傻了，我们就是傻子。”他答道。

“或者它只是在说你。”我用了中立的语气，这样之后可以说刚才是在开玩笑。我的态度或许有所缓和，可我并没有原谅他。

“八！噶！八！噶！”

给我一百万年我也不可能从一堆乌鸦里认出这只乌鸦，但洛厄尔说乌鸦非常擅长识别和记忆人类。相对它们的体积来说，它们的脑袋非常大，这个比例跟黑猩猩的很像。

听到“黑猩猩”这个词后，我的脉搏停了一下，但洛厄尔并没有继续往下说。我们走过了B街上的一所房子，那里所有的树上都挂满了气球。前门上方挂着一条横幅，借助门廊的灯光，能看到上面写着：生日快乐，玛格丽特！费恩和我过生日的时候也会有气球，可是会有人时刻盯着费恩，防止她咬破气球，吞下橡胶后窒息。

我们穿过了中央公园。即使在夜里，我也能看到草地上的草已经被冬天的泥土淹没，地面又滑又黑。有一次我用纸板和鞋带给我和费恩做了两双泥土鞋。费恩不穿，而我把我的系到脚上，以为这样就能在泥土上滑冰，就像穿着滑雪鞋在雪地上滑雪一样。失败是成功之母，爸爸经常这么说。

但没人欣赏你的失败。

“我读过爸爸最近发表的文章，”洛厄尔最后终于开口说，“《随即学习理论的学习曲线》，我根本没法从前一段读到后一段，感觉我好像从来不认识这些字一样。要是读过大学的话也许就能看懂了。”

“并没有用。”我简要跟他说了一下圣诞节晚上爸爸用马尔科夫链惹恼了外婆唐娜的事。我也提到了皮特的高考成绩和鲍勃舅舅的阴谋论，我差点就跟他说妈妈把日记本给了我，但要是他想看怎么办？我并不想承认日记本丢了，即使是对洛厄尔。

我们走进贝克广场，广场里面挂着方格花布窗帘，桌上铺着复合餐具垫，音响里放着米尤扎克音乐。环境挺适合我们，非常复古，就像穿越到了十几年前的童年时代，唯一的缺点是灯光太亮了一点。米尤扎克年代更久远——海滩男孩乐队和至上乐团。都是《忠于你的学校》《爱比山高》这类父辈歌曲。

我们是店里唯一的顾客。一个长得跟年轻的爱因斯坦很像的服务员马上走过来为我们点单，我们点了两个香蕉冰淇淋派。他送过来的时候高兴地谈论着天气，指着窗外又下起来的雨说："终于不干旱了，终于不干旱了！"之后他就走开了。

哥哥坐在桌子对面，他的脸长得越来越像爸爸，都很瘦，看起来像饿了很久。莎士比亚觉得这种脸很危险，脸颊深陷进去，下巴上长着黑黑的胡茬。昨晚在甜品店的时候洛厄尔的胡子就该刮了。现在他看起来像一个狼人，黑胡子跟漂染的头发形成鲜明的对比。我感觉他很累，但不是彻夜做爱后的累，而是那种筋疲力尽的累。

以前他看起来比我大很多，现在看起来倒不像了。他发觉我正在盯着他看。"大学生，你怎么样？离家这么远。你喜欢这里吗？在这里过得好吗？"

"没什么好抱怨的。"我说。

"得了吧。"洛厄尔咬住叉子，朝我笑着，"别谦虚了，我赌你能抱怨好几天。"

7

那晚我和洛厄尔一直待在贝克广场。雨下了又停，停了又下。我吃了鸡蛋，洛厄尔吃了煎饼，我们都喝了咖啡。早高峰来了。之前的服务员回家了，又来了三个服务员。洛厄尔跟我说他现在是素食主义者，除了在路上别无选择的时候，他都吃素，但他大部分时间都在路上。

戴维斯的兽医学校里有一头著名的瘘管牛，人们故意把牛的胃钻了一个洞，通过这个洞可以观察牛的消化过程。这头牛是学校旅行中很受欢迎的一站，也是野餐节上非常重要的展示项目。你可以把手伸进牛肚子里，感受她的大肠。成百上千的人都这样做过。洛厄尔说，比起其他奶牛来，这头牛过的是安逸奢侈的生活。

洛厄尔深信戴维斯实际上有很多这种瘘管牛。这些牛都叫麦琪，每头牛都叫这个名字，来诱导人们相信只有一头瘘管牛，以避免人们质疑过量瘘管形成术的问题。

洛厄尔说他总幻想自己上过大学，他也很后悔没上大学。但他确实读了很多书。他向我推荐唐纳德·格里芬的《动物心理思维》。我可以让爸爸也读读这本书。

尽管洛厄尔看不懂爸爸最近发表的那篇文章，但他还是对爸爸的工作进行了一番批评。在洛厄尔看来，大多数非人类动物的心理学研究都很累赘、复杂、奇怪。这些研究并不会让我们了解太多动物的情况，反倒是让设计这些研究的实验者更出名。就拿哈利·哈露来说吧，洛厄尔说，我们小时候就见过他，他来的时候给我们每人都带了柠檬硬糖。

我还记得哈露博士。他来农场吃过晚饭，就坐在我和费恩中间。晚饭过后，他给我们读了《小熊维尼》中的一个章节，每次小豆出场的时候都呼哧呼哧，声音很高，所以每次小豆说话的时候，我和费恩都会笑。我不记得柠檬硬糖了，可我知道费恩肯定记得。我脑中突然闪过一个想法，要是爸爸真的崇拜哈利·哈露的话，可能就让我叫他的名字了。我有可能也叫哈露，跟哈露同名。这该有多奇怪！

但没人会给孩子取名为哈利·哈露。哈利把婴儿恒河猴从母亲身边带走，让它们待在无生命的母亲身边，这些母亲一个是毛圈织物，另一个是用电线做的，他想观察在没有其他选择的情况下，婴儿恒河猴会更喜欢哪一个。他用挑衅的语气宣称，他是在研究爱。

婴儿恒河猴待在毫不关心它们的假母亲身边，非常可怜，最后要么发疯，要么死去。“我不知道他到底研究到了什么，”洛厄尔说，“但在小恒河猴们短暂又痛苦的生命里，它们肯定研究到了他有多么可恶。”

“我们需要一种反镜像测试。找到一种方法来证明这些物种的智慧足够让它们能够通过其他人认清自己。加分项就是看这项研究能走多远。双倍加分项就是将这项研究运用于昆虫。”

新来的服务员是一个年轻的拉美裔女人，留着又短又厚的刘海，在我们周围晃悠了很久，冲过来重新摆弄了一遍我们的汤，拿走了我们的咖啡杯，把账单放在桌子上最显眼的地方。最后她终于放弃了，走到其他地方搜寻可能要离开的顾客。

那个服务员过来的时候，洛厄尔就不说话了。她走了以后，他又接着刚才的话题继续，一点都没落下。“看我都说了多少，”他突然蹦出这么一句，“今晚我更像你。我平常都不会说这么多话。我一般都很安静。”他朝我笑着。他的脸变了，可他的笑容没有变。

“爸爸的研究问题就在这里。”洛厄尔边说边用手指敲贝克广场的餐具垫，好像问题就出在至上乐团的歌上似的。“问题就出在一开始的假设。爸爸总是说我们都是动物，但他研究费恩的时候却没有从这个方面出发。他的研究方法是把所有的压力都放在了费恩身上。费恩无法跟我们交流全是她的错，而不是我们的错，不是因为我们无法理解她。要是刚开始假设的是我们都是一样的动物的话，那么最后得出的结论会更科学、更严密，也更达尔文主义。”

“而且也不会那么粗鲁。”洛厄尔继续说。

他问我：“你还记得费恩之前玩的红蓝扑克牌的游戏吗？游戏名字叫‘一样不一样’。”

我当然记得。

“她总是给你红色的扑克牌。从来不给别人，只给你，还记得吗？”

他一说我就记起来了。这个场景一下子蹦入我的脑子里，成了一个崭新的记忆，比之前其他的记忆都鲜明，之前的记忆像罗马硬币一样被磨平了。记忆里，我正躺在爸爸的扶手椅旁边的木地板上，地板上有一道道抓痕，费恩走过来躺在我旁边。我的手肘就是在那时候摔骨折的。爸爸和他的研究生在讨论费恩刚才发出的令人惊讶的笑声。费恩手里还拿着扑克牌——红色表示一样，蓝色表示不一样。她四肢抬起躺在地上，我可以看到她脸颊上的每一根绒毛。她身上有一股汗味。她用手指抓我的头，抓出一根头发吃了。

然后在经过一番仔细考虑之后，她把红扑克牌给了我。我的脑子里完全浮现出了当时的场景——费恩用那双长着长睫毛的明亮的大眼睛看着我，把红色的扑克牌放在了我的胸上。

我知道爸爸认为这是什么意思。毫无价值的信息。之前，她每吃一颗葡萄干就会给我一颗，而现在她有两张扑克牌，也会给我一张。挺好玩儿的——爸爸最多能想到这个。

而我是这么想的。我觉得费恩是在跟我道歉。你不开心的时候我也不开心，就是我从红扑克牌里得到的信息。我们是一体的，你和我。

我的姐姐，费恩。是我在这个世界上唯一的红色扑克牌。

桌子下面，我那双原本分开的手紧紧抓在了一起，因为我开始问那个从我们单独在一起的第一秒钟开始就该问的问题。“费恩现在怎么样？”

我轻声地问出这个问题，而在我问完之前，我就希望我能闭嘴了。我很害怕接下来要听到的答案，所以我继续说：“从一开始说起，”希望把坏消息拖到最后一刻，“从你离开的那一晚说起。”

但你可能更想直接跳到费恩身上，所以我把故事浓缩了。

我猜洛厄尔一离开就去了尤吉利维克博士的实验室，我猜对了。他知道过不了几天我们就会找他，而这几天刚好就是他到达实验室所需要的时间。南达科他州是严寒之地，那里有一堆堆结冰的泥土，但从不下雪，黑色的树木从来不长树叶，寒风凛冽刺骨。

洛厄尔傍晚到了那里，在汽车旅馆开了一间房，因为他不知道实验室在哪里，而天色已晚，没法到处搜寻了。此外，坐了两天两夜的大巴之后，他已经困得不行了。汽车旅馆前台的女人梳着五十年代样式的头发，目光呆滞。洛厄尔本来还害怕她会问他的年龄，但她除了收钱之外，对其他的都没兴趣。

第二天，他找到了尤吉利维克在大学的办公室，并对部门秘书说他是尤吉利维克博士未来的学生。洛厄尔说那位秘书是典型的中西部风格，非常友善，脸像铲车一样又平又开阔，心胸宽广。可他每次都会让这样的人失望。“就像比亚德夫人一样。”他说，“你明白我的意思吧？”

比亚德夫人五年前就去世了，所以他不会再让她失望了。可我并没有说出来。

他对部门秘书说他对黑猩猩实验特别感兴趣，有没有什么方法可以让他看一下实验室的工作？她告诉了洛厄尔尤吉利维克的工作时间，而他早就知道了，他的工作时间就贴在他办公室的门上。

之后秘书离开办公桌去处理其他事情，所以他可以自由地登录尤吉利维克的邮箱。他在邮箱里找到了一份电子账单，数额巨大，上面还有一个乡村小路的地址。他在一个加油站买了一份地图和一个热狗。那个地方离市区有六英里。他徒步走了过去。

路上几乎没有一辆车。那天是个大晴天，可是气温很低，动一动感觉还是很暖和的。他靠挥动手臂来取暖，一边还想着跟马里恩的球赛进行得怎么样了。比赛肯定会输的，即使他参加了他们也不会赢，最多能避免输得太难看。而没有他呢？反正已经输得很难看了还有什么好担心的呢？他觉得他也许不该重新回到高中，应该直接参加普通教育考试然后上大学，到时候就没人知道他曾经打过篮球了。反正他岁数也不够打大学校队。

最后他终于到了一栋围着一圈栅栏的建筑物前。一般的栅栏是拦不住年轻的洛厄尔的，他一向对栅栏不屑一顾。但这个栅栏上缠着一圈圈错综复杂的电线。这让他确定他找对了地方，但也让他确定他没法进去。

院子里长满了光秃秃的树，地上全是土和大石头，石头边缘长了黄色的野草。树枝上挂着一个轮胎秋千，还有一个用来攀爬的大网，就是士兵们在障碍赛训练中爬的那种网。附近并没有人。洛厄尔在路对面找到了半截树干，躲在里面既可以挡风又可以避免被人发现，就立刻钻进去睡着了。

一阵关车门的声音把他吵醒了。建筑物前的车库门打开了。里面一个人正在从一辆绿色的货车后座卸普瑞纳狗粮。他把狗粮都装在一辆手推车上，然后推着手推车碾过泥土去了一个像是仓库的地方。那个卸货的人进去后，洛厄尔就穿过马路通过车库门溜进了那栋建筑物。“我就这么走进去了，”洛厄尔说，“就这么简单。”

进去之后，他发现自己在一条黑暗的走廊上，走廊上有一道楼梯。他能听到黑猩猩的叫声，是从地下室传来的。

楼梯井里有一股浓烈的味道，是氨气和屎混在一起的味道。旁边有一个电灯开关，但洛厄尔并没有开灯。阳光穿过地面上的一排小窗户照进来，足够让他看清地上并排放着的四个笼子，笼子里面至少有十几个黑乎乎的蹲着的身影。

“接下来发生的事情，”洛厄尔说，“非常糟糕。我知道你不想谈论费恩。所以你确定你想让我继续往下讲吗？”

他这么说只是想提醒我一下，并不是真的要停下。

我立刻就认出了费恩，他说，但不是因为我真的在昏暗的光里认出了她，而是因为费恩是里面最小最矮的。

费恩和四只成年黑猩猩一起关在一个笼子里。我之前一直觉得黑猩猩都长得差不多，到那时才意识到他们差别有多大。费恩的毛比多数黑猩猩的都红，她的耳朵长得也比其他黑猩猩高，更像是泰迪熊的耳朵。即使费恩变了很多，但还是很容易就能看出这些特点。费恩之前非常优雅，可现在却蹲在地上一动不动。但她认出我的方式却很奇怪。就好像她能感觉到我来了一样。我记得我当时觉得爸爸应该研究一下黑猩猩的预知能力。

我穿过地下室朝笼子走去，却发现她全身僵硬，可那时候她连身子都没转过来。她身上的毛竖起来了，她开始轻轻地发出呼呼声，只有激动的时候她才会发出这样的声音。然后她猛地转过身扑到笼子的栏杆上，前后摇晃着栏杆，那时她已经在直直地看着我了，已经在撕心裂肺地朝我喊叫了。

我朝她跑过去，等我跑得足够近的时候，她凑过来一把抓住我的胳膊，使劲拉我。她用了很大的劲，砰的一下把我拽到铁栏杆上。我撞到了头，情况一下子失控了。费恩把我的手拉进笼子里，拉到她的嘴巴里，但她并没有咬我。我觉得她不知道她见到我是更开心还是更生气。这是我生命中第一次有怕她的感觉。

我试着把手拽回来，但她并不放手。我能闻到她身上兴奋的味道，有点像烧焦的头发的味道。她已经很久没洗过泡泡浴了，也很久没刷过牙了。说实话，她已经开始发臭了。

我开始跟她讲话，跟她说我对不起她，跟她说我爱她。但她仍然在尖叫，所以我知道她并没有听到我的话。她把我的手指攥得很紧，我感觉我的眼球像泡泡枪一样不断冒泡，但我能做的就是让我的声音保持平静。

她已经让其他黑猩猩都兴奋起来了。一只大个儿的公黑猩猩起身走过来，试图从她手里抓过我的手，但她不放手。他就抓住了我的另一只胳膊，然后他们两个一起拉我，所以我不停地被他们拉着撞到笼子栏杆上。我的鼻子、额头和脸颊都已经撞伤了。费恩仍然抓着我的手，但已经把我的手从她的嘴里拿出来了。她回过头一口咬住那只公黑猩猩的肩膀，咬得很紧。笼子里传来了更多叫声，在混凝土墙壁之间回荡。整个地下室就像一片热舞区一样。

那只大黑猩猩放开了我的胳膊，张大嘴巴后退了几步，露出了他的尖牙，我发誓它们看起来像鲨鱼牙齿。他站得笔直，他的毛发像她的一样全都竖起来了。他正试着威胁她，但她根本就没注意他。她正用她没抓住我的那只手比画着。我的名字，她把手指比成“L”形，然后敲她的胸膛，之后比成了好，好费恩。费恩是个好女孩。把我带回家吧。我会乖乖听话的。我保证我会很乖。

那只大黑猩猩从费恩后面冲了过来，可费恩没法既抓住我的手又保护她自己，所以她根本就没有抵抗。大黑猩猩一脚踢在费恩的背上，在她的背上踢出了一个又大又血腥的伤口。这整个过程中，费恩一直在尖叫，其他黑猩猩也都在尖叫，我能闻到血腥、绒毛和恐惧混在一起的味道，各种辛辣的金属味、汗液味和粪便味，头上撞出来的伤口让我很头晕。可她还是不肯放手。

现在已经有人来了，来了两个人，都是男人，跑下楼朝我大喊，但我听不到他们说了什么。他们看起来很年轻，不像教授，可能是研究生，也可能是门卫。他们身材魁梧，其中一个人拿着一根牛角刺棒，记得当时我还想，这根棒子有什么用？他们怎么可能在打费恩的同时不打到我呢？我怎么才能不让他们打费恩呢？

事实上他们根本不需要打这些黑猩猩。那只公黑猩猩看到刺棒后就立刻回去了，呜咽着退到了笼子后面的角落里。所有的黑猩猩都安静了。他们朝费恩挥了挥刺棒，最后费恩也松手了。

我的脸上被甩上了一些屎。屎是另一个笼子里的，伴着一股恶臭味，从脖子一直滑到了衣领里。他们让我在警察来之前快他妈的滚出去。费恩正努力把自己挤到笼子栏杆上，还在比画着我和她的名字。好费恩，好费恩。那两个人开始讨论要不要打她。但看到她身上的血后便停止了讨论。

一个人跑出去叫兽医，走之前拽着我没受伤的手把我一起拖了出去。他比我高大很多。“我待会儿就叫警察，”他说，朝我摇了摇头，“你觉得你很有趣吗？你觉得残忍地折磨那些关在笼子里的动物很有趣吗？快他妈的滚出去，以后别再来了。”

另一个人跟费恩待在一起。他手里拿着刺棒站在她旁边。我觉得他是在保护费恩，不让其他黑猩猩伤害她，但我知道她把这看成了一种威胁。她比画的手势开始变慢，渐渐变成了绝望。

我现在都没有勇气回想那个场景，洛厄尔说。不管经过了多少事情，她仍然会在那只公黑猩猩面前保护我。她为此付出了沉重的代价。我不敢想象我走的时候她的表情。

在那之后我再也没见过她，洛厄尔说。

第五章

当然现在我可以用人类的语言描述猿的情感，但结果是，我歪曲了他们的意思。

——卡夫卡，《致科学院报告》

1

费恩和我有一点是不一样的，这一点很离谱，直到洛厄尔去了南达科他州后才开始怀疑这一点。我一直不知道这一点，直到十年后在贝克广场吃早餐的时候洛厄尔才告诉我。我们不一样的一点是：费恩就像一把椅子、一辆车和一台电视机一样可以被买卖。尽管她一直作为家里的一分子跟我们住在一起，尽管她一直是我们的亲人，可事实上，她却是印第安纳大学的财产。

决定终止这项计划的时候，爸爸是希望能继续跟费恩一起在实验室工作的，即使当时各种条件都没有确定。但抚养费恩是一笔很大的开支，而印第安纳大学宣称他们没法为费恩提供安全的住所。所以便努力寻找解决方案。最后费恩被卖给了南达科他州，南达科他州的条件是他们要立刻带费恩走。

爸爸在这件事上并没有话语权。他也没有权利把马特一起送去，但他还是坚持把马特送去了，而马特在南达科他州并没有正式的职位，但还是尽量在那里留了很长时间，并尽最大努力照顾费恩。他们已经尽力了，洛厄尔说，而他也没有权利怪罪任何一个人。但那时候我真的很难理解——说实话，现在我都没法理解——为什么父母会无力留住自己的女儿。

“我的到来并没有给费恩带来什么好处，只给她带来了更多痛苦。当初爸爸坚持不去看她是对的。”洛厄尔的眼眶因为劳累而变红了，他使劲揉着双眼，把眼睛揉得更红了，“除了他说去看她会让我感觉更好的那部分。”

“你知道她现在在哪里吗？”我问他，洛厄尔说他知道，费恩还在南达科他州，还在尤吉利维克的实验室。洛厄尔不去看费恩除了情感因素外，还有一个原因——联邦调查局肯定正在那里等着他。他不可能再回去了。所以他找了一个人暗中关注费恩并定期向他汇报。

尤吉利维克五年前退休了，这对关在笼子里的黑猩猩来说是好事。“他并不是一个真正意义上的科学家，”洛厄尔说，“更像是一个超级大反派。他属于那种应该被关进犯罪精神病人监狱的科学家。”

可悲的是，洛厄尔说，还有很多这类为所欲为的科学家逍遥法外。

“他训练所有的黑猩猩在他经过笼子的时候亲吻他的手，”洛厄尔说，“他让费恩一遍又一遍地这么做。之前在那儿工作的人跟我说，尤吉利维克觉得这样很有意思。”

“尤吉利维克不喜欢费恩，没人知道为什么。一次我说服了一个有钱人出钱买费恩，然后给佛罗里达州的一个收留所（早就满员了，就像其他收留所一样）足够的钱让费恩排在等候者名单前列。尤吉利维克拒绝卖掉费恩。他想卖另一只黑猩猩，而那个有钱人觉得能救一只是一只，所以他同意了。最后结果反倒是因祸得福，给已经形成的小团体介绍新黑猩猩是一件很危险的事情。”

我脑子中一闪而过第一天上幼儿园时的情景——当时的我又奇怪又没有教养，而且晚入学了半个学期。

“那只去收留所的黑猩猩最后差点被打死。”洛厄尔说。

洛厄尔说：

在1989年，尤吉利维克宣布由于资金紧张要把一些黑猩猩卖到医学实验室，那时候我很担心。乌马、皮特、乔伊、塔塔和大奥都被卖了。乌马是被卖的几只黑猩猩里唯一一只还活着的。

我当时以为费恩肯定会被卖掉，但她没有，可能是因为她很能生。跟我们一起生活妨碍了她的性生活，她自己对这个也不感兴趣。但他们开始却给她人工授精。我觉得这种行为是没有伤痕的强奸。

目前为止她已经生了三个孩子。第一个孩子是个小男孩，叫巴泽尔，巴泽尔一出生就被一只老一点的母黑猩猩带走了。我听说即使在最和谐的家庭里，这种事情也时有发生。但费恩很伤心。

之后巴泽尔再次被带走了。尤吉利维克把巴泽尔和塞奇一起卖给了圣路易斯的城市动物园，赛琪是费恩的第二个孩子。而这种事情在和谐的家庭里一般不会发生。可惜我们家并不是和谐的家庭。

“你应该去看看他们，”洛厄尔跟我说，“动物园不算特别好，但起码比医学实验室要好。”

另一张桌上，一个男人抱怨他的同伴一直在胡说八道信口雌黄。我记不清我当时是不是听到了这句话，但我一直记得这句话。多么忧伤的场景，洛厄尔肯定没有胡说八道，他也从来没有胡说八道过。所以当洛厄尔告诉我，尤吉利维克退休后费恩的情况已经渐渐好转了，我知道他说的是真的。“研究生们很爱费恩，”洛厄尔说，“他们一直都很爱费恩，不是吗？”

洛厄尔说费恩之后又生了一个孩子，一个叫黑兹尔的小女孩。黑兹尔刚满两岁，费恩正教她各种手势。费恩应该可以养这个孩子，因为实验室的工作人员想通过她做实验。除非最少四个不同的证人在最少十四种场合下看到黑兹尔做同一个手势，否则所有工作人员都不能在黑兹尔面前做这个手势。

费恩自己做过两百多个有记录的手势，而研究人员现在在观察她可以教会黑兹尔多少个手势。费恩是只教她功能性的手势还是也教她对话性的手势呢？

“黑兹尔把整个实验室都玩弄于股掌之间，”洛厄尔对我说，“她已经开始创造属于自己的手势了。‘大树的裙子’是‘叶子’。‘大汤’是‘浴缸’。她很聪明。”

“像她妈妈一样。”洛厄尔说。

“这是费恩给你留下的吗？”我问道，用手指着洛厄尔手上的伤疤。他说不是，他说这是一只受惊的红尾鹰给他的名片。但洛厄尔没给我讲这个故事，因为他还没有讲完费恩的故事。

重新回到南达科他州。闯进实验室后，洛厄尔需要医疗看护。除了脸撞到笼子栏杆上受的伤以外，他的两根手指骨折了，一个手腕扭伤了。当地医生是到一座私人住宅里给他看的病，看病场所不在办公室，也没有记录在案。那晚他也是在那里睡的，有个他并不认识的人负责照看他，不时叫醒他检查他有没有脑震荡的症状。这个人之所以这么照顾他，可能是因为有人看到过他出现在实验室里或者是早上的大学里，或者是有人对他在布鲁明顿放掉实验鼠的事件印象深刻。洛厄尔自己也不太清楚原因。但不管这个人是谁，她/他肯定也不喜欢实验室的人对待动物的方式，把洛厄尔看成了同道中人。

“那时候我已经知道了自己无法救出费恩，”洛厄尔说，“我当时太天真了，觉得我和费恩能像《星球大战》里的汉和楚巴卡一样一起离开，一跳就能跳到外太空。”

“很显然，当时我一点也没用脑子。我就只是想见她，看她过得怎么样，告诉她我们没有忘掉她。告诉她我爱她。”

“现在我知道我得从长计议。我得给她找一个安身之所，我还需要别人的帮助。我发现根据法律规定，要是我带走费恩就是犯了偷窃罪，我之前压根儿没想过法律问题。有人告诉我一辆去加利福尼亚里弗赛德执行任务的车还有空位，我说我要去。我那时想的是我做的任何事都可以为日后救费恩积累经验。”

洛厄尔把头转过去，视线穿过落地玻璃看向外面的街道，早高峰已经开始了。又起吐尔雾了。雨停了，太阳出来了，但阳光很稀薄，所有的车都开着车灯。整个城镇就像被塞进了袜子里。

贝克广场渐渐忙碌起来，响起银器碰撞瓷盘的声音、各种谈话的声音、收音机的声音、门口的门铃声。当时我正在哭，不知道这一切都是什么时候开始的。

洛厄尔把手伸过来握住了我的手，他的手很粗糙。他的手指很暖和。“第二天警察就到实验室找我——别人跟我讲过这件事。我知道他们已经得知了我去那里的来龙去脉，所以爸爸妈妈知道我去过那里也知道我一切都好。但我还是很生气不想回家。所以去里弗赛德似乎是不被警察抓又可以出城的最好方法。”

“我觉得我已经把事情想明白了。做这件事是为了费恩。但我当时很生气。我生你们所有人的气。她的脸一直在我脑中浮现。”

“我并不是打算再也不回家了，”洛厄尔说，“我只是打算先照顾好费恩，把她安顿在一个好一点的地方，找一个能让她开心的地方。”他轻轻摇了摇我的手，“类似于农场的地方。”

差不多这个时候，奇怪的一幕出现了，餐厅里的噪音突然停止了，没人说话了。没人用勺子敲打咖啡杯了。外面也没人大喊大叫，没人按喇叭，连咳嗽声都消失了。延音。定格。

声音重新回来。

洛厄尔降低了声音。“我太傻了，”他沉闷地说，“我应该去那里上学，还有可能找到办法在实验室里工作。这样就能每天都见到费恩了。可相反的是，我被联邦调查局盯上了。突然间我就不能回实验室，不能回学校，更不能回家。”

他一下子就没有了精神。“我用尽办法想要救她，”他对我说，“年复一年的努力，可是费恩还是在那里，我真是个糟透了的哥哥。”

在服务员放弃我们几个小时后，我们买了单。洛厄尔背上双肩包，我们一起走在第二大道的雾中。洛厄尔黑色的羊毛外套上凝了好几滴水珠。

我记得小时候我感冒了，洛厄尔说既然我不能出去他就把雪带进来。他戴着黑色的皮手套接了几片雪花，让我看看那复杂又神奇的六角形水晶，那是白雪公主城堡的缩影。但等我准备用放大镜观察那些雪花的时候，雪花已经化成了水珠。

这件事发生在费恩离开之前，但她并没有出现在这段记忆里，我也很奇怪为什么。让费恩——调皮活泼喜欢打打闹闹的及时行乐主义者——消停一会儿很难。可能她当时正在跟研究生们一起工作。可能她当时在场，不过我把她从记忆里抹去了。可能现在想起她实在太痛苦。

“跟我走到火车站吧。”洛厄尔说。

所以他要离开了。他待的时间那么短，我甚至都还没有原谅他跟哈露上床的事。“我还以为我们要去远足，”我对他说，都没有假装大方一下，“我以为我们要去旧金山待一天，没想到你马上就要走了。”

我还有很多事没跟他说。我曾经希望，要是我一遍一遍耐心地暗示他，他会意识到他不能再次抛弃我。我们相处的时间都是洛厄尔的自省时间。而我只是在一旁等他说完。

也许他也想过了。但他并没有想到这些，至少他没想过太多我的感受。“对不起，小露丝。我不能在任何地方停留，尤其是这里。”

一大群学生挤在米诗卡咖啡厅门口等着开门。我们从他们中间挤过——洛厄尔背着他的双肩包在前面开路，我在后面跟着。期末的时候米诗卡是个很受欢迎的地方，想要后排的座位你就得早去。前排的座位不是学习区，这是不成文的规定。

咖啡店外面的雾闻起来也有一股咖啡和松饼的味道。我抬起头，正好看到大一时候的舍友多丽丝·莱维。幸运的是，她似乎没有认出我。我并不想跟她叙旧聊天。

洛厄尔在离开那群学生很远之后才开始继续讲话。“我猜联邦调查局知道你在这里，”他说，“特别是你还有那精彩的入狱记录。你的公寓管理员见过我。你室友、哈露，这里太危险了。而且，我本来就该去别的地方了。”

洛厄尔正在计划另一项行动。他说，这次行动时间很长隐秘性也很高，所以他必须完全消失。这就意味着他没法再获得关于费恩的报告。

所以报告会转到我这里。不要管报告是怎么来的，洛厄尔说，等我接到第一封报告的时候我就会明白。所有的一切他都安排好了，只差最后这一件事：看管好费恩现在是我的职责。

这就是他来找我的原因。

我们走到了火车站。洛厄尔去买票，我坐在凳子上等他，几天前我还坐在这里想象费恩被带走的场景，痛哭流涕。自从上了索萨博士的那堂课后，我因为各种原因一直在哭，我觉得我已经把所有的眼泪都流完了，可它们还是会继续流下来。好在我们是在火车站。机场和火车站是你可以哭的地方。我有一次因为想哭而去了机场。

我们走到站台上沿着铁路往前走，一直走到身边没有其他人。我希望我是要离开的那个人。随便去哪儿都可以。没有了可以见到洛厄尔的希望，继续留在戴维斯还有什么意义呢？为什么还要待在这里呢？

以斯拉总把自己扮演成生活中的主角，我之前总以为这是虚荣心在作怪，一度对此嗤之以鼻，但现在我发现了它的合理性。要是我能演个角色，那么我也可以跟其他人制造一些距离，假装我只能感觉到我正在感觉的事情。这个场景很像电影中的场景，尽管我不时发出的抽鼻子的声音很破坏美感。我左右的铁路都消失在了雾中，火车呼呼地驶过来了。我本可以送哥哥去参军，送他去大城市掘金，送他去金矿里找失踪的父亲。

洛厄尔抱住我。我的脸在他的羊毛外套上留下了一个潮湿的鼻涕印。我断断续续地喘着气，努力闻他身上的味道，这样我就能够记住这股味道。他闻起来像一条落水狗，但这只是他外套的味道。咖啡味、哈露的香草古龙水味。我试着闻藏在这些味道下面的味道——洛厄尔的味道，但我没有闻到。我摸了摸他长满胡茬的脸颊，用小时候费恩摸我的方法摸他的头发。一次上课的时候我伸出手摸坐在我前面的女生的辫子。我当时根本就没思考，只觉得全身细胞都需要触摸那复杂的头发。她回过头冷冰冰地说："这是我的头发，不是你的。"之后我结巴着向她道歉。我对我自己偷偷跑出来的黑猩猩天性感到害怕。

我们听到从离我们最近的交叉路口传来提示声，火车从北方向我们靠近。我疯狂地思索着打算对洛厄尔说的事情，试图找到最重要的一件事。匆忙间做了一个并不明智的选择。"我知道费恩离开的事你一直怪我。"

"我不应该这么做。你当时只有五岁。"

"但我真的不记得我做了什么。我对费恩离开的场景没有一点印象。"

"真的吗？"洛厄尔问。他安静了一会儿，我不知道他打算告诉我多少内容，这是个不好的征兆，这意味着他对我有所隐瞒。我的心变得很痛，每跳一下都像被针扎一样。

火车停下了。检票员给下车的旅客让路。一些人下车了。一些人上车了。时间一分一秒流逝。我们已经在朝最近的车门走去。“你逼着爸爸妈妈做出了选择，”洛厄尔最后说，“你或她。你一直是个嫉妒心很强的孩子。”

他把双肩包扔上去，自己也跳上去准备往里走，又回过头来看着我。“你当时只有五岁，”他重复道，“别怪你自己。”

之后他又盯着我看，就是那种看一个很久不会再见面的人的眼神。我要记住离开的时候她的样子。“告诉爸爸妈妈我爱他们！一定要让他们相信我爱他们。这是最难的部分。”

他还站在门口，他的脸一部分是他的，另一部分，疲惫的部分，是爸爸的。“你也是，小屁孩。你不知道我有多想你。美好亲爱的布鲁明顿。‘当我梦到沃巴什的月光……’”

然后我就开始想念印第安纳的家。

一个穿牛仔裤高跟鞋的中年亚洲女人朝这里奔过来。一下跳到车上，手上摇晃的包啪的一下拍到洛厄尔的胳膊上。“老天，太对不起了，”她说，“我怕赶不上火车。”说着便消失在车厢里。火车出发的哨声响了。

“我真的很高兴你交到了一个朋友，”洛厄尔对我说，“哈露看起来很关心你。”之后检票员过来让他走到自己的座位上。这是我记得他说的最后一句话，我的哥哥，我的海尔波普彗星，出现又消失——哈露很关心你。

尽管重逢的时间很短，但他还是取得了一些成果。我之前一直计划让他对我孤单的生活感到抱歉，但哈露和她那愚蠢的友情把我的计划破坏了，而最后我成了那个该感到抱歉的人。我一直知道费恩离开的事情他一直怪我，但十年来我从来没听他大声讲出来过。

洛厄尔说的那些话、他的离开、我的睡眠不足以及我吃的那些丑陋的麻醉药的后遗症，这其中任何一项都能把我打倒。现在所有的一切都气势汹汹地朝我涌来，一时之间我毫无招架之力。我既伤心又害怕，既羞愧又痛苦，既孤独又疲惫，既兴奋又内疚又难过，各种情绪一起涌上心头。我整个人都崩溃了。我看着大雾渐渐把火车吞没，瞬间觉得筋疲力尽。

“你爱费恩。”有个声音对我说。原来是我的老朋友，我自己幻想出来的玛丽。费恩走后我几乎再也没见过玛丽，而玛丽看起来一点都没老。她并没有逗留。只是给我带来了一条信息——“你爱费恩”——之后就消失了。我想相信她。但我当时创造玛丽就是为了了解费恩的心理，可能玛丽只是在履行自己的职责吧。

感觉之所以被称为感觉就是因为我们能感受到它们。它们不是在脑中形成的，而是存在于我们的身体中，这是妈妈经常说的理论，著名实用主义者威廉·詹姆斯是妈妈的后援。她教育我们的常规方式就是——你不能左右你的感觉，你只能左右你的行为。（但告诉其他人你的感觉就是一种行为。尤其是你的感觉非常不好的时候。即便是我小的时候，我都把这看成灰色地带。)

虽然我早已精疲力竭，但还是在我的每一次呼吸、每一块肌肉、每一次心跳里搜寻着，最后发现一个植入骨子里的事实：我过去很爱费恩。我现在很爱费恩。我将来也会很爱费恩。

我独自一人站在铁轨旁边，眼前突然浮现出各种场景：我的生活，每时每刻都有费恩陪在身边。费恩在幼儿园，用自己的双手制作纸火鸡。费恩在高中体育馆看洛厄尔打篮球，每次洛厄尔进球都大声欢呼。费恩在新生寝室，向其他女生抱怨我们疯狂的父母。费恩做各种那时我们觉得很有趣的手势。失败者，无所谓。

我无时无刻不在想她，而我甚至都没有意识到这一点。

但我记得那时我也非常嫉妒她。就在刚刚，不到十五分钟之前，我知道洛厄尔来是为了她而不是为了我之后，我又嫉妒她了。但可能这就是姐妹之间才能体会到的感觉吧。

尽管一般的姐妹不会嫉妒心膨胀到想要赶走另外一个。我真的这么做了吗？这就是童话故事开始破灭的时候。

我决定先好好休息一下再继续想这件事。然后我又开始想这么一件事：什么样的家庭会让一个五岁的孩子决定如此重大的事情？

2

洛厄尔告诉我，在去弗米利恩的大巴上，他有好几个小时都坐在一个邮购新娘旁边，那个新娘只比他大一岁，刚从菲律宾过来。她叫路亚。她给他看了她未婚夫的照片。对于不去机场接自己新娘的新郎，洛厄尔实在想不出什么好话，所以他什么都没说。

车上另一个人问她是不是在做生意，洛厄尔和她都没明白他的意思。座位后面有一个人靠过来，眼睛盯着他们，瞳孔放大，告诉他们母乳中的铅含量很大程度上是危言耸听。妇女不想再被各种家庭琐事牵绊。而母乳有毒恰恰是她们正在等待的理由。“她们都想穿裤子。”那个人说。

“今天我算是见识了美国。”路亚用蹩脚的英语对洛厄尔说。之后这成了洛厄尔的口头禅——只要有什么不顺心的事，他就会说——今天我算是见识了美国。

我走回公寓。路上很冷。各种年龄、各种情绪的费恩和洛厄尔的影子一路跟着我，在大雾里出现又消失。我走得很慢，想要给自己足够多的时间来消化掉洛厄尔的突然出现又突然离开。说实话，还有一个原因，那就是我不想见到哈露。

我现在一点都不想去想哈露。她不应该是洛厄尔跟我说的最后一句话。她不应该一直在我的脑中出现。但只要我回家，就会碰到她，躺在我的床上，需要我去处理。

我不想把洛厄尔想成那种占了姑娘便宜就走的花花公子。一声不响地离开一向是洛厄尔一直以来的作风，并不是针对哈露一个人。而现在哈露也加入了这个俱乐部。

洛厄尔给我的感觉是他发疯了，疯得无可救药。我知道我没有表达过这层意思。我描述的洛厄尔比真正的洛厄尔要正常得多。我这么做是因为爱。但我现在只想说实话。他这次逃跑对我们任何人都没有好处，尤其是对他自己。

所以，出于爱，让我再试一次吧。我们跟哈露在一起的时间他看起来非常正常，是个完全可以信赖的医药代表，洛厄尔是这么对哈露说的，也有可能他就是一个医药代表，谁知道呢？让我担心的事情都是后来发生的，我们两个单独在贝克广场的时候。

那并不是一时的愤怒——从我记事以来他一直在生气，跺脚、竖中指、男孩的叛逆。我对这些都习以为常了。我甚至非常怀念他的暴脾气。

然而，这次他的行为与其说是生气不如说是疯狂。但这非常微妙，很难被发现。我可以假装我没有注意到，我也非常想这么做。但即使我们十年没见，我还是了解洛厄尔。我了解他的肢体语言，就像我了解费恩的语言一样。他眼球转动的方式有问题。他抓肩膀、张嘴的方式也有问题。也许“发疯”这个词并不准确，毕竟这个词更多的是说内在。也许“精神创伤”这个词更好一些。或者说“情绪不稳定”。从表层意义上说，洛厄尔情绪很不稳定，就像被迫失去了平衡一样。

我就打算这么跟哈露解释。我会跟她说他不是花花公子。他只是情绪很不稳定。她，不同于其他人，应该理解他。

然后我又把哈露挤出脑袋给费恩腾地方。暂时先不去想我的伤心和后悔，洛厄尔说现在费恩是我的责任了。一直以来不都是吗？我早就该承担起这份责任了。

定期报告确实很好，但我们的费恩不能一直待在实验室的笼子里。为了费恩的自由，洛厄尔已经努力了十年。他肯定遇到过各种各样的问题——怎么能悄悄地把她（现在还有黑兹尔）带走，可以向谁求助，怎么能隐藏她们的行踪，怎么才能让她们不被发现不被送回原处。美国仅有的几处黑猩猩收留所都已经满员了，而且没有一处收留所会接受一对偷来的黑猩猩。

即使费恩不需要再隐藏踪迹了，把她带到何处也是一个巨大的难题。需要很大的资金支持，让两只新黑猩猩——其中一只还是个孩子——融入一个已经存在的群体非常危险。洛厄尔比我聪明那么多，认识的人比我多那么多，比我果断那么多都没有成功，我怎么可能成功？而且费恩真的愿意再次迁移，再次离开那些她认识的人和黑猩猩吗？洛厄尔跟我说她在实验室已经有好朋友了。

我觉得所有这些问题都可以用钱解决。大量的金钱。可以拍一部电影或成立一个基金会的钱。你这辈子都不可能见到这笔钱的十分之一。

许许多多问题，不管一开始它们有多么不同，其实都只是钱的问题。我说不出来这个结论让我有多沮丧。钱的价值就是那些有钱人给穷人设的骗局。这是全球化的“皇帝的新衣”。要是黑猩猩用钱而我们不用钱，我们绝不会崇拜钱。我们会觉得这既原始又荒谬，简直是妄想。怎么会是钱呢？黑猩猩争的是肉。肉的价值对黑猩猩来说是不言而喻的。

现在我已经走到了公寓前。公寓门口停着三辆车，其中一辆车里面的灯是亮的。透过车里的灯光，我能看到司机庞大的背影。我的第六感正在慢慢发光。联邦调查局。他们差一点就要抓住洛厄尔了。要是刚才我劝洛厄尔留下了的话，现在肯定后悔死了。

然后我开始仔细观察那辆车。那是一辆老式沃尔沃，以前是白色的。保险杆上的贴纸被人刮得只剩下了一个“V”，或者是一半“W”。我敲了敲副驾驶的车窗，车门打开后我就坐进去了。里面很暖和，味道却不怎么样，但混着一股薄荷味，就像早上起床后嚼了口香糖的味道。车灯开着是因为司机在读书——一本很大的书，《生物学入门》。他一边跟踪女朋友一边复习期末考试，真是个多任务型人才。“早上好，雷哲。”我说。

“你怎么起这么早？”

“我跟我哥哥出去了。吃了点派。”还有比这更无辜、更能体现美国人的乐观的吗？“你在做什么？”

“抛弃我的自尊。”

我拍了拍他的胳膊。“你能把自尊留这么久已经很不容易了。”

我们两个都很尴尬。昨晚我告诉雷哲哈露不在这里。可他出现在这里，他小小的监视行为在证明我是个骗子。要在平时，看到他这么出糗，再调侃几句他疯狂的醋意是很有趣的，可现在哈露随时都可能从前门走出来。

“回去吧，”我说，“她可能已经回家了，正在好奇你滚到哪里去了呢。”

他使劲看着我，然后又看向别处。“我觉得我们要分手了。我觉得我要跟她分手了。”

我哼哼了几声。第一次见他的时候他们两个就在闹分手，之后每次见他基本都有这一出。“Hathos，”然后我非常善解人意地给出了这个单词的定义，“它的意思是你讨厌某东西的时候获得的快感。”

“就是这样。我想要个正常点的女朋友。本分一点的。你认识这样的人吗？”

“要是你有钱的话我就毛遂自荐了，”我对他说，“非常非常有钱。要是给我很多钱的话我能非常本分。”

“很荣幸。但我没钱。”

“那就别浪费我的时间了，赶紧回家吧。”我下车走进公寓，没回头看他接下来要做什么，因为我觉得要是我回头的话会很可疑。我上了楼。

没看到以斯拉，现在还太早，他还不需要工作。托德还没回来。卧室的门还是关着的。德法热夫人在沙发上，双腿欢快地盘在脑袋上。我带着她走到了托德屋里，拿着她睡着了。我做了个梦，梦里我和雷哲在争论断头台和电椅哪个更人性化。我不记得我们两个各自支持哪一边了。我只记得不管雷哲选了哪一边，他的论据都站不住脚。

3

关于我跟洛厄尔的谈话，我省略的不仅仅是洛厄尔不稳定的情绪。我还省略了他说的很多事情。这些事情很可怕，我不想再重复。我之所以省略不讲是因为我不想听这些事，你肯定也不想听这些事。

但洛厄尔会说我们必须得听。

他跟我讲了戴维斯的一个持续了三十年的实验。很多猎犬都暴露在锶-90和镭-226的环境中，他们的声带已经被清除了，所以没人能听到他们受折磨的声音。他说参与这项实验的研究者戏称自己为“猎犬帮”。

他跟我讲了汽车公司为了做碰撞实验而让神志清醒却六神无主的狒狒反复经历可怕又折磨人的碰撞。他跟我讲了医药公司对狗进行活体解剖，只要狗呻吟或挣扎，实验室的工作人员就会虐待它们。他跟我讲了化妆品公司把化学药品揉进号叫着的兔子的眼睛里，如果事后兔子受到了永久性伤害，就会让它们安乐死，而如果兔子康复就会再次对它们进行这样的实验。他跟我讲屠宰场里的牛因为太害怕，连肉的颜色都变了。他跟我讲鸡肉工厂里装满电池的笼子，就像鲍勃舅舅之前说的一样，他们养的是站不起来的鸟，更别提走路了。他跟我讲娱乐行业里所有的黑猩猩其实都是小宝宝，因为成年黑猩猩非常强壮难以控制。这些本应该骑在妈妈背上的小宝宝被单独关进笼子里。人们会用棒球杆打它们，这样拍电影的时候只需要朝它们挥一挥棒球杆，它们就能乖乖听话。之后人们就可以宣称在拍电影的过程中没有动物受到伤害，因为伤害都发生在拍摄之前。

“这个世界，”洛厄尔说，“有各种各样无穷无尽深不可测的痛苦。人们知道这些痛苦的存在，但眼不见为净。要是你让他们看到了，他们就会介意，但他们恨的是你，因为是你让他们看到了这些丑陋的事实。”

他们，每次哥哥讲到人类的时候都会用这个词。从来没用过我们。

几天后，我在“宗教与暴力”课的期末作业里把这些都写进去了。我这么做的一部分原因是为了驱魔，我想让它们从我的脑中出去进入其他人脑中。然后我就被叫到了索萨博士的办公室。办公室的一面墙上贴着一张全彩的哈勃“创造之柱”的海报。对面的墙上贴着一句话：“每个人都想让世界改变，却没有人想改变自己。”很明显，索萨博士这样设计办公室是为了鼓舞人心。

我还记得他的办公室很有节日氛围。书架上挂着一串串圣诞节彩灯，他还给跟他谈话的学生准备了拐杖糖。“我不想让你挂科。”索萨博士说，至少这一点我们意见一致，我也不想挂科。

他倚着椅背，双脚交叉压在一摞临时堆起的杂志上。一只手放在肚皮上，手随着呼吸上上下下。另一只手拿着拐杖糖，不时比画一下。“你之前的作业做得很好，但是你的期末作业……你的期末作业掺杂了太多情感因素。你提出了一系列十分重要的问题。”索萨博士突然坐起来把脚放在地上，“但你要知道你并没有真正回答我给你们留的问题，一点边都没沾。”他朝前探身过来，迫使我跟他进行友好的眼神交流。他知道他在做什么。

我也是。难道我没有在爸爸膝盖旁边受过训练吗？我学着他的动作，用同样的眼神看向他。“我在写暴力，”我说，“同情以及其他主题。在我看来这很切题。托马斯·莫尔说过，人类首先对动物残忍，之后再对人类残忍。”我在论文里也提到过这个观点，所以索萨博士早就已经抵挡住了托马斯·莫尔。我又往前靠近的时候，圣诞彩灯在他的太阳穴上亮了，就像两只炽热的灯泡触角。其实我提出的这一论点还有很多疑点。

事实上，托马斯·莫尔并不主张取消对动物的残忍，而是希望能雇佣专门人员来处理这些事情。他在乎的是乌托邦居民的双手是干净的，而这跟我们处理这种问题的办法是一致的，尽管我并不认为这跟他预想的一样对我们脆弱的情感有好处。我并不认为这会让我们成为更好的人。洛厄尔不这么认为。费恩也不这么认为。

我并没有问过费恩。而我现在也不确定我是不是能读懂她的所思所想。

索萨博士大声读了第一个考题。“现在人们普遍认为政教分离论是限制暴力的一种方法。请讨论。”

“表面离题，实际切题。动物有灵魂吗？一个经典的宗教难题。有大量有力推论。”

索萨博士拒绝我转移话题。第二个问题：“所有以宗教的名义发动的暴力都是对真正的宗教的曲解。请用犹太教、基督教或伊斯兰教信徒的具体例子来阐明。”

“如果我说对某些人来说科学也是一种宗教呢？”

“那么我会不同意。”索萨博士兴致盎然地回答，“科学成为宗教的那一刻就不是科学了。”电灯泡的光给他深色的眼睛涂上了一层节日的光亮；像所有称职的教授一样，索萨博士确实喜欢辩论。

最后他给了我一个“尚未处理”，因为我整个学期都听得很认真，也因为我特意跑到他的办公室来跟他“宣战”。我接受了这个结果。

圣诞节一过我的成绩就出来了。“你知不知道我们送你上大学花了多少钱？”爸爸问我，“你知不知道赚钱有多辛苦？你就这么随便浪费了。”

我学到了很多东西，我高傲地对他说。历史、经济学、天文学和哲学。我读了很多很棒的书，有了很多新思想。这才是大学教育的目的。我说人类的问题就是（好像人类就只有这一个问题似的）认为所有事情都可以用金钱来衡量。

我的成绩和态度会让我的名字直接进入圣诞老人的淘气孩子列表。

“我无言以对。”妈妈告诉我，可这一点都不对。

4

可我现在说得有点超前了。

重新回到戴维斯，班森先生从309房间搬出去了，它就在我们公寓的正下方。我知道一点点班森先生，他看不出来有多大，通常这就意味着四十五岁左右，他有一次对我说他是戴维斯城里唯一的胖子。他在阿维德读者书店当过店员，他经常在洗澡的时候唱《舞蹈皇后》，声音很大，我们在楼上都能听到。我挺喜欢他的。

几个月前他一直在草谷市照顾他妈妈。她在感恩节后的第一天去世了，很显然班森先生继承了一笔遗产，因为他辞掉了工作，还清了租金，还雇了个搬家公司帮他打包行李。他自己却从来没回来过。这些都是从以斯拉那里听说的，以斯拉还说班森先生比他想得更懒。

在309房间被重新打扫、刷漆、修理来迎接新租客时，以斯拉让哈露住进来了。我猜公寓主人对此并不知情。以斯拉不想让哈露跟三楼的暴徒们住在一层，但哈露住进这栋公寓却让他很兴奋。他总在309房间进进出出，他觉得那里有很多要做的工作。

309房间有各种噪音，没有家具，以斯拉还会随时出没，哈露对付这一切的办法就是大部分时间都待在我们这里。托德很不开心，但这只是暂时的。很快我们就会回家过圣诞节，而等我们回来的时候，309真正的租客就会搬进去。我跟托德说，新租客可能不想跟哈露一起住，但托德对此表示怀疑。

我猜哈露最后还得去找雷哲。自从那天早上在车上见到他之后，我再也没见过雷哲，哈露也没提过他。我都不知道他们两个是谁提的分手。

哈露坐在我们的沙发上，喝着我们的啤酒，兴奋地说着洛厄尔。他警告过她他不会再回来，但她不信。她把这句话和他说的其他话一起看成热恋时说的情话。我是他妹妹。他肯定会回来看我。

他说她让他紧张，这是什么意思？他说他觉得他已经认识她一辈子了。这两件事难道不矛盾吗？我当时是怎么想的啊？

她想知道关于他的一切——他小时候是什么样子的，他交过几个女朋友，有几个是认真的。他最喜欢哪支乐队？他信上帝吗？他爱什么？

我告诉她他爱《星球大战》。他爱赌博。他在房间里养老鼠，用奶酪来给老鼠取名。她听得很陶醉。

我告诉她他整个高中只交过一个女朋友，一个叫凯奇的信摩门教的大眼睛女孩。他是高中篮球队的控球后卫，但在最重要的一场比赛开始前消失了。他和他最好的朋友马克在商店偷过扭扭糖。哈露的提问就像个无底洞一样，我说多少她都觉得不够。我开始变得没有耐心了。我还有好几篇论文要写呢。

哈露又问我他有没有在我面前提起过她。

“他说他很高兴我们是朋友，”我告诉她，“他说你看上去是真的关心我。”

“是的！”哈露的脸红彤彤的，“还有呢？”

没有了，可是这样说似乎很残忍。但让她怀有希望也很残忍。“特拉弗斯已经走了。”我正对着她那张红彤彤的脸说。我也是在对我自己说。目前为止我的一生有一半时间都是在等他，而我们都要学会不再继续等下去。“跟你说实话吧。他是个通缉犯。是警察局的通缉犯。联邦调查局认为他是动物解放阵线的国内恐怖分子。你绝不能告诉任何人他来过这里，不然我就会被捕。再说一遍，这是真的。”

“这周之前，我已经十年没见过他了。我他妈的不知道他最喜欢哪支乐队。特拉弗斯甚至都不是他的真名。你真的真的真的需要忘掉他。”

又来了，我没能保守住秘密。

可是还有什么能比这更“卡萨布兰卡”呢？哈露突然认清了一个事实：一直以来她想要的就是一个有原则、敢行动的男人。一个国内恐怖分子。

这是每个女孩的梦想，如果她不能找一个吸血鬼的话。

动物解放阵线没有领导机构，没有总部，没有成员名单。这个组织结构非常松散。这也让联邦调查局很头疼，一个名字最多能再找出两三个人，然后这条线索就断了。洛厄尔之所以引起他们的关注是因为他讲话太多了——这是一个他绝不会再犯的菜鸟级别的错误（想想他因为我话多指责过我多少次，真是讽刺）。

每个人都能加入动物解放阵线。事实上，所有参与动物解放、所有干涉动物滥用和虐待的人，只要他们的行为符合动物解放阵线的指导方针，就会自动成为其成员。动物解放阵线不支持对任何动物或人类的身体伤害。

另一方面，动物解放阵线鼓励破坏财产，该阵线的明确目标就是破坏那些靠折磨动物赚钱的组织。他们要将各种虐待动物的事实公之于众，将那些发生在实验室里的恐怖事件暴露在大众的视线之下。这就是为什么许多州正在考虑出台相关法律来严惩那些未经许可暴露农场和工厂内部工作照片的行为。让公众知道真相将成为重罪。

只要你有直接行动，你就会自动加入动物解放阵线，而如果没有行动你绝不可能加入。你不可能因为同情动物而加入动物解放阵线，你不可能因为写一篇文章来表明动物所受到的折磨让你很难过而加入动物解放阵线。你必须要有所行动。

2004年，雅克·德里达表示改变正在进行。折磨不仅会摧毁被害者，也会摧毁加害者。阿布格莱布监狱里的加害者之前是鸡肉加工工人，出狱之后直接参军，这并不是偶然现象。德里达说，这个过程可能会很漫长，但最终我们虐待动物的场景会让我们对自己无法忍受。

动物解放阵线并不喜欢放慢脚步。

他们怎么能放慢脚步呢？所有的折磨所有的痛苦都正在发生。

哈露渐渐消沉了。她的脸浮肿了，眼睛变红了，嘴巴缩进去了，皮肤苍白了。她不再来我们公寓了，已经两天没碰过我们冰箱里的食物了，这可能意味着她已经两天没吃东西了。以斯拉的腰上挂着工具带，在四楼召开了一次峰会——只有我和他两人出席——说他最近看到哈露脸朝下趴在309房间的新地毯上。她可能在哭，他说。以斯拉是那种对女人的眼泪很敏感的男人，他不用看就知道她在哭。

他怪雷哲。尽管他很自信整个公寓和公寓里所有人的一举一动他都了如指掌，但洛厄尔进来时他却没有发现。“你应该跟她谈谈，”他对我说，“让她看到每次结束都是一次新的开始。她需要从朋友那里听到这句话。”他觉得雷哲可能是一个没出柜的同性恋或者从小受虐待。他是天主教徒吗？如果不是的话，就没法解释雷哲对哈露的残酷行为了，而哈露很幸运能逃过这一劫。

以斯拉说他会告诉哈露，中文里“开门”和“关门”用的是同样的汉字。他自己每次不开心的时候都从这里面得到了很大的慰藉。我不知道他是从哪里看到的这个，尽管他的大多数引用都来自《黑色通缉令》。但我很确定这不是真的。

我跟他说，中文里“女”这个字是一个跪着的男人，所以我不确定哈露可以从古老的东方智慧里获得慰藉。我也没有去找哈露聊天。可之后却一直好奇要是我去了事情会变成什么样子。

但我仍然在生她的气。我觉得哈露没有权利这么痛苦，她根本没有真正得到过洛厄尔。她认识他才多久？十五分钟？我爱了他整整二十二年，我人生中的大多数时间都是在想他。在我看来，哈露应该好好照顾我。

有时候我很好奇我是不是唯一一个屡次犯相同错误的人，还是这其实是人的天性，人类都会屡次犯同样的错误？

如果是的话，我屡次犯的错误就是嫉妒，而我想把这看作一个人的性格问题。但要是爸爸还活着的话，肯定会反驳我。我以为我是谁？哈姆雷特？现在的心理学研究表明人类的性格对人类行为的影响并不大。相反我们对环境的细小改变却非常敏感。在这一点上我们跟马很像，只是没有马那么有天赋。

我自己却不是那么确信。多年来我一直觉得其他人对待我们的方式与我们做了什么无关，而与他们是谁有关。当然，我这么想也是很正常的。高中时那些对我很不好的人呢？他们肯定不幸福！

所以研究结论跟我的想法不同。但人们永远会进行更多研究，我们会改变我们的想法，而我的想法一直都是正确的，直到我们再次改变我们的想法，这样我就又错了。

在可以证明爸爸是错的之前姑且就算他对了吧，我也不想继续纠结这个问题了。也许关于嫉妒这个问题的讨论远没有我的期末考试来得重要。我觉得为了我的荣誉，我也要保证至少有几门课拿到很棒的分数。此外我的学期论文也要交了，我不想说我把论文拖到了最后一刻，但所剩时间也不多了。我对我的论文题目很感兴趣，这一点出乎我的意料，因为几周前老师就让我们跟助教确认选题了，可那个时候我还不确定我感兴趣的论文话题到底是什么。我的论文选题是托马斯·莫尔在《乌托邦》里的邪恶理论是怎样表现在他的现实生活和政治主张中的。这个选题的特点就是所有在你脑中一闪而过的观点看起来都很切题。我发现很多选题都有这种特点。

然后我还要一直给航空公司打电话找我的行李。萨克拉门托机场行李部的工作人员已经开始叫我小甜心了，这足以表明我们现在有多亲密。

所以我又把哈露丢在了一边，而我现在最不该丢下的就是哈露。在我飞往印第安纳波利斯的航班起飞前二十四小时，我正在用跟托德借的行李箱打包行李，嘴里哼着《普世欢腾》，心里想着我该对爸爸妈妈说多少关于洛厄尔的信息、新房子有没有被窃听，之前我们一直觉得老房子被窃听了，这让爸爸很不开心——就好像我们是实验室的小白鼠一样随时受到监控，他们连你工资缴多少税都知道，他这么说——这可能是他们搬家的真正原因。我还在想怎么能让他们再给我买一辆自行车当圣诞礼物，因为狂欢的那晚我把自行车丢了。我正在做这些事情的时候，一个警察找上了门。

这次不是阿尼警官。这个警察并没有介绍自己。他长着一张三角脸，像螳螂一样，大嘴巴、尖下巴，浑身透露出一股邪恶的气息。他让我跟他走一趟，语气很友好，但我觉得我们做不成朋友。他没告诉我他的名字，我也不在乎。我并不想知道。

5

这次警察没有给我戴手铐，没有把我关进牢房，也没有把我送进办公室填资料。而是把我一个人留在了一间审讯室里。审讯室几乎是空的——只有两把椅子，都是看起来非常不舒服的橙黄色塑料椅，一张桌子，上面铺着油毡布。门是锁着的。屋子里很冷，我也很冷。

没人进来，桌上有一大壶水，但是没有杯子。没有什么可以看的东西，连交通册子、枪支安全说明书或毒品的危害一类的东西都没有。我坐着等着，我站起来溜达着。我从小就有一个习惯，从来没变过，就是不管在哪里都抬头看看我最高能爬到哪里，看看费恩或玛丽能爬到哪里。房间里没有窗户，四面墙都光秃秃的，我们三个都不可能爬太高。

没人在我面前拿着牛角刺棒，至少我觉得应该没人会这样做，但他们一直在试着告诉我我是谁。当我发现没人能让我弄明白这个问题时，我也很惊讶。我永远都不知道我是谁。这并不意味着别人不知道。

地上有一只球潮虫，我开始观察这只虫，因为这让我有事可做。费恩以前吃球潮虫，妈妈一直不让费恩吃，可爸爸却说它们不是真正的虫子，更像是陆生甲壳动物，靠腮呼吸，血液里面含铜不含铁，凡是吃过虾的人都不应该不吃球潮虫。我不记得我吃过这种虫子了，但我肯定吃过，因为我记得这种虫子嚼起来像保健麦圈。

那只球潮虫朝墙爬过去，一直爬到角落里，一会儿惶惑一会儿丧气，一上午就这么过去了。我知道了我的内心世界有多么贫瘠。

把我带来的警官终于又出现了。他把一台录音机放在了我和他中间的桌子上，还放了一大摞纸、文件夹和笔记本。我可以看到最上面的纸上有一份旧报纸的剪报，标题是《布鲁明顿的姐妹花》。很显然，《纽约时报》曾经报道过我们。我都不知道。

警官坐下了，筛选着他手中的文件。又过了很长时间。要是在很久很久之前，我肯定会一直喋喋不休，我也能看出来他在等我先开口说话。这是我们之间的一个游戏，而我决定要赢，所以绝不能先说话。要是我小时候的保姆玛丽涉和爷爷奶奶看到这一幕肯定会特别惊讶。我试着想象他们现在都在我旁边，给我鼓励。“别说话！”他们说，“别再折磨我了，给我一分钟让我安静一下吧。”

可以把这一点放在我的成就栏里。警察终于放弃了，打开录音机，大声说了日期和时间。他让我说我的名字。我说了。他问我知不知道我为什么在这里。我不知道。

“你哥哥是洛厄尔·库克，”他说。听起来不像个问题，但这确实是个问题。“请回答。”他毫无表情地说。

“是。”

“你最近一次见他是什么时候？”

我学着用索萨博士最近对我用的那一招，向前靠了一下，跟他进行眼神交流。“我要去洗手间，”我说，“我需要律师。”虽然我只是个大学生，可我看过几部这种类型的电视剧。我现在还不担心，至少还不替我自己担心。我觉得他们可能已经抓住了洛厄尔，这非常非常糟糕，但我不能被扰乱，我要保证他们不会拿我的口供来对付洛厄尔。

“为什么要律师呢？”警官气得站了起来，“你又没被捕，这只是一次友好的交流。”

他关上录音机。一个女人进来了，她有着易怒的薄嘴唇，留着颓废的共和党式发型，把我带到洗手间。她在洗手间门外等着，听着我尿尿冲水的声音。等她把我带回去的时候，屋子里又空了。桌上什么都没留下。连最开始的那瓶水都被带走了。

时间一分一分地溜走。我又重新开始看那只球潮虫，它一动不动，我开始担心它不是信心受挫，而是死掉了。我闻到了杀虫剂的味道。我背靠着墙，身子慢慢往下滑坐到地上，用一根手指碰了碰那只虫，看到它蜷起身子后放下心来。我脑中闪过一个图片，一只黑猫，脸和肚子是白色的，蜷着身子尾巴搭在鼻子上。

我听到洛厄尔说我永远都没法闭嘴。我听到他说是我逼着爸爸妈妈做出的选择。

脑中闪过的那只猫很像爸爸开车轧死的那一只，只不过这只猫正在睡觉。不是这只猫，脑袋深处传来一个声音，这句话的每个音都发得很重。不是这只猫。

我从来不知道我能这么清楚地听到大脑深处的声音，听起来不像我的声音。那么到底是谁在我的双耳间开小丑车？她不跟我说话的时候又在做什么呢？这是什么弯路？什么恶行？我正在听呢，我跟她说，但声音并不大，因为我怕有人在监视我。她并没有回答。

审讯室的墙外传来一阵很小的噪音。头顶上的灯跟我第一次来的时候一样，还是那种惹人讨厌的荧光灯。我用这段时间考虑下一个人开门进来的时候我该说什么：要回我的外套，要些吃的，我早上没吃早餐，要求给爸爸妈妈打电话。可怜的爸爸妈妈，他们的三个孩子都被关起来了，他们的运气太差了！

我会再次要求找一个律师。可能这是我们都在等待的，等律师的到来，尽管没人表示过会给我找一个律师。我发现那只球潮虫正在小心翼翼地伸直身体。

那个带我去洗手间的女人又进来了。她带进来一个纸盘，上面有一个金枪鱼三明治和一些薯条。三明治很扁，就像有人把它当纪念品夹进了书页里。薯条边上都是青色的，不过这可能是光线问题。

她问我要不要再去一次洗手间，其实我不太想去，但这似乎是能出去走走的唯一方法了，这是一件可以打发时间的事。回来之后我吃了一些三明治，手上有一股金枪鱼的味道，我不喜欢闻这股味道，闻起来像猫粮。

我问了脑中那个声音另一个问题——到底是哪只猫？脑中又闪过一个画面。这次是小时候在农场周围经常见到的那只眼睛颜色跟月亮颜色一样的流浪猫。冬天妈妈会给她留一些食物，还试过好几次设陷阱把她抓住给她切除卵巢，但那只猫很狡猾，妈妈也很忙。自从她给我们读过有着诱人插图的《无敌小猫》后，我就很想养一只猫。但我们从没养过猫，因为家里总会有各种实验鼠。“猫是杀手，”爸爸说，“它们是仅有的几种为了乐趣而杀生的动物，它们会玩弄它们的食物。”

我变得越来越激动。猫害怕的时候全身的毛都会竖起来，这样它们就会显得更大。黑猩猩也是这样。人类版本的“竖毛”是鸡皮疙瘩，我现在全身已经起满鸡皮疙瘩了。

我看到了《无敌小猫》里最后一只小猫的插图，就是那对老夫妻养的猫。我看到了费恩，她和妈妈一起坐在大椅子上，手放在书页上，手指伸开又卷起，好像她能把照片里的东西拎下来一样。“费恩想要一只小猫。”我告诉妈妈。

那只眼睛颜色跟月亮颜色一样的流浪猫生过小猫，生了三只。我是在一天下午发现的。那天它们正躺在小溪边一个被阳光照耀、长满青苔的书架上，猫妈妈正在给宝宝们喂奶。小宝宝们把自己的小爪子放在猫妈妈的肚子上，把奶往自己嘴里挤。两只猫是白色的，长得一样。猫妈妈抬起头看着我们，但并没有动。她很少让我离她那么近。但这时母性的作用让她镇静了下来。

这些猫宝宝不是刚生下来的。它们已经可以跑了，正好是最可爱的时候。我一下子特别想要一只。我知道我不应该打扰它们的，但我却抓住了不一样的那只，那是一只灰色的小猫，我把它翻过来看它的性别。它大声抗议着。透过它的牙齿和舌头，我可以看到它粉红色的喉咙。我可以闻到它身上的奶香味。它身上的一切都又小又完美。它的妈妈想让它回来，但我也想要它。我想要是我发现它没有妈妈，它是一个孤儿，那么我们就可以养它了。

再回到审讯室，我全身都在颤抖。“里面太冷了，”我大声说，也许有人在外面监视我，我并不想让外面的人太高兴，“能给我拿一件外套吗？”

事实上，我不是因为被关在冰冷空旷的房间里才发抖的。不是因为那个把我带来的警官浑身散发出一种《非常嫌疑犯》里面凯泽的味道，不是因为他知道费恩和我，不是因为他抓住了洛厄尔。我发抖是因为脑子中想的那件事情和接下来可能会发生的事情。我完全沉浸在了那件之前从来不记得的事情中。

西格蒙德·弗洛伊德曾经表示过人类小时候根本没有记忆。我们有的只是之后产生的虚假记忆，这种记忆跟后来的经历相关，而不是跟原来发生的事相关。有时候当我们的记忆涉及强烈的情感时，一种保留了之前记忆所有强度的新记忆就会出现并取代之前的记忆，随后之前的记忆就会被丢弃并遗忘。屏蔽记忆就是通过回忆一件与之有关系但不太痛苦的事来屏蔽一件回忆起来非常痛苦的事。

爸爸总是说西格蒙德·弗洛伊德是个聪明人，但却不是科学家，而这两种认知之间的混淆已经造成了数不清的伤害。所以当我认为脑中一段从来没发生过的记忆是屏蔽记忆的时候，我其实是很伤心的。这对爸爸十分残忍，可爸爸本不该承受这份残忍，这种残忍是弗洛伊德式分析给他的侮辱以及认为爸爸毫无理由地杀死了一只猫对爸爸带来的伤害。

你应该记得五岁的时候，在费恩消失的那段日子里，我待在印第安纳波利斯的爷爷奶奶家。现在我要告诉你当时到底发生了什么。我已经告诉你之后发生的事情了。

这些，我相信，就是那之前发生的事情。只有一点值得注意——在我脑中，这段记忆跟替换掉它的那段记忆都非常真实生动。

6

费恩和我在小溪边玩耍。她站在我头顶的一根树枝上，在上面蹦蹦跳跳。她穿着一条格子毛呢褶皱裙。这条裙子前面需要加一个大别针来固定，但费恩没加别针，所以它像翅膀一样绕在她的腿上。除了这条裙子，她没穿其他的衣服。她的如厕训练有进步，她已经好几个月没穿过尿布了。

她往下跳的时候，我不时跳起来碰到她的脚。这就是我们正在玩的游戏——她往下压树枝，我往上跳。要是碰到她的脚的话，我就赢了。要是没碰到，她就赢了。我们并没有计分，但都玩得很高兴，我们肯定是打成了平手。

但一会儿她就玩够了，爬到了我够不到的地方。她怎么都不下来，只是哈哈大笑朝我扔树枝树叶，我跟她说我一点都不在意。我故意往小溪边走，就像我在那儿有什么重要的事情要做一样，尽管那个时节早就没法捉蝌蚪了，而捉萤火虫天色还早。我在小溪边的石头那里看到了那只猫和她的宝宝。

我把灰色的猫宝宝带走了，虽然猫妈妈在身后声嘶力竭，我也没有还回去。我把猫宝宝带到费恩跟前。这就是在跟费恩炫耀。我知道费恩肯定很想要这只小猫，但这只猫的主人是我不是她。

她立刻就从树上跳了下来，朝我比画着，让我把猫给她。我跟她说猫是我的，但我可以让她抱一会儿。那只有着跟月亮颜色一样的眼睛的猫在我旁边总是很活泼，但她从来不敢靠近费恩。即使是沉浸在刚当妈妈的喜悦中，她也绝对不会同意费恩拿走她的宝宝。费恩能碰到猫宝宝的唯一方法就是我拿给她。

猫宝宝一直在喵喵叫。猫妈妈赶过来了，我听到另外两只黑色的猫宝宝在不远的小溪边大声叫着。她全身毛发都竖起来了，费恩也是。接下来的一切发生得很快。猫妈妈呜呜地低咽着。费恩手上拿着的灰色小猫也在大声哭着。猫妈妈用爪子抓住费恩。费恩一把就将手里那个可爱的小生命扔到旁边的树干上。小猫就这么被费恩决绝地扔出去了，嘴巴还是张着的。接着费恩就用爪子把它撕开，就像打开钱包一样。

记忆里我亲眼看到费恩把小猫扔出去了，我还听到洛厄尔在说这个世界为什么会无休止地折磨动物。两只黑色的猫宝宝还在不远处哭着。

我歇斯底里地往家跑去，想把妈妈找来解决这个问题，让她把猫宝宝治好，但一回头就直接撞上了洛厄尔，我被他撞倒在地上，膝盖都被划破了。我试着告诉他发生的一切，但我说得结结巴巴，他就把手放在我的肩膀上，试图让我冷静下来，然后让我带他去找费恩。

费恩已经不在刚才的地方了。她蹲在小溪边，手是湿的。那些猫，不管是活着的还是死了的，都不见了。

费恩跳起来，抓住洛厄尔的脚踝，在他的双腿间滑稽地翻筋斗，一下子露出了她斑斑点点的屁股，下一秒她的裙子又落下来盖住了。她胳膊的毛上沾着毛刺。我指着毛刺对洛厄尔说："她把小猫藏在了荆棘丛里，要不就是扔进了河里。我们得赶紧找到那只小猫。我们得带它去看医生。"

"那只小猫在哪儿？"洛厄尔双手抓住费恩大声问道，但费恩并没理他，反倒是坐在他的脚趾上，用胳膊抱住他的腿。她喜欢这么坐在洛厄尔脚上让洛厄尔带着她走。我也可以这么坐在爸爸脚上，但在洛厄尔脚上我就显得太大了。

洛厄尔带费恩走了几步，费恩就跟以前一样开心地跳到树上了。她抓住一根树枝，摇来摇去，还把树枝压到地面上。"来追我，"她朝我比画，"来追我。"她演得不赖，但还没到影后级别。她知道她做错了事，现在只是在假装而已。洛厄尔怎么就看不出来呢？

洛厄尔坐在地上，费恩也来了，把下巴放到他的肩膀上朝他的耳朵吹气。"她可能是不小心伤到那只猫的，"洛厄尔说，"她不知道她的劲儿有多大。"

这就是他在给我找个台阶下。洛厄尔不相信我。洛厄尔相信的是，洛厄尔一直以来相信的都是：一切都是我编的，我那么做就是想给费恩找麻烦。根本就没有小猫受伤。一切都安好。

我仔细搜寻了豚草、马齿苋、蒲公英和龙葵地，我仔细搜寻了小溪里的每块石头，洛厄尔连帮都不帮我。费恩从洛厄尔肩膀后面看着我，琥珀色的大眼睛闪闪发光，可我却觉得她流露的是幸灾乐祸的眼神。

我觉得费恩看起来很可疑。而洛厄尔却觉得我很可疑。他是对的。是我把小猫从猫妈妈身边抱走的。是我把小猫给费恩的。这一切是我的错。但这绝不是我一个人的错。

我不能怪洛厄尔。那时候才五岁的我已经很会编故事了。但我编故事只是想逗大家开心而已。我只是会给一个本来很无聊的故事添油加醋，我是绝不会直接撒谎的。可他们却经常把这两者混为一谈。喊狼来了的小女孩，爸爸之前这么叫过我。

我越找，洛厄尔就越生气。“别告诉别人，”他说，“听到了吗，露丝？我说真的。你要是说了，会给费恩惹麻烦的，我也会恨你。我会恨你一辈子。我会告诉所有人你是个骗子。答应我你一个字也不会说。”

我真的是打算保守这个秘密的。因为我被洛厄尔会恨我一辈子这个诅咒吓坏了。

但我天生就不会保守秘密。这也是费恩可以做到而我做不到的事情之一。

几天之后，我想进门费恩却不让我进去。这又是一场她的游戏，一场简单的游戏。尽管她体型比我小，但她跑得比我快，力气也比我大。我一从她身边走过，她就伸出手来抓住我，把我扯回去，力气很大，我觉得肩膀都快脱臼了。她却开心地哈哈大笑。

我哭了，大喊着叫妈妈。费恩轻轻松松就能赢过我，让我又气又不甘心地哭。我告诉妈妈费恩把我弄伤了，不过这是常有的事，而且我伤得也不重，所以没什么大不了的。孩子们在一起就是又打又闹，直到有人受伤；这是家人相处的方式。妈妈们都会告诉自己的孩子，孩子之间相互打闹受伤很正常，而且一般遇到这种情况时妈妈们都会很生气，而不是关心孩子们的伤势。

但我接下来却说我害怕费恩。

“你怎么会害怕费恩呢？”妈妈问我。

然后我就把小猫的事情告诉了妈妈。

然后我就被送到了爷爷奶奶家。

然后费恩就被送走了。

7

回到审讯室，这段记忆就像让我经历了一场暴雨。那天下午我并没有把事情全都记起，没有我现在说的这么详细。但我把主要的部分都记起来了，奇怪的是，想起这段记忆后我就不哭也不发抖了。我不饿也不冷，不需要律师，不需要洗澡也不需要吃三明治。相反，我的意识异常清醒。我再也不能活在过去了，我必须活在现在。我开始冷静下来专心思考，洛厄尔需要我，其他事情都得靠边站。

我想说话。

我捡起那只球潮虫，它的身体又紧紧地缩在了一起，缩成了一个球，就像安迪·高兹沃斯手下的艺术品。我把它放在审讯室桌子上我吃剩下的金枪鱼旁边，因为我觉得最后我被放出去的时候洛厄尔不会想让我把虫子留在那里。这对虫子来说算是双倍福利了。这里不是任何生物的家。

我的计划就是对警察讲我去奶奶家的故事——讲爷爷奶奶和

他们看的肥皂剧，讲蹦床和小蓝房子里的男人还有那个被捆得像火鸡一样的女人——就只是用更大的词讲而已。摹仿、叙事、叙事过度——我将不只讲述这个故事，还会添上我自己的评论。我将仔细剖析这个故事。而且我会在每次警察问完问题我装作要回答的时候讲这些故事，让警察以为我马上就要说实话了，马上就要讲到重点了。我的计划是一种邪恶的顺从。

对这一套我早就见过无数遍了。小时候洛厄尔可是个绝地大师。

但那个审问我的警官再也没出现过。靠！他就跟魔鬼一样消失得无影无踪了。

反倒是来了一个无精打采的女人，她的屁股很大，她跟我说我可以走了，对一个十恶不赦的罪犯可不能这么做。我跟着她走出大厅，走进外面的深夜里。我看到头顶上有飞机正朝着萨克拉门托机场飞去。我跪下来把那只小虫子放到草地上。我被关了大约八个小时。

吉米、托德和托德的妈妈都在等我。他们告诉我洛厄尔没有被抓。

是其他人被抓了。

前一天晚上，因为这学期结束了，我想早点睡觉以示庆祝，与此同时，以斯拉·梅茨格闯进了加州大学戴维斯分校的灵长类动物研究中心。他当场就被抓住了，他要撬锁、切断电源、重排电路信号，这些工具不在他手上拿着就在他腰上挂着，声音很大。他被抓之前已经成功打开了八个笼子。在之后的报纸上，匿名工作人员描述称猴子因为人类的突然入侵而受到了精神创伤。另一个不愿透露姓名的人说，猴子们叫得很惨烈，最后只能给他们注射镇静剂。这则新闻最让人心痛的地方就是：大多数猴子都不愿意离开笼子。

一名女共犯仍在潜逃。她开走了以斯拉的车，不然以斯拉也可能成功逃走。

不，不可能。这名女共犯太无情了。

1996年，加州大学戴维斯分校刚刚成立了比较医学研究中心，并将该中心作为沟通医学院和兽医学院的桥梁，这样就可以将所有需要在动物身上做的传染性疾病研究合并在一起。灵长类动物研究中心就是这里面很重要的一部分。该中心自成立以来，就致力于研究疾病控制，具体有瘟疫、猿猴免疫缺损病毒、库鲁病以及其他人兽共患病，比如猴子传染给人的马尔堡病毒。两名苏联实验室研究人员分别感染了马尔堡病毒的事例在当时的影响还很大。理查德·普莱斯顿的畅销书《高危地带》仍然印在我们的脑海里。

报纸上从来没报道过这些实验室，连提都没提过。以斯拉的预审悄悄地开始了，他们认为以斯拉并不是在恶作剧，以斯拉可能会带来他自己都想象不到的危险。

七年后，也就是2003年，加州大学戴维斯分校竞标建一座生物防卫实验室，实验过程中猴子会被注射炭疽、天花和埃博拉病毒，但当时在工作人员给一只猕猴清洗笼子的时候，那只猕猴逃跑了，消失得无影无踪。加州大学戴维斯分校因此在竞标中失败了。

现在人们认为戴维斯分校的灵长类动物实验室在研究和治疗免疫缺损病毒、阿兹海默症、孤独症和帕金森症上取得了巨大成就。没人认为这些成就是可以轻而易举取得的。

以下四件事使我免受牢狱之灾。

第一件，托德和吉米向法官担保他们知道昨天晚上我在哪里。他们跟警察说昨天我很早就上床睡觉了，但他们因为学期结束决定通宵看经典电影来提前感受圣诞气氛。他们租了《惊魂记》《恶意僵尸》《异教徒》《嘉利》《第三十四街的奇迹》。他们一部一部地看，大多数时间都待在客厅的沙发上，偶尔去厨房拿点爆米花。所以要是我出去的话他们不可能看不到。除非我是蜘蛛侠，吉米跟警察这么说。

“我说的是人猿泰山，”托德说，“但是蜘蛛侠也可以。”

除非我是费恩，我当时是这么想的，但我并没说出来，尽管我觉得现在每个人都知道费恩了。但这只是我基于错误信念的推测。我实在是低估了警察保守秘密的能力。

事实上，我觉得不是每个人都相信第一件事。只要把我跟洛厄尔联系在一起，警察们就会确定他们找对了人。警察早就把我们看成了同伙，我们当然会互相掩护。因为三楼住了一群小混混，他们秘密监视我们的公寓已经有一段时间了。

第二件，是关于托德妈妈的。在被审问之前，托德已经给他妈妈打了电话。托德的妈妈是旧金山有名的民权律师，我应该早点提到这一点。他妈妈就是女版的威廉·肯斯特勒，只是肯斯特勒没有他妈妈那么和蔼。想象一下威廉·肯斯特勒是一个娇小的女子，还是移美日裔二代。他妈妈是乘直升机来的，一来就气势汹汹地跟警察谈判，谈判内容包括我、托德和吉米。等我从里面出来的时候，她已经坐在一辆租来的豪车上等着接我们去吃晚餐了。

第三件，是关于哈露的。倒不是哈露本人，现在没人知道哈露在哪儿，但是托德和吉米说他们肯定警察要找的女士就是哈露·菲尔丁。警察去找雷哲谈过，但雷哲说他什么都不知道，什么都没看过，什么都没听过，不过这听起来很像哈露的作风，令男生俯首称臣，直到他们为她而进监狱。

但雷哲却补充道，这听起来不像我的行事作风。他人真好，而且我知道他也确实觉得我是个乖孩子。可是他不知道费恩已经因为我坐了好几年监狱了。

以斯拉也告诉警察那个人是哈露。我很想知道他现在是在演哪部电影。《铁窗喋血》？《肖申克的救赎》？《监狱宝贝蛋》？我也很好奇他怎么这么轻易就供出了哈露，但我从来没想过他这么做是为了保护我，直到后来托德提到这个。并不是以斯拉更喜欢我，因为他绝对不可能更喜欢我。而是因为他是个诚实的人。要是能阻止的话，他不想让我因为我没做过的事情而被捕入狱。

第四件，警察没读过我“宗教与暴力”课的课程论文。

托德的妈妈带我们出去吃饭，不是在戴维斯吃的，戴维斯没有什么餐馆入得了她的眼。我们去了萨克拉门托老城，那里有鹅卵石铺的路和木制人行道。那晚我们是在消防站餐厅吃的饭，托德的妈妈催我选一只龙虾来庆祝我幸免于难，但我得把手伸进水箱里抓龙虾，所以我还是拒绝了。因为当那号龙虾放到我的盘里时，我会觉得那是一只球潮虫。

她跟我说，就算是我跟警察保证了不会离开，但明天我还是可以回家过圣诞，所以第二天我真的回家了。

我谢了她很多次。“不用，”她说，“托德的朋友就是我的朋友。”

“你知道我妈是在瞎扯，对吧？”托德之后问我，有那么一瞬间我以为他指的是我们是朋友这件事。显然不是，他指的是他妈妈盛气凌人而且不分对象。我知道对一个妈妈来说有时候这不是什么好品质，但这次除外。我觉得我们有时候可以抱怨父母，但有时候更要感恩父母，把两者混为一谈很不明智。我在脑中默默告诫自己以后自己也要这样做，但过一会儿就忘了。

几周后，我问托德我们是不是朋友。“露丝！我们已经做了好几年朋友了。”他说，听起来像是被我伤到了。

那辆豪车把我们送回公寓后，就带着托德的妈妈消失在夜色中了。三楼早就吵翻了天。音乐声震耳欲聋，最后肯定会有人打电话报警。他们把课堂笔记撕碎了当成五彩纸屑扔到了院子里，过道上还放着一张办公椅，椅子的轮子还在转。开门时迎接我们的是一堆装满水的安全套。住在无人管理的公寓里就是这个样子，我们必须得习惯。

我们围着桌子坐下，在外面喧闹的海洋里，这里就是一个忧伤的小岛。我们喝着托德的萨德沃啤酒，感叹着以斯拉的命运，他之前还曾想过加入中央情报局，但他首次（我们所知的首次）突击解救一只猴子的行动就没有成果。没人提到费恩，然后我终于明白了他们还不知道费恩。但他们却知道洛厄尔，一想到他们竟然让危险分子在公寓里待了一夜就很兴奋。他们也觉得我很棒，竟然有这么隐秘的生活。他们觉得我的生活非常有深度，他们绝对猜不到。

托德为之前觉得洛厄尔只是哈露的玩偶而向我道歉，事实正相反，哈露才是洛厄尔的玩偶。“你哥哥肯定把她招入组织了，”他说，“她现在就是组织中的一员——”我从来没这么想过，一听到托德这句话就很不喜欢这种说法。总之，我觉得不太可能。哈露的心都碎了。我见过演戏的哈露，我也见过真实的哈露，我能分清两者的区别。

之后我们又看了一遍《第三十四号街的奇迹》，托德和吉米坦白说实际上他们那晚基本上都是睡过去的，我可以在他们不知道的时候随便进出。

《第三十四号街的奇迹》是一部赞扬律师的电影，但批判了心理学家。

即使洛厄尔没鼓动哈露进戴维斯实验室，但他仍是哈露这么做的原因。彻底了解我们家是一件很危险的事，但不是托德想象的那种危险。很明显，哈露试着用洛厄尔留下的唯一线索去找他——他的导航路径记录。我很好奇她有没有成功。但我不敢赌她没成功。

其实她不是洛厄尔喜欢的类型，那只不过是她装出来的而已。要是她真想要洛厄尔，那么现在就必须踏踏实实。不再学戏剧专业，也不再说些“大家朝我看”之类的废话。但我觉得也许她能做到。我觉得他们在一起可能会很幸福。

那天深夜我打开卧室门，闻到了哈露身上香草古龙水的味道，然后我径直走向那个粉蓝色的行李箱。不出所料，德法热夫人不见了。

第六章

很快我就意识到我有两个选择：去动物园或者音乐厅。我毫不犹豫地做出选择，心想我要拼尽全力去音乐厅，那才是出口，而动物园不过是一处新装栅栏的笼子，一旦进去，就会迷失。

——卡夫卡，《致科学院报告》

1

费恩走后的几年里，我们一家人渐渐养成了圣诞节旅游的习惯。我们去过两次约塞米蒂国家公园，一次巴亚尔塔港，一次温哥华；一次伦敦，在那里我第一次吃腌鱼；一次罗马，爸爸妈妈在罗马竞技场外面从小贩那里给我买了一个上面刻着年轻小女孩的浮雕，因为那个小贩说这个小女孩跟我很像，我们都是小美人。印第安纳大学教德国文学的雷马克博士很会做手工活，我们回家的时候他帮我把浮雕做成了戒指，每次戴这枚戒指的时候，我都会想到小美人。

我们从不信教，所以圣诞节对我们来说并没有什么宗教意义。但洛厄尔走后，我们几乎再也不过圣诞节了。

1996年年末，当我终于回到布鲁明顿后，圣诞节的唯一标志就是一小盆被修剪成圣诞树形状的迷迭香，被放在前门旁边的桌上，一进门就能闻到香味。但是门外并没有花环，迷迭香上也没有任何装饰。我决定圣诞节之前不告诉爸爸妈妈我见过洛厄尔。家里一点过节的气氛也没有，我知道他们对圣诞节还是比较抵触，妈妈的情绪还是很不稳定。

那年圣诞节没下雪。25号下午我们开车回到印第安纳波利斯跟爷爷奶奶一起吃晚饭。爷爷家的饭一直都是湿湿潮潮的。土豆泥里有水，青豆也是软趴趴的。盘子里堆着一堆不明物体，上面淋着黑棕色的肉汁。爸爸一直在喝酒。

印象里，那年印第安纳波利斯小马队被选为美联社全明星队，爸爸在为此庆祝。一般情况下印第安纳波利斯都没份参选全明星队。爸爸本想跟爷爷一起庆祝，但爷爷乔已经在桌上睡着了，嘟嘟囔囔说着梦话，就像被施了魔咒一样。现在想想，那就是阿兹海默症的前兆，但那时候我们并不知道，还觉得爷爷很搞笑。

那天我的大姨妈到访，肚子一直不舒服，正好给了我一个借口躺在床上，那张床就是费恩被送走的那个夏天我睡过的床。当然，我没说我正在流血，而是表达得非常含蓄，爷爷没搞懂，奶奶只好轻声跟他解释。

墙上还挂着那块格子布，但是床换了新的铁床架，歪歪曲曲一直延伸到床头板，像常青藤树叶一样。奶奶不再迷恋假亚洲货了，而这间卧室就变成了陶器间。

当年我就是在这间房子里每日每夜地想我就是那个嘴里吐癞蛤蟆和蛇的姐姐，我就是那个被赶走最后孤独痛苦地死去的姐姐。当年我就是在这间房子里发现洛厄尔告诉所有人我是个大骗子，因为洛厄尔从来不说谎，所以大家都相信他。就是在这间房子里我成了让费恩失去美好生活的恶魔。

那个费恩和猫的故事很恐怖。如果这个故事是我编的，那我就绝对不能被原谅。

是我编的吗?

我把床头灯关上，脸朝着窗户躺在床上。街对面邻居家的圣诞灯从房顶上吊下来，像一根冰柱，给房间里带来了一丝光亮。我想到了阿比，大一时候的舍友，一天晚上阿比跟我们透露她姐姐说她们的爸爸骚扰过她，之后却矢口否认，说这只是她的梦。“但这个疯姐姐却大肆宣扬，把一切都毁了，”阿比说，“我恨她。”

洛厄尔也说过，“你要是敢告诉别人，我会恨你一辈子。”

大一那个晚上我觉得这是很公平的。恨一个撒了弥天大谎的人是很公平的。

所以回到五岁的时候，洛厄尔恨我也是很公平的。我答应过他我不会告诉任何人，但我没能遵守约定。又不是我没被洛厄尔警告过。

我们的大衣都堆在被子上。我拿起妈妈的大衣盖在脚上。我小的时候，妈妈习惯用一种叫“佛罗里达之水”的淡香水。她现在用的香水我一点也不熟悉，爸爸妈妈现在住的样板房我也一点不熟悉。但这个房间的味道还跟五岁的时候一模一样——一股发霉的饼干味。

我们都相信在事情发生的地方最能唤醒关于这件事的记忆。就像我们自以为知道的其他事一样，但事实上我们早已忘却了。

不过现在仍然是1996年。我在脑中试着回想五岁的时候，试着感受五岁那年在我自以为被流放的又一天结束的时候，躺在这间卧室里的这张床上我是怎么想的。

首先我感受到的是没能守住承诺的内疚。接着是永远失去洛厄尔的爱的绝望。然后是被爸爸妈妈送走的绝望。

更内疚的是，我从猫妈妈那里把小猫抢过来，猫妈妈拼命呼喊，而我仍然把小猫给了费恩。更更内疚的是，我告发费恩的时候故意省略了这个部分，假装一切都是费恩做的。不管我和费恩做什么，我们几乎都是一起做的，我们都是一起挨批的。这也是让我们骄傲的事。

但之后我却被愤怒冲昏了头。可能我应该受到批评，但我没有杀死小猫。猫是费恩杀的。他们不相信我，惩罚我是不公平的。小孩子和黑猩猩一样，对不公平的行为都非常敏感，尤其是当我们是受到不公平对待的一方的时候。

也许我没有把真相都说出来。但要是撒谎的话，我不可能感到那么伤心。

我躺在床上，脚上盖着妈妈的外套，听到外面传来的各种声音，做饭的声音、讨论体育运动的声音、每次节日聚会妈妈都会和奶奶讨论爸爸酗酒的声音、电视上重播的年轻骨感的弗兰克·西纳特拉唱颂歌的声音。我强迫自己回顾那段恐怖的记忆。我想看看那段记忆里有没有什么破绽。我看到自己在看我自己，之后神奇的事情发生了。我发现我知道了我到底是谁。

尽管我脑子中的屏蔽记忆仍然十分清晰，正试图用高效、有针对性的数学逻辑替换掉完整的记忆，尽管一些研究证明性格并不能决定行动，尽管从你的角度来看我可能是一个被外星人操纵的无脑机器人，但我知道那只猫的故事并不是我编出来的。我之所以知道是因为我就是这样的人，我绝对不会做出那样的事情。

之后我就睡着了。要在以前，爸爸妈妈会悄悄把我抱到车上，然后开车回布鲁明顿，再把我抱进卧室，一路上都不会吵醒我。这就像是个圣诞奇迹，第二天早上睁开眼时，我会待在家里，洛厄尔和费恩也在。

我本来打算那天晚上告诉爸爸妈妈洛厄尔的事情。在经历了这一番痛苦的灵魂式搜索之后——我猜或许我并不需要坦白——在车上的时间正是坦白的好时机。但爸爸喝醉了，系上安全带后就倒头大睡。

第二天就没有了合适的机会。我忘了为什么，应该跟妈妈的情绪有关。之后我的成绩到了，刚好可以借此转移注意力，但好像并没有起到什么作用。所以等到还有几天就要走的时候，我才把一切都告诉了他们。我们当时正坐在餐桌旁，阳光透过后院露天平台上的法式门窗洒进来。不过后院的树形成了天然的屏障，阳光几乎没有照进房间里。偶尔阳光照进来的时候，我们就趁机晒晒太阳。我们能看到的动物只有饲鸟具上一群很乖的麻雀。

我早就提过洛厄尔的到访了，这里就不再重复，我会讲一些之前没讲的东西：哈露、以斯拉、加州大学灵长类动物研究中心、两次进监狱、吸毒、酗酒、肆意破坏。我当时就想父母对这些事情都不感兴趣。所以我就从故事中间开始讲起又在故事中间结束了。我主要讲的就是我和洛厄尔在贝克广场聊天吃派的那个夜晚。

关于那一夜的事情，我的讲述很详细。我没隐瞒我对洛厄尔精神状况的担心，也没隐瞒他对爸爸的研究的不满和他对虐待动物行为的批判。这次对话对爸爸很残忍。因为当我讲到费恩的时候，我们没法再忽略费恩现在不在也永远不会再在农场里住的事实，她离开了我们家，等待她的是一辈子的痛苦和囚禁。我不记得我当时具体是怎么描述的了，但爸爸指责我不应该揪住这一点不放。“你当时只有五岁，我该怎么跟你说呢？”就好像这件事情的罪恶根源是他当年编造的那个故事一样。

当他们听到洛厄尔本来很想去读大学的时候，他们立刻就垮了。洛厄尔很想回家这件事是他们想都不敢想的，他们需要时间来消化这件事，所以其他事情都得过会儿再说。餐桌上洒满了眼泪。妈妈把她用过的卫生纸撕成了碎片，用最大的一片擦鼻子抹眼泪。

他们也跟我说了一件让我觉得不可思议的事。我一直以为我是那个掌握新信息的人。让我最震惊的是，爸爸妈妈都坚持认为我是他们再也不提费恩的原因，我是没法接受这件事的人。他们说每次我一听到费恩的名字就会发疯，抓自己一直抓到流血，把头发一根根连根拔起。在这一点上他们的意见很统一：多年来他们一直试着跟我谈费恩，但我却不让任何一个人提到她。

之前有一次吃晚饭的时候，洛厄尔说费恩爱爆米花，也爱我们，另一次吃晚饭的时候，洛厄尔因为妈妈没有准备好谈费恩而离家出走——爸爸妈妈跟我理解的竟然是不一样的。他们说我才是那个哭着让他们闭嘴的人。每次一提到费恩我就会说他们提到费恩让我很伤心，然后就大哭大闹，直到所有人都不说话，直到洛厄尔离家出走。

爸爸妈妈这么说，让我之前的很多记忆都变得不准确。我不再去想这件事，但这是因为事实自证制度的存在，而不是因为我相信了他们的说法。

除了我所谓的疯狂，爸爸妈妈在知道我因为费恩离开而责备我自己的时候，也很吃惊。他们说尽管当时我指控费恩让他们很头痛，但没有父母会因为孩子杀了小动物而把孩子抛弃。费恩被送走不是因为那只小猫。那只小猫只会像洛厄尔说的那样给费恩带来麻烦，但他们会努力让费恩不碰小动物，而不是把费恩送走。

费恩被送走是因为其他事情，爸爸妈妈发誓说我知道这些事，甚至还亲眼见过，但我真的一点印象都没有了。维维舅妈指责费恩靠在堂弟皮特的婴儿车上，用嘴咬他的耳朵，她还说要是这个畜生还在这里，她就再也不来我们家了。这让妈妈很伤心，但爸爸却觉得这没什么。

一个研究生的手被费恩狠狠地咬了。当时他手里拿着一个橙子，费恩可能只是想咬橙子。但那个研究生伤势很重，需要两个外科医生给他治疗，最后研究生把学校告上了法庭。费恩一向都不喜欢他。

还有一次，费恩把艾米扔到了几尺远的墙上。费恩很喜欢艾米。费恩扔艾米之前一点征兆都没有，艾米也坚持认为这只是意外，但其他学生说费恩看起来不像是开玩笑或不小心，虽然他们也说不清费恩为什么这么做。雪莉目睹了艾米被扔的过程，之后离开了，不再做这个项目，但艾米却留下来了。

费恩仍然是个可人的小女孩。但她越长越大，慢慢变得很难控制。“我们不能再任由费恩这样下去了，这样很有可能发生更严重的事。”爸爸说，“要是费恩真的伤到人，对费恩和其他人都不好，学校也会把她送走。我们当时已经尽了最大的努力，想把每个人都照顾好。亲爱的，我们别无选择。”

“不是因为你，”妈妈说，“跟你一点关系都没有。”

我还是没有被完全说服。接下来几天我们讨论这个问题的时候，我发现虽然在小猫的问题上我将自己无罪释放，但又给自己加了另外一项罪名。我告诉妈妈费恩杀死了小猫，我没有撒谎，费恩也没有因为这个被送走，我不应该为说了这件事而内疚。

但我却并没有得到解脱。我从没想过费恩会故意伤害我。我也没想过费恩会故意伤害洛厄尔或爸爸妈妈。但她冷酷无情地盯着那只被她摔死的小猫时的样子，她用手指把小猫的胃撕开时的样子着实把我吓到了。所以当时我应该这么对妈妈说，我应该这么说的——

费恩身上藏着我不知道的东西。

我并没有我以为的那样了解费恩。

费恩有秘密，不是好秘密。

我没有这么说，而是说我怕她。这是我撒的谎，就是这个谎话把她送走了。就是在这一瞬间，我让爸爸妈妈在我们两个中间选择一个。

2

每个人的生命中都有人出现有人离开，还有人被不情愿地带走。

托德的妈妈给以斯拉做辩护。法官拒绝将开门和关门看作是同一回事。以斯拉认罪，被判在瓦列霍的最低设防监狱关八个月。托德的妈妈说如果他表现得好只需要关五个月。以斯拉丢了工作，他很看重这份工作。他不可能进中央情报局了（也不一定，我又知道什么呢？有可能这正好是进中央情报局的敲门砖呢）。之后我再也没见过像以斯拉这么认真的公寓管理员。“美好生活的秘密，”他曾经跟我说过，“就是认真对待生命中的每件事。即使你的工作只是倒垃圾，你也要做得完美。”

探视日的时候我去看他了，那是圣诞节之后，那时他已经被关了一个月。警察把他带出来，他穿着橙色的囚服，我们坐在一张桌子的两边，要是在其他场合下，我就会把这张桌子叫成野餐桌。警察警告我们不能接触，然后就离开了。以斯拉的胡子被剃掉了，嘴唇上面的胡子像是用创可贴连根拔掉的。他的脸看起来很消瘦，牙齿像野兔的一样大。他的情绪明显不好。我问他最近怎么样。

“再也不能像过去一样傻笑了。”他说，这反倒让我觉得放心了。还是原来的以斯拉，还是在说《黑色通缉令》的台词。

他问我有没有哈露的消息。

“她的父母从弗雷斯诺市过来找过她，”我说，“但没有找到，谁也没见过她。”

之前我跟洛厄尔说哈露从来没讲过她的家庭，几天后她就跟我说了如下信息：她有三个弟弟，两个姐姐。准确来说，都是同母异父。

她说她妈妈很喜欢怀孕，但却不喜欢维持长期伴侣关系。她是一个嬉皮士类型的女人。哈露的兄弟姐妹都有不同的爸爸，他们所有人都跟妈妈一起住在城郊的危房里。又添了两个孩子之后，他们的房间显然不够用了，所以一些孩子的爸爸就把地下室改成了混合卧室，孩子们在里面过着没人管束的彼得·潘似的生活。哈露已经有好几年没见过她的爸爸了，但他在草谷市开了一家小剧院，哈露毕业后就可以去那里工作。她说他是她最后的王牌。

哈露说的地下室和我一直以来幻想的树屋有很多相似之处。这着实让我很惊讶，不同的是你要往下走才能到哈露的世外桃源。（这点不同很重要——最新研究表明，人类如果经常往上走就会变得更有条理，而如果经常往下走则不会——如果这类研究不是一堆废话的话。我的意思是到处都是科学。但当人类是研究主体时，这些科学理论基本上都不成立。）

地下室和树屋还有一个相同点：都是假的。

事实上哈露是独生女。她爸爸是太平洋煤电公司的读表员，这份工作很危险，因为经常会遇到恶狗。她妈妈在当地图书馆工作。在我的世界里，图书管理员做的是最无忧无虑的工作。即使偶尔会生气，也会在你把书借走后烟消云散。

她的父母很高，但都有点驼背，驼背的姿势都是一样的，好像被人打了一拳。她妈妈有哈露一样的头发，但比哈露的短。她脖子上围着丝巾，戴着一条银项链，上面挂着一个埃及灵符。我只认识鸟的象形文字。我能想象她为了来跟警察谈话，来见我和雷哲而精心打扮了一番。我想象她站在衣柜前，决定要穿什么衣服去见孩子的朋友，跟他们打听孩子的消息，尽管孩子可能已经让她伤透了心。她让我想起了我的母亲，尽管她们之间除了都伤心之外没有其他相似之处。

哈露的父母担心哈露被绑架了，他们想不到其他可能，因为明知他们会担心却不给他们打电话不像是她的作风。他们两个就像棕色的玻璃一样脆弱，害怕她可能死掉。他们并没有挑破这层意思，只是一直在暗示我，暗示可能是以斯拉指控了她，用偷放动物事件做幌子，以掩盖其他更邪恶的目的。他们说她从来，从来都不会错过圣诞节。她的袜子还挂在壁炉架上。他们说会一直将它挂在那里直到她回家。

他们坚持在外面跟我聊天，所以现在我们正在米诗卡咖啡店，冬天一大早就在这么安静的地方喝着咖啡。店里基本上没什么客人，磨咖啡豆的声音成了唯一的噪音。

我一直在喝我的咖啡。但他们到现在还一口没喝，咖啡已经变凉了。

我告诉他们哈露肯定还活着。事实上，事情发生后的第二天她还到过我的公寓拿她落下的东西。即使我没亲眼见到她，我也有证据，她给我留下了证据，这是我现在掌握到的线索。她妈妈叫了一声——像是大喘气也像是尖叫——不经意发出的，但声音却很大很尖。之后她就哭了，想抓住我的手，但却打翻了桌上的咖啡杯。

咖啡大多洒在了她身上。我觉得她身上那条漂亮的裤子已经不能再穿了。“可是这听起来一点都不像她，”我们擦着桌子，她爸爸一遍又一遍地说，“闯进某个地方，拿东西”——我猜这指的是猴子；我并没有跟他们说德法热夫人——“拿不属于她的东西。”

我很好奇我们是不是在说同一个人。在我看来这正是哈露的作风。

但没人比父母更好哄骗，他们只会看到他们想看到的方面。我跟以斯拉讲了一点哈露父母的事情。他心情很差，对这一点都不感兴趣。让我惊讶的是，我很想碰他。我之前从来没这么想过，之所以现在有这种想法可能是因为我们不能互相接触。我想摸他的胳膊，用手指给他梳头发，让他精神好一点。我把手压在屁股底下来阻止这股冲动。

“你觉得那些猴子会去哪儿呢？”我问他。

“爱去哪儿去哪儿。”他说。

3

在戴维斯火车站跟洛厄尔告别之后，我就没有再留在那里继续学习的必要了。我还要照顾我姐姐。我应该严肃起来了。

我一直等着有人来跟我报告费恩的情况，但那人从来没有出现过。洛厄尔说搞定了的事肯定出现了什么意外情况。与此同时，我查阅了我能找到的所有关于猴子女孩的书——珍妮·古道尔（黑猩猩）、戴安·弗西（大猩猩）和碧露蒂·高蒂卡丝（红毛猩猩）。

我想过毕业后去贡贝溪国家公园工作，那样就可以一直观察卡萨克拉黑猩猩。我觉得在那里我可能会发挥出我的价值，可能会从爸爸的实验中找到一些有用的东西。我觉得，这就是我生来就要去过的生活，就像那些哄我入睡的树屋之梦一样。我觉得最后我可能会找到适合我的地方。树林里的人猿泰山。这个想法让我很兴奋。

砰！我突然记起索萨博士上课时讲的三天内的170次强奸。一些科学家就在旁边观察这些行动，真真切切地观察黑猩猩被强奸了170

次，还一直在数数。他们真是优秀的科学家。但我不是。

此外，念大学的时候我拼命避开各种涉及灵长类动物的课，这份工作相当于让我重新读一次大学。

这对费恩又有什么帮助呢？

我想起洛厄尔的前女友凯奇曾经跟我说过，她觉得我会成为一名很棒的老师。当时我觉得她这么说完全是出于礼貌——也很疯狂，可能是被女生联谊会的生活逼疯了——但在我一手拿着大学手册一手拿着成绩单研究了好几个小时之后，我发现与我现在所学的课程最契合的专业就是教育学。当然，我必须拿到教育方面的证书。但世界末日来临前我肯定拿不到其他专业的证书了。

那年春天的某一天我在图书馆碰到了雷哲，他提议我们一起去看戏剧社的反串剧《麦克白》。他说他有两张票，是哈露的朋友送的。

我们相约黄昏在戏剧艺术大楼见面（差不多一个月后这幢楼的名字就变成了塞莱斯特・特纳・莱特大厅，是校园里三座以女士名字命名的建筑之一。感谢你，戴维斯永远的女神，塞莱斯特）。那晚很迷人，剧院后面的植物园里紫荆花和红醋栗正竞相吐艳。野鸡慵懒的叫声从山下传来。

这部剧就是在讲述一起普通的血腥事件。哈露的想法一点没被采用，我觉得很可惜。这部剧还可以，但要是按哈露的设想演的话肯定会更有趣。不过雷哲却坚持他最初的想法，觉得没有什么比男人穿裙子更搞笑了。

我觉得他这种想法非常可怕，根本就是瞧不起女性和变装者。我说他肯定是世界上唯一认为《麦克白》应该是用来娱乐的傻瓜。

他很开心地朝我摆手。“要是男生带女生去看女权主义戏剧，他肯定知道结果是什么。他知道最后两个人肯定会吵一架。”他问我是不是大姨妈来了，他觉得这个也很好笑。

那时我们正往他的车走去。我突然就拐了个弯，跟他说我喜欢走路。自己走。真是个混蛋。我走到一半才突然反应过来他说了些什么，“要是男生带女生去……”我不知道这竟然是一场约会！

第二天他又给我打电话约我出去。我们在一起大概五个月。直到今天，我马上就要四十岁了，这段时光仍然是我生命中最美好的。我很喜欢雷哲，但我们从来没住在一起过。我们一直在吵架。我并不像他想的那样安静。

“我觉得我们不合适。”一天晚上他对我说。我们已经把车停在了我的公寓楼下等警察离开。三楼违反噪音规定，警察正在给他们开罚单。

“为什么？”我带着一种科学探索似的语气问。

“我觉得你很棒，”他说，“而且很漂亮。不要让我说出为什么。”所以我其实不清楚为什么我们会分手。

问题可能在他那儿，也可能在我这儿。可能是因为哈露血淋淋地横亘在我们中间。可怕的阴影！虚幻的嘲弄！

事后回想，我们分手时的对话并没有让我太伤心。每次想到雷哲，我心里总是甜蜜蜜的。那时我很确定我们分手的原因在我，尽管是他提出的分手。可是后来我听说他在跟男人约会，我的结论可能下得太早了。

事实是我没法将性关系维持很长时间。不是因为我没有尝试过。不要让我说出来为什么。

我想知道洛厄尔会不会说我成长的方式决定了我没法跟别人维持性关系。或者是其实你们也没法将性关系维持很长时间。

也许你觉得你可以，可事实上你不行。也许疾病失认症（看不到你的不足）是所有人都会患的病，而我是唯一一个没患这种病的人。

妈妈说我只是还没有遇到对的人，那个可以从我的眼睛中看到星星的人。

是的。我还没有遇到那个人。

那个从妈妈眼睛里看到星星的人在1998年去世了。爸爸去世之前独自出去了一周，宿营，钓鱼，划船，在沃巴什河边自省。两天后，当他拖着船在河岸边的岩石上走的时候，心脏病发作了，但他却误以为是流感。他撑着回到了家，躺在床上。一天后心脏病再次发作，当晚在医院里心脏病第三次发作。

我赶到医院时，他又梦到自己出门了，梦里他在边疆爬山。我和妈妈一直努力地告诉他我在这儿，可到最后我也不确定他有没有认出我。“我太累了，”他说，“你可以帮我背包吗？就背一小会儿？”他的声音听起来有些尴尬。

“当然可以，爸爸。”我说，“当然，看，我已经背着了。你让我背多久都可以。”这是他听到我说的最后一句话。

我想象着这是电影中病人临终时的场景——干净、古典、深远、沉重。但事实上，他又活了一天。这里一点都不干净，到处都是血、屎和黏液。还有长达几小时的痛苦的呻吟和喘息。医生和护士随时会冲进来，我和妈妈一会儿可以进入房间，一会儿又被赶出来。

我记得等候室里有一个鱼缸。我记得我看到鱼的心，它们的鱼鳞是玻璃色的。我记得旁边有一只蜗牛在艰难地移动，它脚上的毛孔不停地收缩扩张着。医生出来了，妈妈站起来，“恐怕这次我们要失去他了。”他说，说的好像还有下次似的。

下次，我一定会处理好我和爸爸的关系。

下次，我也会因为费恩的离开而怪妈妈。这次费恩走后，妈妈彻底垮了，所以我没有怪她。但下次我绝对不会把错误全推到爸爸一个人身上。

下次，我也会承担起我的那一份责任。下次我会绝口不提费恩，但会谈论洛厄尔。我会告诉爸爸妈妈洛厄尔没有去练篮球。这样他们就可以跟洛厄尔交谈，洛厄尔就不会离开了。

我一直计划着有一天原谅爸爸。爸爸为此失去了很多，可他并没有失去我。但我并没有告诉他这些，这让我很心痛，也让我觉得这一切都没有意义。

我很感谢爸爸临终前对我的最后一次请求。他能让我帮他分担一点负担。不管这是不是他想象出来的，对我来说都是一个很好的礼物。

爸爸去世时五十八岁。医生告诉我们，由于酗酒和糖尿病，他的身体情况要比实际年龄糟糕得多。“他的生活压力很大吗？”医生问我们。但妈妈反问：“谁的生活压力不大呢？”

我们把他的遗体留在那里做进一步的科学分析。之后我们上了车。“我想洛厄尔。”妈妈说完后就瘫在方向盘上了，呼吸十分困难，就像她随时可能跟爸爸一起离开一样。

我们两个换了位置，我来开车。我拐了好几个弯才意识到我不是在朝我们现在住的样板房开，而是朝着大学的坡顶小楼房，那个我长大的地方。等我发现的时候我们都快到那里了。

《纽约时报》上刊登了一则关于爸爸的充满敬意的长讣告，爸爸要是知道的话肯定很高兴。当然，里面提到了费恩，但只是把费恩当成实验对象，而不是“幸存者”。在毫无准备的情况下看到费恩的名字，我受到了极大的震惊，就像在飞机上遇到了气穴一样。那个猴子女孩还是害怕被曝光，但这看起来像是全球性曝光。

不过那时我已经在斯坦福了。我不认识太多人，也没人跟我提过这个。

发出讣告之后的几天，我们收到了一张明信片，上面是佛罗里达州坦帕市一座四十二层的建筑，尖顶，白窗。“今天我算是见识了美国。”明信片上写着。收信人是我和妈妈。没有寄信人签名。

4

重新回到1996年，在我圣诞节回家之后，航空公司把我的箱子还回来了。托德当时还在公寓，他节假日很少往家赶，所以他拿着他的身份证帮我认领了。“这次箱子是对的，”他告诉我，“是你的箱子，我一眼就认出来了。”他把另一个箱子还回去了。我没想到这一切会在我不在的时候发生，心里有一丝忧虑。

当然，也有可能趁我回印第安纳，哈露会像以前一样偷偷溜进我的房间，把完好无损的德法热夫人放到那个粉蓝色的行李箱里。但“有可能”在这里意味着“绝不可能”。

对此我真的感到很伤心。我确定德法热夫人十分珍贵，又无可替代。我本打算在箱子被送回去之前往里面放一张纸条，向箱子主人道歉的。那就让我在这里道歉吧。

亲爱的木偶主人：

尽管我并没有偷德法热夫人，但她却在我的保管下消失，我很抱歉，我知道她对你很重要。

我能给你的唯一安慰就是我相信现在她很有名，肯定会生活得不错。总而言之，她已经成了活跃的政治分子，尽力为所有生命争取公平。

我仍然希望有一天能把她完整无缺地还给你。每个月我至少会在eBay上搜索一次德法热夫人。

真诚地致歉，

露丝玛丽·库克

我那鼓鼓的行李箱里东西并没有少。里面有我的蓝色毛衣、拖鞋、睡衣和内衣，还有妈妈的日记本。但日记本已经不像上次见它时那么整洁了——四个角已经磨损，封面也很凌乱，圣诞节彩带也被弄皱了。箱子里的东西都乱糟糟的，但基本上算是完好无损。

我并没有立刻打开日记本。我现在很累，回家的这一周里一直在谈论费恩，已经让我脱了一层皮。我决定把它们放在衣橱最高的架子上，并把它们推到最里面，这样每次我打开带镜子的衣橱门时就不会看到它们了。

下定决心后，我翻开了最上面那本日记的封皮。

那是他们给我拍的一张宝丽来照片，是我在医院里刚出生时的场景。我红得像颗草莓，在子宫里浸泡过的我闪闪发光，两只眼睛咧开了一条缝，眼神充满怀疑，斜视着这个世界。我的手攥成拳头放在脸旁。看起来我马上就要开口说话了。我的照片下面，有一首诗。

亲爱的，亲爱的，
这是一张多么快乐的小胖脸，
这朵牡丹！

我继续往下翻，打开了第二本日记本的封皮。费恩也有一张照片和一首诗，至少是半首诗。这张照片是她第一天到农场时拍的。那时她快三个月大了，一个人用胳膊环抱着她，把她包得像海藻一样。那个人肯定是妈妈，我认识照片上那件长长的绿色针织衫。

费恩头上和脸颊上的毛发都竖了起来，在她的头上形成一个不满又不安的光环。她的胳膊像小树枝一样，前额长满了皱纹，眼睛很大但却透露出恐惧。

打动女王的神采——
一半是孩子——一半是女主角——

妈妈的日记并不是科学上的记录。尽管里面确实有一两段内容包含数字和测量数据，但这并不属于科学领域冷静客观的观察。

它们是我们的宝宝书。

5

现在我已经跟你讲完了我的故事的中间部分，也讲完了开头的结束部分和结束的开头部分。巧合的是，剩下没讲的两部分里有些内容是重合的。

去年秋天，我和妈妈花了好几个星期重新看了一遍她的日记，准备将它们出版。妈妈已经快七十岁，却穿上了工作制服——“我已经八百年没见过我的腰了。”她喜欢这么说。但实际上随着年龄越来越大，妈妈越来越瘦了，胳膊越来越细，腿上的骨头也越来越明显。这些老照片让我看到，在我们让她崩溃以前她看起来多么幸福。

“你是所有人见过的最好看的小孩。”妈妈说。宝丽来相片上可看不出来我哪里好看。“新生儿评分可以得满分十分。”她的日记上记录着她生我生了六个小时。我当时重七磅二盎司，高十九英寸，这已经很不错了。

五个月大的时候我学会了坐立。有一张我坐着的照片，我的背像缝衣针一样挺。费恩靠着我，胳膊搂着我的腰。她好像要打哈欠，也可能是刚打完了一个哈欠。

五个月的费恩已经可以膝盖和脚并用往前爬了。“她上楼的时候总是找不到路。”妈妈说，“她的手还可以。她可以看到自己的手，知道应该把它们放在哪儿。但是脚长在后面，她就会把脚转一圈，试着在空气中找到台阶，最后脚要么放在旁边要么放在其他地方，就是放不到正确的台阶上。实在是太可爱了。”

我十个月大的时候学会了走路。而十个月大的费恩已经可以自如地上下楼梯了，还能在栏杆上荡秋千。“跟其他小孩子比起来，你各种记录都很早。”妈妈带着安慰的语气说，“我觉得你可能是被费恩逼了一把。”

十个月的我重十四磅七盎司，长了四颗牙齿，上面两颗下面两颗。费恩重十磅二盎司。妈妈的表格数据显示，就我们的年龄来说，我们都发育不足。

我说的第一句话是“拜拜”。十一个月大的时候做了“拜拜”的手势，十三个月大的时候说了“拜拜”。费恩的第一个手势是杯子，当时她十个月大。

我出生在布鲁明顿的一家医院，出生过程很普通。费恩出生在非洲，出生后不到一个月，她妈妈就被杀了，当食物卖掉了。

妈妈说：

多年来我们一直在讨论养一只黑猩猩。但只是理论上的讨论。我一直说我不会把黑猩猩宝宝从黑猩猩妈妈身边抱走。我一直说这只黑猩猩必须是一只无家可归的黑猩猩。我一直觉得我们不会领养到这么一只黑猩猩。之后我怀了你，我们就不再继续这个话题了。

然后我们就听说了费恩。朋友的朋友在喀麦隆的市场上，从偷猎者的手中把她买了过来，他们希望我们能养她。他们说当时她已经奄奄一息了，像抹布一样瘫软，全身脏兮兮的，沾满了腹泻拉出来的污物，爬满了跳蚤。他们没指望她能活下来，但他们也没法直接走掉把她扔在那里。

要是她能挺过来，她就是个顽强的小生命。她生命力和适应性极强，正适合我们。

你出生的时候她还在隔离区。她可能会给家里带来病菌，我们不敢冒一点儿风险。所以大概有一个月的时间，你是我唯一的宝宝。你当时就是个快乐的小不点，很安静——你很少哭。但当时我却有了另一层顾虑。我已经忘了当时我有多累了，整晚都无法入睡，一直给你喂奶。我本可以拒绝那项研究的，但费恩该怎么办呢？而且每次我犹豫不决时，大家都承诺他们会帮我。大学里的那些研究生们。

终于，费恩被送来了，那天刮着很大的风。她很小，对周围环境很害怕。身后的门啪的一下被风关上，她就立马从抱她的人胳膊里跳到了我的怀里。就这样了。

她总是把我抓得很紧，唯一能放下她的方法就是把她撬开，每次撬一点。她刚来的两年里，我身上一直有各种瘀青，因为她的手指和脚趾在我身上各种抓。但这就是野外的生活——黑猩猩宝宝在两岁前一直都紧紧攀在妈妈身上。

她缠我缠得太紧了。有一次我把她放下，她在空中扑打小手以示抗议，偶然间两只手就找到了彼此。它们紧紧握在一起，像蛤蜊壳一样。然后就怎么也没法把它们分开了。她开始尖叫，最后你爸爸只好帮她把两只手分开。

她来的第一个星期基本上都是在睡觉。她有一个摇篮，但只有在她完全熟睡后我才能把她放进去。她会在我腿上把身子蜷起来，头枕在我的胳膊上打哈欠，我能顺着她的嘴看到她的喉咙，看她打哈欠我也会打哈欠。之后她的眼睛就会渐渐暗下来，眼皮耷下来，颤一下，然后合上。

那时她毫无生气，对什么都不感兴趣。每次发现她醒过来的时候我就会跟她聊天，但她很少会留意。我担心她身体还是不够健康，或者是智力发育不完善。或者是受到了严重的创伤，以后都没法恢复。

但就是在那一周，她抓住了我的心。她是那么小，在这个世界那么孤单，那么害怕，那么伤心，那么像一个小宝宝，那么像你，不过比你多遭了很多罪。

我跟你爸爸说，你的世界这么美好，而她的世界这么残忍。我不知道你们两个有什么可比性。但那时候我没法再回头了，我已经深深爱上了你们两个。

我读了所有记载家养黑猩猩的材料，尤其是凯瑟琳·海斯写的关于维琪的，我觉得我们也能成功。在书的结尾处，凯瑟琳说他们打算养维琪一辈子。她说人们始终在问维琪有没有可能攻击他们。她打开报纸读新闻，上面报道的是孩子谋杀自己亲生父母的事。她说，我们都在冒险。

当然，维琪在完全发育成熟前就去世了；他们没有得到最终答案。但我们也想过这个问题，你爸爸和我，我们坚信费恩会永远跟我们在一起。针对你做的研究在你上学之后就会结束，但我们会一直研究费恩。最后你和洛厄尔都会去上大学，而费恩会留在家里陪我们。这就是我当时的想法。

几年前我在网上看到维琪的父亲说的一些话。他抱怨人们一直把维琪当作语言实验的失败范例。这个实验注定会失败，因为他们想教她说话，可是黑猩猩天生就不会说话。现在我们已经知道了这个事实。

但海斯先生说他们的研究中最有意义、最重要的一点却被忽略了，那就是：不会使用语言是维琪和正常人类小孩的唯一区别。

“成功远没有失败影响更大。”我说。

“上帝啊，”妈妈说，“多么残忍。要是我相信你说的这句话，我现在就不吃饭了，喝一杯毒酒自杀算了。”

这是一天晚上我们在餐桌旁喝完酒后说的。那是一次特殊的晚餐，庆祝我们的新书热销。书的销量已经超出了我们的想象（但还没有满足我们的需求）。厨房里，风吹进来，烛光被吹得摇曳生姿，我们正在用那套从费恩手下幸存的瓷具。妈妈看起来很平静，不太伤心。

她说："我记得在哪儿读到过，一些科学家认为我们可以通过让黑猩猩变小来控制它们，就像我们控制腊肠犬和狮子犬一样。"

我没跟妈妈说我读过伊凡诺夫，20世纪20年代时，他试图制造人类和黑猩猩杂交的物种，也就是人猿。他给黑猩猩授了人类精子，尽管一开始他的想法是相反的——人类妈妈，黑猩猩精子。就是这些所谓的梦想让我们成为人类，妈妈，你喝完毒酒后别忘了把它递给我。

妈妈说：

费恩醒来时，她就醒来了。像风车一样旋转。像阳光一样照耀我们。像小巨人一样在房间里上蹿下跳。还记得你爸爸过去总叫她大力士吗？我们家天天在过狂欢节，各种声音、各种颜色、各种兴奋。

等你稍微长大一点后，你跟她组成了绝妙双人组。她负责打开橱柜，你负责把里面所有的碗盘拿出来。她一秒钟就能打开儿童保护锁，但她没有你那么坚持不懈。还记得她有多喜欢玩鞋带吗？费恩总是趁我们不注意把我们的鞋带系在一起，然后看我们被绊倒。

她会爬到柜子顶上把衣服从衣架上拿下来扔到你头上。从我钱包里拿硬币出来让你吸到嘴里。打开抽屉把别针、缝衣针、剪刀和刀统统递给你。

“你担心过我吗？你会不会害怕我发生什么危险？”我问。我又给自己倒了杯酒，因为我不想在清醒的状态下听到答案。

“当然担心，”她说，“我无时无刻不在担心。但你很喜欢费恩。你是个非常非常快乐的小孩。”

“是吗？我不记得了。”

“当然是。我很担心做费恩的妹妹会给你带来不好的影响，但我当时完全尊重你自己的想法。”烛光在厨房里玩起了皮影戏。我们喝的是红酒。妈妈又喝了一口，然后轻轻转开了她那张皮肤渐渐松弛却很柔和的面庞。“我想让你过完美的生活。”她说。

妈妈翻出来研究生们录的一盒录影带。家里有很多录影带，所以现在还有一台老式影碟机。你们肯定好几年前就把影碟机扔掉了。影片开场是农场楼梯，开场音乐是《大白鲨》里面的歌曲。影片里我卧室的门突然打开，然后传来一声尖叫。

镜头转到我和费恩。我们并肩躺在我的懒人椅上，姿势一模一样：胳膊叠起来放在脖子下面，头枕在手上。膝盖弯起，跷着二郎腿，一只脚放在地上，另一只脚在空中。好一幕得意扬扬的画面。

我们的卧室早就成了垃圾场。我们两个是坐在迦太基的废墟上的罗马人，我们是艾辛格的梅里和皮平[1]。地上满是报纸屑、衣服、玩具、食物残渣。我们把花生酱三明治压得像床单一样扁，用魔术笔把窗帘画得面目全非，我们得意扬扬，研究生们在我们身边收拾残局。镜头里，他们在打扫卫生，而我和费恩还在制造垃圾。

总有一天我们能把录像上的内容放到书里。而在即将出版的这本书里，我们只是用了妈妈给我们做的宝宝书里的照片，试着把一连串第一次——第一次走路、第一次长牙、第一次说话，等等——编成一个故事。我们用了费恩在外婆唐娜帽子里的照片。另一张照片上，费恩用脚拿着苹果给外婆吃。另外一张上，她在看自己镜中的牙齿。

每本日记里都有一套面部特写照片——心理研究。我们把我和费恩的照片放在了一起，这样人类和黑猩猩表情的表现方式就形成了对比。这张照片是我在玩耍，我所有的牙都露出来了；这张是费恩，她的上嘴唇盖住了上牙。我哭的时候脸是皱在一起的，前额上布满皱纹，嘴巴张得很大，眼泪在脸颊上留下一道道痕迹。费恩哭的时候，嘴巴也是张开的，但她的头是向后缩的，眼睛紧闭，脸上是干的。

我的两张照片一张标着开心，一张标着兴奋，我看不出多大差别。而费恩的很容易区分。开心的时候嘴巴是张开的，前额很平，而兴奋的时候嘴巴呈漏斗状，前额皱得很深。

我的大多数照片里都有费恩。这张照片上，外婆抱着我，而费

1　奇幻小说《魔戒》中的情节人物设定。——编者注

恩在底下抱着她的腿。这张我坐在婴儿秋千上荡秋千，费恩坐在婴儿秋千的横梁上荡秋千。这张我们靠在小猎犬塔玛拉·普莱斯身上，农场里所有的小动物都串联在了一起。我们两个都把手插进塔玛拉的毛里，攥起拳头猛扯狗毛。费恩朝镜头温柔一笑，就像我们心中充满了爱，从来没有伤害过她一样。

这张我们正跟爸爸一起在莱蒙湖郊游。爸爸用婴儿背带把我系起来背在胸前，我的背紧贴着他的胸，脸被背带挤压着。费恩在他背上的背包里，越过爸爸的肩膀偷看，照片上只有她凌乱的头发和眼睛。

我和费恩的宝宝书上的诗是妈妈写下来的，但作者却是爸爸最爱的两位诗人，小林一茶和艾米丽·狄金森。1997年冬天在大学寝室里第一次读这本日记时，我突然想到，尽管爸爸激烈地反对动物拟人化，但要是选两个诗人的作品来形容洛厄尔的情感，他应该很难选得出来。一点小福利。

小林一茶

看！不要杀害它。

那苍蝇正在祈祷，

搓它的手和脚呢。

狄金森

蜜蜂！我期待你的到来！

昨天还在
和你的一位相识说
你将要到来——

青蛙们上周回到家
安顿下来，开始干活——
鸟儿们，很多已归——
三叶草热情而亲密——

我的去信你将于
十七号收到，请回复
或最好，来我这里——
你的朋友，苍蝇。

2012。

水龙之年。

美国大选年，安·兰德仪仗队辱骂人的调调从无线电波里传出。

全球层面上——恐龙的黄昏。最后一幕：报复新贵哺乳动物。就是在这一幕中，它们利用人类的愚昧将人类灭绝。如果愚昧是燃料，那么人类绝不会能源紧缺。同时，在世界毁灭前存在了很短时间的全球宗教恶霸正忙于阻截人类的快乐源泉。

但我的生活还挺美好，没什么可抱怨的。

我和妈妈一起住在南达科他州的弗米利恩市。我们租了一间很普通的房子，比我们以前住的样板房还小。我想念布鲁明顿和北加利福尼亚温暖的冬天，但弗米利恩是一座大学城，我们在这儿生活得很开心。

过去七年里，我一直在艾迪森学校当幼儿园老师，这是目前为止我跟黑猩猩部队离得最近的地方了。凯奇说对了，不只是说对了，她简直就是预言家。我做老师做得很拿手。我很会读肢体语言，尤其是小孩子的肢体语言。我看着他们听他们说话就知道他们的感觉、他们的思想以及他们接下来要做什么。

小时候我念幼儿园时的一些动作让人非常震惊，但现在由老师做出这些动作却很容易被接受。每周我们都会学一个父母不认识的单词，这个任务他们都完成得很开心。上周我们学的词是“食果性”。这周的词是“饕”。我是在帮他们准备参加SATs考试。

每次想让学生注意到我时，我就会站在椅子上。坐在毯子上时，孩子们就会爬到我的头上，用手指给我梳头发。纸杯蛋糕端出来时，我们会用黑猩猩看到食物的方法来迎接。

我们有一套完整的黑猩猩礼仪体系。我告诉孩子们，要是拜访黑猩猩家庭，你必须得弯下腰让自己显得小一点，这样它们就不会把你当成潜在的威胁。我教孩子们怎么用手比画“朋友”。怎么用上嘴唇盖住上牙齿微笑。照集体照的时候，我会让摄影师照两版，一版让孩子们带回家，一版贴在教室里。贴在教室里的照片，我们都在做友好的黑猩猩脸。

等我们学习好各种黑猩猩礼仪的时候，我们到尤吉利维克实验室进行了实地考察。现在实验室已经改名字了，叫灵长类动物交流中心。我们排队进入参观室，防弹玻璃那边就是黑猩猩。

有时候黑猩猩不喜欢访客，会用手捶墙、用身体撞墙，让防弹玻璃震动以表示他们的不满。这时候我们就会离开，下次再来。这个中心是他们的家，他们有权决定谁能进来。

但我们教室里还有一个实时通讯摄像头。每天早上我都会把摄像头打开，学生们随时都可以看到黑猩猩，黑猩猩们也可以随时看到学生。现在中心只剩六只黑猩猩了。三只比费恩小——黑兹尔、本尼和斯普劳特。两只比费恩大，都是公黑猩猩——阿班和哈努。所以费恩既不是体型最大的，也不是年龄最大的，也不是公黑猩猩。但就我的观察来看，她是里面地位最高的。我看到其他黑猩猩都对费恩做祈祷的手势——胳膊伸开，手腕弯曲。但我从来没看过费恩对其他黑猩猩这么做。请看看，索萨博士。

比起费恩来，我的学生们更喜欢我的外甥女黑兹尔。但他们最喜欢斯普劳特，他是里面最小的，只有五岁。斯普劳特跟费恩没有血缘关系，但看到他比看到费恩更能让我想到费恩小时候。我们不太看年老的黑猩猩的图像，更多的是看温顺的黑猩猩宝宝。费恩越来越重了，行动越来越迟缓。她的生命快耗尽了。

我的孩子们说她有点自私，但我觉得她只是在做一个好妈妈。她成功地管理着中心的社交生活，不容许其他黑猩猩无理取闹。有黑猩猩打架的话，她一定会去阻止，强迫打架双方拥抱彼此并和好。

有时候妈妈会出现在摄像头的另一端，跟我说下班的时候去超市买点东西或者是提醒我不要忘了去看牙医。她白天在中心做志愿者。她目前的工作就是给费恩吃她喜欢吃的食物。

妈妈第一次走进去的时候，费恩根本不看她。她坐在那里背对着防弹玻璃，连妈妈跟黑兹尔说话时，她也不转身去看她们。妈妈做了花生奶油曲奇，费恩小时候的最爱，有人把饼干送进去，但费恩并不吃。“她不认识我。”妈妈说，但我觉得恰恰相反。费恩不会无缘无故就拒绝花生奶油曲奇。

妈妈第一次负责给黑猩猩们送午餐的时候——有一个小窗户，刚好可以把装食物的托盘放进去——费恩正在等她。她伸手抓住妈妈的手，抓得非常紧，差点抓伤她，妈妈跟她说了好几遍让她轻一点，但费恩好像一点都没听见。她看起来冷漠又专横。最后妈妈只能咬她，她才把手放开。

接下来几次，费恩的态度渐渐软化。她会跟妈妈比画手势，随时注意妈妈的位置，她之前从没这么密切地注意过其他人。她紧紧地跟着妈妈，只是她在里面而妈妈在外面。她吃妈妈做的曲奇。费恩的宝宝书里，有一张照片是在农场的厨房，我和费恩坐在桌边，都在舔搅拌器，费恩把搅拌器当成鸡腿一样咬。

我之前一直没想好要是费恩问起洛厄尔和爸爸该怎么对她说。爷爷乔现在住在养老院，我们得一遍又一遍告诉爷爷爸爸去世了，但五分钟之后爷爷又会非常生气地问我们，他到底做错了什么，他唯一的儿子也不来看他。但费恩从来没提过他们两个。

我们去看黑猩猩或者是通过摄像头与黑猩猩互动的时候，孩子们和黑猩猩会一起做手工。做美甲、用胶水和闪粉做折纸、做按着我们手掌印的陶瓷盘。研究中心会组织募捐活动，卖黑猩猩们的手工作品。我们住的地方的墙上挂着好几件费恩画的画。我最喜欢的一幅是她画的一只鸟——明亮的天空上一抹黑色的痕迹，没有笼子。

研究中心有大批大批的影像资料要研究，研究人员的研究速度已经落后了好几个世纪。所以这里住的六只黑猩猩已经不用参与科学游戏了。他们很欢迎我们的到来，认为我们可以让黑猩猩们保持兴奋，没人担心我们会干扰实验结果。

六只黑猩猩已经享受到了最好的待遇，但没人羡慕他们的生活。他们需要更大的空间，不管是在笼子里还是笼子外。他们需要鸟、树、有青蛙的溪流、昆虫合唱团以及各种来自大自然的音乐。他们的生活需要更多惊喜。

有时候晚上躺在床上，就像我之前想象可以跟费恩一起住在树屋一样，我现在正在幻想一间给人类准备的房子，就像一间禁闭室，但是更大——有着四间卧室、两间浴室的禁闭室。前门是唯一的入口，后墙是防弹玻璃，向外望去有二十公顷或二十多公顷的茱萸、漆树、麒麟草和野葛。在我的幻想中，人类被囚禁在这所房子里，而研究中心的六只黑猩猩和其他的黑猩猩（可能还有我的侄子，巴泽尔和塞奇）在外面无忧无虑地奔跑。这只不过是一场梦罢了，让两只成年男黑猩猩到一个成熟的小团体里，后果将十分危险可怕。

过去几年里，新闻中偶尔会报道黑猩猩袭击人的可怕事件。我不怕费恩。但我知道我们两个永远不能再相互碰触了，永远不能拥抱彼此了，永远不能再像一个人一样一起并排走路了。这个研究中心是我能想象到的最好的解决方法——但我们周围仍有一圈电子的栅栏，我们中间仍隔着一堵防弹墙。

做这件事需要的钱远远超过一个幼儿园老师的薪水。把日记当成儿童读物出版是妈妈的主意。书的初稿是她写的，终稿大部分也是她完成的，但书的封面上却异想天开地出现了我和费恩的名字，我们两个是这本书的合著者。这本书所得的全部利润会直接捐给研究中心，资助中心扩建黑猩猩的户外活动场所。每本书里也会夹一张捐赠卡。

我们的出版商对这本书很兴奋也很有信心。出版日期定在暑假。出版社预计会有大批媒体市场的订单。仔细想这件事的时候，我就开始害怕，我想比起上电视来，我更喜欢上广播，比起上广播来，我更喜欢被印在书上，或者，更自私一点，根本就不被任何人注意到。

我之所以这么想，一是因为我害怕曝光。暑假之后，我就没法再隐藏自己了，没法再掩盖自己的过去了。从我的理发师到英国女王都会知道我是谁。

当然，他们知道的并不是真正的我，而是经过包装后的我，一个更容易被市场接受、更容易被人喜欢的我。是那个教幼儿园小朋友的我而不是没有宝宝的我，是那个爱姐姐的我而不是把姐姐送走的我。我还没有找到那个可以让我做真正的自己的地方。但可能世上所有人都没法做真正的自己。

我曾经觉得猴子女孩仅仅威胁到我，现在我知道她的影响力有多大了。所以，除了害怕曝光以外，我还害怕我会把事情搞砸，误判猴子女孩对我的影响。没人能保证不管我做什么你都会爱我。我可以重新回到初中，但这次已经不是回到初中的走廊和教室了，而是回到初中的小道消息和博客里。

假设我出现在你的电视机里，我会拿出我最好的表现。我绝对不会爬到桌子上或跳到椅子上，尽管之前电视节目里已经有人这么做过了，也没有人把他们当成其他物种驱逐出去。当然，你也会想——这毫无意义，因为她看起来完全就是个正常人，从某些角度看还很漂亮。但她确实有些不对劲儿的地方，可我说不上来是在哪里……

我身上的恐怖谷理论会把你吓到。或者我会在其他方面把你惹怒，这一点我倒是很擅长。但是别因此对费恩产生偏见，你肯定会喜欢费恩的。

我希望妈妈能替我应付媒体，但是她不能装成无辜的受害者。听众们会大声训斥她。

这就是我们了。《布鲁明顿姐妹法案》中的人类，变幻无常的露丝玛丽·库克，将要带来精彩的演出。在那里我说的每句话都是替我姐姐说的。人们将会非常崇拜我。费恩将变得非常有名。这就是我们的计划。

这就是我们之前的计划。

6

要是你不想听我说的话……

姐姐的生活，德法热夫人口述：

曾经有一个幸福的家庭——妈妈、爸爸、一个儿子和两个女儿。大女儿聪明伶俐，浑身长满了毛，非常漂亮。而小女儿很普通。但她们的父母和哥哥很爱她们。

老天！一天，大女儿被一个邪恶的国王施了法。国王把她扔进监狱，让所有人都见不到她。他还念了一个魔咒把她永远困在那里。每天国王都会跟她讲她有多丑。最后邪恶的国王死了，但咒语并没有解除。

只有人类能解除这个咒语。他们必须前来看她有多美丽。他们必须尽快赶到监狱要求释放她。只有人类站起来反抗，咒语才能解除。

人类已经站起来反抗了。

2011年12月15日，《纽约时报》刊登新闻，美国国家卫生研究院暂停为研究黑猩猩生物医药价值和行为的项目提供新资金。未来，只有黑猩猩研究十分必要而且没有其他可代替研究的时候，美国国家卫生研究院才会为此提供资金。只有两项研究除外——正在进行的免疫学及丙型肝炎研究。但新闻报道最后的结论就是大多数对黑猩猩的研究都不是必要的。

小小的胜利。费恩和我喝香槟庆祝。以前除夕夜的时候，爸爸总会让我们两个舔一小口，费恩每次都会打喷嚏。

不知道她还记不记得。但我知道她不会把今天和除夕夜搞混。研究中心也会庆祝各种节日，费恩很清楚各种节日的顺序——首先是面具节，接着是吃鸟节。然后是漂亮树节，过完这个节日后才是不睡觉节。

我不清楚费恩的记忆到底是怎样的。洛厄尔说：她一下就认出我来了。妈妈说：她不认识我。

日本京都大学的研究表明在某些短期记忆方面黑猩猩比人的能力更强。强到在这些方面，人类和黑猩猩根本不能相提并论。

长期记忆更难研究。1972年，安道尔·托尔文造出了“情景记忆”这个词，即以时间和空间为坐标对个人亲身经历的、发生在一定时间和地点的事件的记忆。情景记忆是指记住过去某个时间、地点的特定事件。

1983年，他写道：“动物王国的其他动物能学习并从过去的经历中受益，掌握如何适应和调整、解决问题和做出决定的能力，但它们无法在自己的脑中重回过去。”他说，情景记忆是人类特有的技能。

他是怎么做出这个结论的还不清楚。但我觉得每次人类宣布某件事情是人类特有的技能——无毛两足行走、使用工具、语言——就会有其他物种出现证明它们也有同样的技能。如果人类能学会谦虚，那么这么多年我们早该变得更加谨慎了。

情景记忆有一定的主观特征。它伴有一种叫作“回忆过去”的感觉，在记忆的精准度上也有一种私密的感觉，不管记忆是否正确。这种劣势是在其他物种身上观察不到的。这并不意味着其他物种没有情景记忆，也不意味着其他物种有情景记忆。

其他物种确实显示出了一些功能性情景记忆的证据——关于个人经历发生的时间、地点以及事件的记忆。有关灌丛鸦的数据尤其令人信服。

事实上，人类并不擅长记忆时间，却十分擅长记忆人物。既然黑猩猩和人一样社交，所以我猜黑猩猩大概也是一样的。

费恩还记得我们吗？是不是她记得我们，但却无法认出我们就是她记忆中的人？我们确实看起来跟以前不一样了，我不知道费恩是不是明白孩子们会长大，人类会变老，就跟黑猩猩一样。我找不到任何一项研究来说明一只黑猩猩的记忆在二十二年中会发生多少变化。

但我仍然相信费恩知道我们是谁。证据虽不够绝对，但很充分。只是爸爸的鬼魂一直试图阻止我坚持这一点。

7

回到今年二月份，我的出版商突然打电话，带来了我不想听到但却让我很惊讶的消息，那天早上，她收到了各大媒体市场的订单。她一口气讲出了一大串熟悉的名字——查理·罗斯、乔恩·斯图尔特、芭芭拉·沃尔特斯和《观点》。她说出版社想把出版日期提前，问我怎么想。她问我是否同意把日期提前。她越说声音越小。最后我才知道洛厄尔被捕了。

他是在奥兰多被抓的，他的罪名列表就像《战争与和平》上的一样多，但除了列表上的这些，警察还认为他正在策划袭击奥兰多海洋世界。他们赶在最后一刻阻止了他们的计划。

一名身份不明的女性同伙还在潜逃。

费恩是我和妈妈决定出版那些日记的原因。妈妈的两本日记正好是一本甜蜜温馨的儿童读物。“费恩和露丝玛丽是姐妹。她们住在郊外的一栋大房子里。”在这个故事里，没有被捆成火鸡的女士，没有被杀死的小猫。故事里面的所有情节都是真的——全是事实，只有事实——但却不是全部事实。只有我们觉得孩子们会喜欢，费恩也需要的事实。

但这对洛厄尔来说却不够。

所以下面的故事是为洛厄尔而写的。当然也为费恩而写，又是费恩，总是费恩。

我的哥哥和姐姐都过着特别的生活，但我并不在现场，所以没法给你讲那一部分。我只能讲我参与过的部分，与我有关的部分，但我要说的每件事都包括他们，讲他们的活动范围。三个孩子，一个故事。

而我讲这个故事的唯一原因是，我是三个孩子里唯一没有被关在笼子里的那个。

过去的生命里，大多数时间我都尽量小心翼翼地避开费恩、洛厄尔和我的事情。但要想讲得熟练就必须多加练习，就把我在这里说的东西当成是一种练习吧。

因为现在这个家需要的是一个话痨。

在这里我不会为洛厄尔做无罪辩护。我知道他肯定觉得海洋世界的杀人鲸工厂是个残忍的怪物。我知道他肯定觉得一定要阻止它再一次大开杀戒。我知道他肯定会付诸行动。

我觉得对洛厄尔的指控是正确的，尽管“袭击海洋世界”可能意味着放一颗炸弹，也可能意味着往别人脸上涂鸦、扔闪光粉或冰淇淋。政府并没有严格区分这两点。

但这也不是说洛厄尔没打算造成严重伤害。金钱是人类的语言，洛厄尔在很久很久之前就告诉过我。如果你想跟人类交流，那么你就要学会交流的方式。我只是想提醒你动物解放阵线的宗旨并不是伤害动物、人类或其他生物。

我发现我竟然希望洛厄尔能早日被抓到。要是能重返1996年，我希望我能举报他，那个时候洛厄尔的罪名还比较小，而且那时候的国家更民主。要是那样的话，他肯定也会进监狱，但现在肯定已经被放出来了。1996年，即使是被指控恐怖主义罪名的公民都可以享有宪法赋予的权利。但现在洛厄尔已经被关了三个月，却连自己的律师都没看到。他的精神状态不是很好。

这只是我听说的。我和妈妈也不能去看他。报纸和网络上有他的近照，他看起来很像恐怖分子。爆炸头发、扭曲的胡子、凹陷的双眼。大学炸弹客的眼神。我从报纸上看到，自被抓以后，他没有说过一个字。

每个人都被他的安静吓坏了，但在我看来原因再明显不过。十六年前我最后一次见他的时候，他已经在计划这么做了。洛厄尔决定像动物一样受审，而不是人类。

之前非人类动物也上过法庭。动物解放阵线在美国的第一次行动是要求夏威夷大学释放两只海豚，这起案件备受争议。与此案有关的犯罪嫌疑人被指控的罪名是重偷窃罪。一开始他们的辩词是海豚是人类（一个被告说，他们是披着海豚皮的人类），但法官立刻就否定了这个说法。我不清楚当时法庭采取的人类的定义是什么，这种定义里海豚不是人，企业却是人。

2007年在维也纳进行过一场为黑猩猩马蒂斯·希苏尔·潘辩护的案件。案件最后到了奥地利最高法院，最后法院判决黑猩猩是物，不是人，尽管法庭觉得应该有第三种法律范畴——既不是人，也不是物——这样他们就可以把黑猩猩放在一个更合理的分类里了。

非人类动物最好有一个好律师。1508年，巴塞洛缪·莎萨涅用自己的口才成功地为他所在的法国某省的老鼠做了辩护，这让他名利双收。这些老鼠被指控的罪名是破坏大麦作物，并且蔑视法庭、无故缺席。巴塞洛缪·莎萨涅的辩词是老鼠没出席的原因是法庭没有为老鼠提供必要的保护。老鼠在赶来法庭的路上可能会被猫吃掉。

最近我一直在跟托德的妈妈联系，我觉得她会同意为洛厄尔做辩护。她对这个案件很感兴趣，但案件本身很复杂，很可能会持续很长时间，因此需要大量金钱。

什么都要钱。

托马斯·莫尔的乌托邦里就没有钱，也没有个人财产——这些东西对乌托邦的人来说太丑陋了，他们不能接触生活中丑陋的一面。扎克雷特部落（乌托邦附近的部落）会为他们打仗。奴隶会给他们切肉。托马斯·莫尔担心如果乌托邦的人亲自做这种事的话，他们就会丧失完美的人格和仁慈的同情心。可以肯定的是，扎克雷特部落喜欢烧杀抢掠，但却没人讨论过屠宰对奴隶的影响。没有一个乌托邦是所有人的乌托邦。

再回到洛厄尔。他已经在工厂式农场、化妆品实验室和制药实验室做了十几年卧底。他见过太多我们不愿意见到的场景，做过太多没人应该做的事情。他牺牲了他的家庭、他的未来，现在又牺牲了他的自由。他不是莫尔所说的最坏的人类。洛厄尔之所以选择这样的人生，是由他身上最好的品质决定的——同情心、慈悲、忠诚和爱。这一点需要承认。

哥哥渐渐长大，渐渐变得越来越危险，跟姐姐一样，这确实是真的。但他们还是我们的家人，我们还是想让他们回家。家里需要他们。

故事的中间部分比我小的时候想象的更随意，你可以把它放在任何地方。可以放在故事开头，也可以放在故事结尾。很明显，我的故事现在还没有结束，但我要给你讲的故事到这里就结束了。

接下来我要用一件很久之前发生的事情作为故事的结尾。我要将阔别二十二年后我和姐姐第一次重逢的情景作为故事的结尾。

我没法告诉你我的感受，因为文字根本无法形容。你必须进入我的体内才能完全理解我的感受。但以下是我们所做的事情。

那个时候妈妈已经跟费恩重逢两个星期了。我和妈妈觉得两个人一起出现会让费恩很难接受，所以我决定等一段时间再去。要是费恩不喜欢妈妈的出现的话，我会等更久。等到费恩和妈妈开始彼此打招呼的时候，妈妈告诉费恩我要来了。

我提前给费恩送了好几样东西：小时候的企鹅玩具德克斯特·波音德克斯特，因为她有可能还记得它；一件我经常穿的毛衣，因为我觉得上面有我的味道；还有一张红色的扑克牌。

去的时候，我带了第二张扑克牌。我进入参观室。费恩正坐在最远处的墙边看杂志。我能一眼就认出她是因为她的耳朵，她的耳朵比大多数黑猩猩的都高而且更圆。

我非常有礼貌地走过去，走到了我们中间的玻璃前面。当我知道她在看我的时候，我比画了她的名字，以及我们关于露丝玛丽的手势。我展开手掌，把扑克牌紧贴在防弹玻璃上。

费恩缓缓站起向我走过来。她把她的大手放在我对面，手指轻轻蜷起来，抓着，就好像她可以穿过防弹玻璃拿到扑克牌。我用另一只手又比画了一遍我的名字，她也用她的手朝我比画了一遍，但我不知道她这样做是认出了我还是出于礼貌。

然后她用前额抵住玻璃。我也做了同样的动作，我们保持那样的姿势站了很久，脸对脸。我用我的泪眼看到她的各个部分——

她的眼睛

她火红的鼻孔

脸颊和耳朵边上的毛

起伏的双肩

她朝玻璃呼出的气

我不知道她那时的想法和感受。我已经不熟悉她的身体了。但与此同时，我却认出了她身上的每一个部分。我的姐姐，费恩。在这大千世界里，我唯一的红色扑克牌。她就是这个世界上的另一个我。

版贸核渝字（2015）第140号

图书在版编目（CIP）数据

我们都发狂了 /（美）凯伦·乔伊·富勒（Karen Joy Fowler）著；
刘敏 译. -- 重庆：重庆出版社，2016.10
书名原文：WE ARE ALL COMPLETELY BESIDES OURSELVES
ISBN 978-7-229-11417-6

Ⅰ. ①我… Ⅱ. ①凯… ②刘… Ⅲ. ①长篇小说－美国－现代
Ⅳ. ①I712.45

中国版本图书馆CIP数据核字（2016）第164115号

我们都发狂了
WOMENDOUFAKUANGLE
［美］凯伦·乔伊·富勒 著
刘 敏 译

策　　划： 华章同人
出版监制： 徐宪江
策划编辑： 于 然
责任编辑： 张慧哲
责任印制： 杨 宁
营销编辑： 徐 言
装帧设计： 观止堂_未氓

重庆出版集团
重庆出版社 出版
（重庆市南岸区南滨路162号1幢）
投稿邮箱：bjhztr@vip.163.com
三河市九洲财鑫印刷有限公司 印刷
重庆出版集团图书发行有限公司 发行
邮购电话：010-85869375/76/77转810
重庆出版社天猫旗舰店
cqcbs.tmall.com
全国新华书店经销

开本：880mm × 1230mm 1/32 印张：10.75 字数：203千
2016年10月第1版 2016年10月第1次印刷
定价：36.00元

如有印装质量问题，请致电023-61520678